新潮文庫

僕僕先生

仁木英之著

新潮社版

8661

僕僕先生

一

さして広くない庭園の中に、天界を模して石と低木が配置されている。春先の庭にはうわうわとたゆたった空気が流れ、その中に立つ青年もまた風景に溶けて同化してしまっているようだ。

すらりとした体つきはしているがだらりとした雰囲気をまとった青年は、時折その小さな方形の中を逍遥《しょうよう》し、かろうじて彼が風景の一部でない事がわかる。

「弁《べん》！　おるのか？　弁よ！」

その緩んだ空気を吹き払うように年老いた男の声が響く。庭先に立っていた青年は少し子供っぽいつくりの顔を曇らせ、仕方なさそうに首を振って屋敷の中に入った。

青年の父親が仕事を退《ひ》いてから建て直したこの屋敷には、吉祥を象徴するものがあふれている。仏尊、天界の神々、仙人、神獣、五嶽真形図《ごがくしんぎょうず》から比翼連理の鳥と枝に至るまで、あらゆる縁起物が屋敷中に飾られ、掛け軸となり、置物となって屋敷の主《あるじ》を寿《ことほ》いでいる。

「またおまえは庭でふらふらと。他にやることはないのか？」

父親は住んでいる屋敷とその装飾品にふさわしく、青くゆったりとした道服にその痩身《そうしん》を包んではいるが、息子を糾《ただ》すその指先は神経質にぶるぶると震えていた。

「おまえはもう二十を二つも超えておるのだぞ。なのに日がな一日庭でぼおっとしおって。わしがおまえの年のころには進士《しんし》に挙げられてだな……」

退職した父親がこれほど口うるさいとは、しおらしく頭を垂れている青年、王弁《おうべん》にも正直意外だった。

光州無隷県《こうしゅうむれい》の県令だった王弁の父親、王滔《おうとう》は老後を十分裕福に暮らせるだけの金品を貯《た》めこむと、さっさと役所づとめを引退して趣味の道術探求に励んでいるのだ。しかしそれも無為自然の世界に入るというよりは、出世をあきらめたから、といったほうが真実に近い。

「わかったら勉学するなりなんなりせんか。今ならわしの人付き合いも各地に生きておる。郷試《きょうし》にさえ通ればわしがなんとかしてやる」

王弁には母親を早くに亡《な》くしている。王滔には愛人と、その愛人に生ませた子供はいるものの、王弁がそれだけは強硬に嫌がるので引き取れずにいる。なんだかんだ言って一人息子は可愛《かわい》く、そして手に負えないものである。

「……気が向いたらね」

まさに従順でおとなしい。そして親父《おやじ》の贔屓目《ひいきめ》かもしれないが、と心の中で読点を打ちながら父は思う。なかなか頭の回転は良いようだからしかるべき師をつけ、学ばせればそれなりの成績を残すはずだと。

「気が向いたら、か。おまえそれで何年来た」

こういう展開になるのも王弁自身予想済みだ。

「俺、もう行くよ」

議論する気にはなれない。彼は父親が自分のことをうらやんでいる、と考えていた。くどくどとお説教を聞いていても、結局は自分がやりたい安逸な生活を息子がやっているからやっかんでいるようにしか思えない。

「おい、待て。わしはな……」

後ろで何か言いかけているのを無視して、王弁は箱庭のように小さな、しかし思いのほか金のかかっている屋敷を出た。向かう先は特に決めていない。川べりに出ればそろそろ桃の花が咲いているだろう、くらいに考えたのみである。

武韋《ぶい》の禍《か》、と言われる政治の混乱期を経て、李隆基《りりゅうき》という偉大な人物を頂点に戴《いただ》いた大唐帝国は、二度目の全盛期を迎えようとしていた。役人はその役職に励み、商人は国内はもとより世界中から集い、掛け値なしの世界帝国を形づくろうとしている。

「良い天気だ」

王弁は全くそのような情勢に気を止めることもなく、ただ目の前の春の景色を楽しむ。父親の言うこともわからないではない。幼く、何にも疑問を抱かない頃は父に言われるまま経書《きょうしょ》に目を通し、武術を学んでいたこともある。

しかし彼は気付いてしまった。県令を無事長く勤め上げた父親の倉庫に眠る財産の総額は、彼が無為に百まで生きたとしても十分におつりが来るだけの金額であることを。そしてその日から彼は机を離れ、武具を持つことはなくなった。

何もせず佳肴《かこう》を楽しみ、風光を愛《め》でる生活こそ最上だと彼は思っていたし、それを実現できる自分の境遇を喜んでいた。父や親族の目など何ほどの事もなかった。何か激しい遊興をしたり、悪に手を染めるようなこともしていないという自負だけはあったからだ。

（さて、そろそろ親父どのは家から出ているかな……）

息子のぐうたらぶりにひとしきり怒ると、ふいと家を出て後妻の家に向かう。これも常のことだった。王弁自身は父が囲っている女性の顔も素性も知らない。数年前に子ができたという話を他人《ひと》づてに聞いたこともあるが、大した感慨を彼の中に引き起こすこともなかった。

（出来の良い子だということだが）

その男の子は物心ついたときから家庭教師をつけられ、四書五経を叩《たた》き込まれている。地方では県令まで昇ったとはいえ、官位の低い家柄であることには変わりなく、門地に関係なく高位に登る機会が与えられる進士科か、せめてそれに次ぐ明経《めいきょう》科には合格するようにと日夜努力させられているということだった。

（ばかばかしいことをしているなあ）

と彼は憫笑《びんしょう》せざるを得ない。ある財産は使えば良いではないか。これ以上増やしてどうするのだろう、と。だから彼は使う方に回る。国を傾けるような遊びは出来ないが、うらうらと風に乗るように日々を過ごして一生を暮らせるならどんなに素晴らしいことか、やつらは知らないのだ。

そんなことを考えながら家に帰った彼は、父親が珍しくまだ家にいることに気付いた。ゆうに一刻は外出していたはずなのに、まだいるなんて、と王弁は舌打ちしたくなる。珍しく自分から表に出てきた王滔は息子を刺激しないようなるべく柔らかい声で話しかける。

「そういやな顔をするな。一つおまえに提案したいことがあってな」

王弁はくるりと踵《きびす》を返し、再び家の外に出た。淮南《わいなん》の春二月ともなれば日も長く、風も温かい。父が痺《しび》れを切らして出て行くまでの間外にいたって何の不都合もない。懐《ふところ》具合は微妙であるが、街に出ればつけがきく酒家だって数軒あるのだ。

（どこぞで勤めろなどと言われたら気が狂ってしまう）

どうしてそんなに働いたり勉強したりするのがイヤなのか、とやはり役所づとめをしている義理の叔父に問いただされた事があるが、そんなこと自分でもわからない。ただそうする必要がないのにする事がたまらなく無駄に思えるだけなのだ。

彼の住む光州は中国大陸東部。今の湖北《こほく》省、安徽《あんき》省、河南《かなん》省の境が接するあたりにある。北に淮水が流れ、南には広大な水田地帯が広がる農業の中心地だ。かつては蛮《ばん》夷瘴癘《いしょうれい》の地とされてきたが、南朝の支配を経て唐代に入る頃にはむしろ国家を支えるほどの食糧と富を生み出すようになっていたのである。

当然、官吏の収入も悪くない。普通に暮らしていれば袖《そで》の下やその他で親族一同三代後まで裕福に暮らしていける。しかも王弁の一族はそれほど位の高いものはいないとはいえ、ほとんどが官僚である。

飢えがない状況の中で、説得力を持って自分を勤勉に向かわせる何かがあるとは王弁には思えなかった。父親の説教に背を向けてしまうのも、ある意味当然と自分を正当化していた。

「あらいらっしゃい、若旦那《だんな》」

一軒の店に足を踏み入れた彼を見つけ、ふくよかな顔と体を帯の位置が胸のあたりにある西方の服で包んだ女主人が、ごく自然に彼を店の奥へと招じ入れた。

光州城内は淮南の豊潤な空気を反映して実にゆったりとし、また一面さらなる豊かさを求めてあがいているような相反した印象をもっている。その中に身を浸し、五感で街の雰囲気を感じているのが王弁は実に好きだった。

「今日も繁盛《はんじょう》してるね」

なじみの気安さで彼は話しかける。

「おかげさまで」

王弁の言葉に如才なく微笑《ほほえ》んだ女将《おかみ》は手をたたいて酒を用意させる。

「今日もその……」

うかがうように女将が口を開きかけた。

「うん、構わなくていいよ。なにかあったら呼ぶから」

彼の言葉に女将は丁寧に礼をして去っていく。彼女も客商売は長いが、王弁のような客は珍しかった。彼女の店はこの当時流行し始めていた西域風の服装や音楽、そして葡萄《ぶどう》から作った赤い酒などを出す事で客からの支持を集めていた。

給仕に出ている妓《おんな》たちも、わざわざ西の国境、玉門関《ぎょくもんかん》の近くまで出張って彼女自ら求人をかけてそろえたものである。しかしこの若旦那は、酒や音楽にはあまり興味を示さず、妓女達にはもっと興味を示さず、ただ店に座って杯を舐《な》めているだけで閉店間際《まぎわ》まで動かない。かといって金払いが悪いかというとそうではなく、ツケは使うものの月末には必ず払うし、心づけをけちることもなかった。

このような仕事の鉄則で、金払いの良い客には余計な事を言わないほうが良いと彼女は心得ている。したがって王弁が一人にしておいてくれと言うときは、女将も妓たちも空気のように彼を扱っていた。

（ふふ、面白いな）

あまり表情を変えないまま、彼はただ店内の様子を見ている。漢人とは少し違う服装。顔付き。店の中に流れる心を揺さぶられるような、哀《かな》しげでどこか懐《なつ》かしい旋律。妓どうしがかわす異国の言葉の響き。

生（俺はらくだに乗って方万里《ほうばんり》といわれる砂漠を行くのだ）

目を閉じると頭に純白の綿布を巻き、隊商の先頭にたって西に向かう自分の姿がまざまざと浮かんでくる。その先にはどんな国があるのだろう。いつもは空想の世界で考えるだけの彼が、ふと誰かに話を聞いて見たくなった。

先（あら、若旦那が珍しい……）

普通なら気付かなくなっていてもおかしくないくらい王弁は空気に同化してしまっていたが、さすがは女将である。いつもと違う視線の動きに上客の異変を感じ取った。

僕「どうされました？」

僕「あのね、ここにいる人で、一番遠くから来ている人は誰だい」

「遠くから……。妓女で、ですか？」

普通、客が妓を呼ぶときにはこれこれこういう子、という風に外見で指定してくる。だから女将は最初自分が聞き間違えたのかと思った。

「いや、別に給仕や踊り子でなくても構わない。とにかく一番遠くからきている人と話がしたい」

「あ、はい。しばらくお待ちを」

妓女を横に付けるという気を回すべきかどうか彼女は迷ったが、結局上客の言うことにはなるべく忠実に従うべしという哲学に則《のっと》って、楽団でも最長老の一人を連れてきて王弁の向かいに座らせた。

「この人は康国《こうこく》から来られたそうですよ」

現在の中央アジア、ウズベキスタンのサマルカンドから来たという老人の瞳《ひとみ》は真っ白に濁っていた。王弁はその手に相場よりも多めの心づけを握らせ、ふるさとの様子を尋ねた。

「それはそれは美しいところですじゃ」

最初、演奏を中止させられいきなり連れてこられた事で警戒の念を隠さなかった老人も、手の内に握らされた銭の感触と、やさしくすすめられる酒に饒舌《じょうぜつ》になってきた。

「ソグディアナのゼラフシャンを流れる清き水とうまし酒。そして何より美しい女たち。だんなさまも一度は是非おいでくだされ」

老人の漢語ははなはだ頼りなく、王弁も全く聞き取れないことがしばしばではあったが、ふるさとを称《たた》える言葉だけははっきりと理解できた。

「どうすれば、あなたのふるさとに行ける？」

その王弁の問いに老人はぴたりと動きを止める。動かないと本当に赤茶けた石像のように生命感がなくなった。

「……そうですな」

かなり長い間置物のようになっていた老人はつぶやいた。

「お月様が満ちて、そして姿を消して、それを二十と八回繰り返したように思いますじゃ」

とそう言った。手段ではなく、時間だけを言った。

（二十と八回というと、二年以上か。何という遠さだ）

故郷からほとんど出たことのない彼には全く想像もつかない距離である。

「では老人、そのように遠いところからなぜ漢土に来られたのです？」

そのように美しいふるさとを捨て、二年もかかる旅程を経て、何を求めてきたのかは無邪気な彼にとって当然の疑問とも言えた。

「……」

今度は先ほどよりも長く彼は黙った。やがて白濁した目を王弁に向け、やがてもぐもぐとくちびるを動かすと、その目から涙が滴《したた》り落ちる。

（これはまずいことを聞いてしまったか）

と思うがこういうときどう言うべきかを知るほど彼は気がきいていない。困り果てた彼は女将を呼んで、さらに心づけを渡し下がってもらった。誰にかかわらず、目の前で泣かれたり怒鳴られたりするのは得意ではないのである。去り際、老人は、

「砂漠の神は、わしの目から光を奪われましたわい。じゃが神様はわしに耳と手をお残しなさった。楽人として生きよとおっしゃった。ありがたい事ですわい……」

そう誰に言うともなくつぶやいた。

「いえね、若様」

老人の手を引いて楽器のあるところまで連れて行った女将は、しんみりした空気をぬぐおうとしたのか、王弁の前に座り彼女が知っているだけの事情を話した。

「あの人たち、拝火教を信じていたらしいんだけど、住んでいるあたりが異教徒の集団に襲われて、仕方なく東に逃げてきたんですって。そこをわたくしが拾ってさしあげたんですけどね」

女将は豊かな胸を反らして得意気だ。

「へえ」

中国大陸もこれまで散々戦争に痛めつけられてきたわけで、王弁の祖父もかつて高祖李淵《りえん》に従って戦ったこともあると聞いた事があるが、祖父は既に世を去って彼には

身近なものではない。さらに王弁の親しい人間には、最近のもっとも大きな戦闘である高句麗《こうくり》遠征に出かけた者もいないので、実感を伴うわけが無かった。

女将が去った後も彼は老人の話を反芻《はんすう》していた。想像の翼が豊かな彼でもよくわからない。それでもなんとなく異国情緒にひたり、物悲しい気分になった彼は多めに勘定を置き、店を出た。帰るとさすがに父親は家にいなかった。

二

王弁が光州城下の酒家で康国の老人から話を聞いて既に一旬《いちじゅん》が経《た》った。彼のようにのんびりと時間を送っているものにとって十日という時間はたいした意味を持たない。ただぼんやりと床《とこ》に寝そべり、気が塞《ふさ》げば庭に出て、腹が減れば飯を食うといった毎日であった。

「いい加減にせんか！」

これに再び業《ごう》を煮やしたのが父親である。これまではそれでも外に出たり、友と交わっているだけましだと思っていたが、いよいよ家から一歩も出ず無為徒食を極めようとする息子の姿にひとこと言わずにはおれない。

「おまえはこのまま家に巣食う白蟻《しろあり》のように一生を過ごすつもりか」

一匹の白蟻くらいで傾くような家ではなかろうにけちくさい、と王弁は内心くちびるを歪《ゆが》める。しかしあからさまに反抗したところで議論が決着するわけではないので黙っていた。

「よいか、わしは物心のついたときから経書になじみ……」

はいはい、また自慢話か、と息子はうんざりする。父の言うことは何もかもが繰り返しなのだ。

王滔《おうとう》の兄弟は貧しい幼少時代を過ごしてきたという。苦労してようやく官途にありついた王滔にとって、自らの人生は十分息子の模範になるべきものと考えていたし、息子は当然自分の背中を見てさらに上を目指して歩いてくれるはずだった。それだけに失望が怒りを呼んで顔を見るたびにお説教になってしまう。

「わかったら少しはわしなり誰か良い師について勉学に励んだらどうだ」

そして最終的には懇願するように息子がまっとうな道を歩んでくれるように諭してみるのだが、当の息子は父の言葉など聞こえていないような顔付きだ。いや、聞いているふりはしている。顔を俯《うつむ》け、口答えをせず、恭順な態度でじっとその嵐《あらし》が過ぎるのを待っている。

「おまえ、聞いておるのか？」

こくりと息子は頷《うなず》く。父は最近わかり始めていた。聞いているのと理解しているのとでは違うのだ。そして理解しているのとその通り行動することはまた違う。彼は官僚をしている期間が長かった。だからそんなことは骨身にしみているはずだと自分でも思い込んでいたが、やはりわが息子となると話が違う。話を聞いていれば理解して欲しいし、理解していれば父の言うとおりに動いてほしいのである。

「もういい？」

いつも通り流れる気まずい沈黙の中、王弁は解放を求める。なにか途方もない徒労感に襲われた王滔は手をふいふいと振って息子を下がらせようとした。

「ああ、ちょっと待て」

たらたらとだらしない足取りで出て行く息子の背中を見て、彼は思い出すものがあった。先日言いそびれたことをもう一度言ってみようと思ったのだ。一方、息子のほうは聞こえないふりをして出て行きたかったが、それでも父の言うことはこの時代には重みがある。さすがに完全無視もできずいやいや振り返る。

「お主、もはや四書五経になずむつもりはないのだな」

「ううん、別に、なんとも」

と相変わらずはっきりしない。とにかく王滔は息子と話していると寒天と話しているように頼りない。しかし「別に、なんとも」はもうやる気がないのだと解釈して先を進める。

「世間には大きな道が二つある。孔孟《こうもう》と老荘《ろうそう》だ」

「はあ……」

またなんの話かと思いつつ王弁は気のない相槌《あいづち》を打つ。

「わしは若いころから孔孟の道こそ至上と考え、ひたすら学び政《まつりごと》に励んできた」

県令程度の役人が何を言ってるんだと思ってもそれは口に出さない。

「しかし年を老い、自らの先が見えてくると果たしてわしの人生はこれで良かったのかと自問自答する毎日なのだ」

その答えがこの道教趣味なわけでしょ。言わなくてもわかる。と先が見える話に王弁は内心うんざりしていた。

「どうだ。わしと一緒に神仙の道を究めてみんか？」

「は？」

一瞬父親が何を言っているのか今度は良くわからなくなった。呆《ほう》けたような表情の息子に、これまでにない反応を見たのが嬉《うれ》しい父親は畳み掛ける。

「働かず、何も学ばず、そして何もなさず。前々からおまえの生活態度は最低だとわしは思っておる」

確かにその通りではあるが、父とはいえそう思いっきり言われると王弁も面白くない。鼻白んでいる息子を前に王滔は続ける。

「しかしおまえの生き方、それはもしかしたら老君《ろうくん》の理想としたものに合致するのかも知れんぞ」

「はあ……そうですか」

だからどうだと言わんばかりの態度だ。王弁自身に特段道術に対する思い入れはない。役人のときはひたすらあくせくと働き、官を退《しりぞ》いてからもほとんど実現する見込みのないような不老長寿を求めてあがいている父の姿は見苦しいとさえ思っている。

「おまえを本当の仙人に会わせてやろう」

そう父が言うに及んで、なにかまやかしに引っかかったのではないかと息子はむしろ心配になってきた。

「黄土山《おうどさん》を知っているだろう」

彼らが住む光州楽安《らくあん》県には淮水《わいすい》の刻んだ河岸段丘が、長年の浸食を経て里山になっている場所がある。そのうちの一つに黄土山という低山があった。

「そこに近年仙人が住まわれたと聞く」

そんなあほな。

息子は怪訝《けげん》な顔を隠さない。よた話には付き合えないとさすがに背中を向けかける。

「待て待て！　ここの仙人様はときおり里に出ては下界のものと言葉を交わされるらしい。そして病に苦しむ者には非常によく効く薬丹《やくたん》を処方してくださるのだとか」

薬くらい仙人でなくても煎《せん》じられるだろうと王弁は思うが、もうここまで来たらおとなしく最後まで聞いてやるかと半ばあきらめ気分である。

「そこでだな、その仙人様への供物《くもつ》をおまえに持って行ってほしいのだ」

自分で行け、とはさすがに彼も言えない。無為徒食で養ってくれている人間の指図はある程度聞いておかないと快適な生活に支障をきたす。

「わかった。そのじいさまにいろいろ持って行って、ご機嫌とってここまで連れて来れば良いわけね。でも一言だけいっておくけど、俺は親父《おやじ》の趣味に付き合う気はないから」

そう言って今度こそ背中を向けて父の前から去る。

「頼んだぞ。真の仙人に会える機会などそうそうあるものではない。その方とじっこんになる事で不老長寿への足がかりがつかめるやも知れぬ」

そんなわけで翌日。王弁は父親から託された銀一斤《いっきん》に酒一甕《ひとかめ》と、わざわざ明州《めいしゅう》から取り寄せたするめいか、鮑《あわび》の乾物を担《かつ》がされて里山に登る事になったのである。

「意外と、仙人ってのは、俗なもの、口にするんだ、など」

そう言いながらでもないとやってられない。黄土山はその名の通り、淮水が上流から運んできた黄色い砂と、所々に生える雑木の林で覆《おお》われたそれほど美しくない山である。獲物となる獣もいず、食用に適した果実も生《な》らない。当然そこを訪れる人は少なく、山の中腹にあるという仙人の庵《いおり》に向かう道も荒れ放題である。

「この山、こんなに高かったっけ……」

運動不足気味の王弁の額は、半刻ほど道を歩いただけで既に汗に濡《ぬ》れている。肥満しているわけではないが鍛え上げられているわけでもない彼の肉体は、長時間の運動に向いていないのだ。

「弱ったなあ」

それほど高い山ではないというのに辺りは一面霧に覆われてきた。

(そういえば親父が妙なことを言っていたな)

王滔の話によると、この二ヶ月ほど前、仙人の持つ仙薬や宝貝を掠《かす》め取ろうと邪念を持ってその庵に近づいたものが、霧に囲まれそのまま行方知れずになったという。

生　(おいおい、俺は邪念なんか持ってないっての)

もしかしたらさっき俗っぽいとか呟《つぶや》いたのがいけなかったのかとあわてて荷物を下ろし、とりあえず山の上に向かって三拝九拝する。こんなところで永久にさまようなんて真っ平ごめんだ。

先　心持ち霧が晴れてきたように感じた王弁はやれうれしやと荷物を引っ担ぎ、先ほどの疲れはどこへやら、急いで足場の悪い道をたどる。するとこぢんまりとした雑木林の中に道が入ってしばらくのところで、ごく粗末な庵を見つけた。

僕　(ここか)

僕　彼は庵の、申し訳のようにしつらえられた小さな門の前で供物を捧《ささ》げに来ました、と呼ばわった。庵の扉は開いており中まで見渡せる。黄土山は砂がちの、どちらかというと埃《ほこり》っぽい山だが、庵の中はきれいに掃き清められたように清浄な雰囲気で包まれており、彼が嗅《か》いだことのない種類の香が焚《た》き染《し》められている。

「だれ?」

耳の中で瑠璃《るり》の器が転がるような音がした。

人の気配などあるはずもない、と思っていた頭上から声がして王弁はびくりと驚く。あわてて目線をあげると、その庵の前に到着したときには確かに誰もいなかった草葺《くさぶ》き屋根に何者かが座っている。

「あの、私は前無隷《むれい》県県令王滔の息子……」

「皆まで言わずともわかる。キミが王弁だな。入るがいい」

屋根に座っている人物は、父親が着ているようなゆったりとした道服を身につけている。盛春の青空の一角を切り取ったような鮮やかな青。腰までありそうな長くてつややかな黒髪が緩やかな風になびいている。そうして王弁の目がようやく陽光に慣れて目にしたその姿は、まだ十代の半ばほどにしか見えない少女のものであった。

決して良家の子女といった風情《ふぜい》ではない。楚々《そそ》ともしていなければ、嬌《きょう》としているわけでもない。しかし自分を見つめている、少し切れ長の瞳《ひとみ》と首筋から胸元への柔らかな曲線は、一瞬にして王弁から言葉を奪ってしまった。

「どうした?」

「い、いえ……」

仙人と自称している人物の侍女か何かかと思って、王弁があわてて礼を執ろうとすると、彼女は面倒くさそうに手を振って屋根から飛び降りた。

足音もせずに地上に降り立ったように見えた彼女の姿は次の瞬間もうそこにない。王弁が目をしばたたかせている間に、少女は既に庵の中に入り、堂々と上座に座って彼を手招きしていた。

「何をしている。早く入れ」

仙人はいわゆる社会的な序列を無視した境地にいると聞いている。別に興味がなくても、父親があれだけ道術趣味にはまっていれば門前の小僧の習いでいやでも頭に入ってしまうものだ。

それでも、一応元県令の息子として普段の生活でそれほど無礼を働かれたことのない王弁は、無位無官である少女のぞんざいな言葉遣いに少々驚かざるを得なかった。

「入らないなら門を閉ざし、ボクは遊びに出て行くが」

「あ、ああすみませんっ」

彼より頭一つ小柄な少女から発せられる声は高くもなく低くもなく、すっと耳の奥に快く響いていくような甘さと、それとはうらはらな有無を言わせない強さがあるような気がして、王弁はあわてて行李《こうり》を担いで小さな門をくぐった。

庵には履物を脱ぐ玄関と、奥にだだっ広い居間が一つあるだけで家具らしき物もほとんどない。家の梁《はり》は自然木をただ差し渡しているだけで、柱に使われている木材もその辺りに生えている柏《かしわ》であろうと思われる。その幹は槍鉋《やりがんな》もかけられず、がたがたとして表面は滑らかではない。

「さあ、持ってきたものを見せてくれたまえ」

空間が曲がっているような違和感をまず最初に覚えた。しかしその構成全体がふんわりと奥深く柔らかい香りに包まれており、少女の前に座って間もなくその感覚は消えた。まるで計算しつくされたように、その一室は居心地の良さで満ちていたからである。

「いや、これはここにお住まいの仙人様に」

彼が部屋のつくりに気をとられている隙《すき》に、無造作に手を伸ばしてきた少女からあわてて行李を守る。いくらなんでも主人より先に従者に供物を渡すようなことは出来ない。

「いいからいいから」

はっと王弁が気付くと、抱え込んでいたはずの行李は少女の前にあり、彼女は嬉しそうな顔で荷物をまとめていた紐《ひも》を解いている。

「銀一斤に米の酒。するめに鮑か。なかなかツボを心得ているではないか」

「ちょ、ちょっと……」

少女は銀の塊を手に持ってぽんぽんと重さを量ると、梁に無造作に取り付けられた棚に放り上げる。かわりにそこから縁の欠けた酒盃《しゅはい》を二つ下ろしてくると、そのうちの一つを王弁の前に置いた。

「これは高い酒だぞ。飲もう飲もう」

舌なめずりをせんばかりに少女は甕の封を外すと、杯に注ごうとした。

「こ、こら！」

王弁はさすがにこれ以上のおいたを許してはならんと、声を上げる。

「ん？　どうした。酒は飲めないのか」

「そうじゃなくて」

人に説教をするということに慣れていない彼は、師を差し置いて供物に手をつけることの過《あやま》ちをさして流暢《りゅうちょう》とはいえない調子で少女に言って聞かせた。

「ぷぷ、あははははは！」

しばらくきょとんと聞いていた彼女は、最後まで王弁が言い終わらないうちにけろけろと笑い出した。

「何がおかしいの」

苦労知らずの人が良さそうな顔を真っ赤にして王弁は怒る。しかし少女はごめんごめんと白い手をひらひら振ると背筋を伸ばして座りなおした。何か言おうとしているのか、と王弁も怒りの矛先を収めて座りなおす。

「名乗っておかねばなるまい。姓は僕《ぼく》、名も僕《ぼく》、字《あざな》はそうだな、野人とでもしておくか」

「僕僕？」

真面目《まじめ》な顔をしてからかわれているのかと彼はあっけにとられる。

「ボクにとって名前など何の意味もない。目の前にいるキミがボクのことを認識するのに何か特別な名前が必要か？」

「え？　は、はあ……」

中国において姓名は古来より非常に重要視されているものである。古代、本当の名前は通常尊属しか呼ぶことを許されなかった。名を呼ぶことはすなわち呪術《じゆじゆつ》的な力を持つほどだと古くから考えられ、青史に名を残すことはすなわち士大夫《したいふ》究極の人生の目標である。名はそれほど重要なものであった。

「そしてキミの親父さんが探している仙人とはつまりボクのことだ」

「うそだあ」

王弁は思わず声を上げてしまう。不老長寿を得、雲に乗り、龍虎《りゆうこ》を御し、地に這《は》うものを空に舞わせ、空に舞うものを地に這わす。そのような力を得るには想像もつかないほどの修行が必要なことくらい、彼にだってわかる。

「証拠を見せよう」

怪訝そうな顔をしている彼の前で、少女は杯に注いだ酒を口に含み、すっと印を結ぶと上を向いて酒を霧状に吹き出した。通常なら風に流れて消えてしまうか、重力に引かれてすぐ地上に落ちてしまうはずの酒の霧は少女の体周りにまとわりついたように留まり、まるで雲のごとくその体を覆っている。

「疾《し》ッ」

霧の中から少女の声がかすかに聞こえた。その霧がどんどん濃度をまして小さな体が見えなくなって数瞬、やがて屋外からさっと春風が吹き込んで霧を払う。

「うそだろ……」

先ほどまで目の前に座っていた青い衣の少女は消え、純白の衣に頭髪一本なく照り輝いている頭皮、そしてへその辺りにまで伸びる衣と同じくらい白く長い鬚《ひげ》。耳たぶは豊かに肩まで下がり、口元には世の悩みを全《すべ》て捨て去ったかのような微笑が浮かんでいる。

「こういうのじゃろ。おまえが想像する仙人というのは」

「は、はい」

仙人は幻術をよくするというが、それを見せられたのかと王弁は周囲を見回す。部屋の中には目の前に座るふくよかな老人を隠すほどの空間は見当たらず、少女の気配はどこにもない。

「あの、本当に仙人様で？」

老人が頷《うなず》くと王弁は叩頭《こうとう》して父からの口上を述べ、供物の目録を差し出した。

「ご苦労なことだ」

「いっ？」

顔を上げた王弁は再び驚愕《きょうがく》した。老人だったはずの仙人は再び青い衣を着た少女に変貌《へんぼう》していたからである。

腰を抜かさんばかりの王弁に少女はまず落ち着け、とおかしそうに彼をなだめた。

「まあとにかく、キミは既に父から命じられた仕事をしっかりと果たしている。ボクが黄土山に住む噂《うわさ》の仙人というわけだ」

「そ、そうですか……」

光州城内は当時でも有数の豊饒《ほうじょう》な地域である。各地からそのおこぼれを狙《ねら》って術師をはじめさまざまな大道芸人が訪れる。何もない手のひらから小鳥を出し、扇の中から水流を迸《ほとばし》らせる。王弁も見たことがないわけではないが目の前で起きている事態はそれらの手品を遥《はる》かに超えていた。

「それとも何か。キミはボクのような女の子よりあのようなじいさんと酒を飲むほうが好きなのか？　お望みとあらばいつでも変化《へんげ》してやるぞ」

「いやそんなことはないですよ」

王弁自身は仙人などというものはほとんど信じていない。もしかしたらさっきの老人が床下にでも隠れているのではないかと少女が座っている座布団《ざぶとん》のあたりに目をやる。

「そんなにさっきのじいさんに会いたいのか。なんなら現出させてやろうか」

「そんな事できるんですか」

「たやすいことだ」

考えた末、王弁はそれを断った。彼の仕事は父親に頼まれたものを届けに来ただけだ。タネがもしあるとして、それを知ってしまいたい気持ちもあるがなんとなく興ざめな気がしたのである。

「ふむ、普通仙道のタネとなるとみな見たがるのだがな。断ったのはキミが初めてだ」

彼が本当にみたいのはタネなどない本当の異世界である。楽団の老人が生まれた康国の風俗。彼らがたどってきた西からの道。西だけではなく、東にもあるという異郷を見てみたいという希望はある。

「ふうむ」

僕僕と名乗る少女は、目尻《めじり》がすっと上がった涼しげな眼を細めて彼を見た。酒家にはたまに行くものの、それまで女色に触れた事のない王弁は、じいっと見つめられて落ち着かなくなる。

「な、なんですか」

彼の動揺をよそに彼女はしばらくの間、王弁の全身をなにか値踏みするような目で、頭のてっぺんから足の先まで観察し終わると、

「あれだよね。キミの父上は自分が仙術を学びたいってキミをよこしたんだよね」

と腕組みをして考え込みながら言った。

「はい、まあ」

僕僕はむむむ、と唸《うな》ると腕組みを解いて一言、

「無理だ」

ときっぱりと言い切った。王弁は別に父親が仙人になろうがどうしようが興味はな

かったが、そう冷たく突き放されるのもどこか気の毒な気がする。

「キミの父上は少々気ぜわしすぎる。道を究めるには向いていないよ」

「あの、あなたは父と面識があるのですか」

「全くない」

彼には目の前の少女をどう呼んでよいかわからない。年齢にそぐわない話し方と、普通の少女にはないような神秘的な雰囲気を持っている。しかし仙人その人ともなかなか思えず、敬称をどうつけるべきか判断に苦しんでいるのである。

「どうしてそんなことがわかるのですか？」

「面識はないがキミの半身はその父君ではないか。キミを見ていればよくわかる」

「なるほど……」

彼には道術のなんたるかは全くわからないが、父親の性格はよく知っている。気ぜわしいといわれればあれほど気ぜわしい性格はない。官にあるときは地位の維持向上と財産の利殖に汲々《きゆうきゆう》とし、官を退いた後は家をごてごてとめでたい物で飾り立てて不老長寿のために見苦しいほどに努めている。

「じゃあ仕方ないですね」

肝心の仙人がダメだというならきっとダメなんだろう。父親の落胆する姿が目に浮かぶがそれも致し方ない。彼はもう一度叩頭して辞去しようとした。立ち上がり、履物に足を突っかけたところで、ちょっと待ちたまえ、と声がかかった。

「なんでしょう」

彼は半分興味を失っていたが、それでも振り返って少女のほうを見た。

「ふうむ」

もう一度長い時間王弁のほうを見て頷くと、

「キミには仙骨はなさそうだ」

「仙骨?」

「人間には実際に肉体を支える骨格があるな。腕やら足やら肋《あばら》やら。そして人の精神にもまたそれを支える骨格がある。そしてまれに、仙人となるに必要な仙骨を持つ人間がいるのだ。そしてキミにはそれがない」

「へえ……」

そんなものがあるとは当然彼自身も思っていない。

「しかし」

僕僕は続ける。

「仙縁はありそうだな」

少女が言うには、仙人となる素質はゼロに近いが、仙人に近づける資格を生まれつき持っているのだそうだ。

「親父にはあるんですか？」

「残念ながら両方ない。えてしてそういうものだ。ほとんどの人が自らの仙骨や仙縁に気付かないまま一生を終えていくし、両方とも無い人に限ってそういうのを求めたがるからね。難儀なことだよ」

彼は少し面白くなってきた。くどくどといつもやかましい父親を少しへこませてやれるかもしれない。

「本当に俺にそういうのがあるんですか。えっと、仙縁ってやつ」

「仙人のボクが言うのだから間違いない」

少女は薄い胸を張る。僕僕は王弁にこれから暇があったら遊びに来るがいいと許可を与え、なみなみと杯に酒を注いで豪快に飲み干した。

「ちょっと、子供なのに一気にお酒なんか飲んだら体に悪いよ」

思わず王弁は口を挟む。口に含んだ酒をふきだして僕僕はけろけろと笑うと、

「この世界でのボクの年齢をキミは知らないんだな」

そういたずらっぽく目を細めた。

「聞きたいかい？」

「あ……」

見た目は彼より五つも六つも年下に見えるというのに、彼を見る瞳《ひとみ》の色は年齢の話になってから急に色を変えた。それまでは少し茶色がかっていた虹彩《こうさい》がいつしか大木の虚《うろ》のような黒みを増し、王弁の背筋には何か寒気のようなものが走る。

「いえ、いいです」

「そうか。まあ今は聞かないほうが良いかもしれないな。驚いて酔いが醒《さ》めてしまうかも知れない」

そう微笑《ほほえ》んだ少女の瞳は、人懐《ひとなつ》っこい色を取り戻している。王弁は先ほどの変わり身よりも、その目の色の変化のほうがよほど恐ろしく感じられた。

「さ、おなごの年齢を聞く前に、キミも杯を干したまえ。大人なんだろう？」

そう言って甕《かめ》を彼の前に置く。酒なら少々自信がある。西域風の酒家で空想の翼を広げながら一斗の酒を干すこともざらだ。何のとりえも無い王弁の唯一《ゆいいつ》の特技といってよかった。

散々不思議の術を見せられた彼はなんとか酒量で驚かせてやろうと企《たくら》む。博打《ばくち》も女色にも興味はないが、ここで一つくらいこの少女より秀《ひい》でている部分を見せ付けておかないと気が済まない。

明州で水揚げされたするめいかは港で腸《はらわた》を抜き、竿《さお》に刺して干しただけではあるが、海の滋味を多量に含み酒のつまみとしてはうってつけである。

「キミの親父さんは仙骨こそ無いが、よくわかってる」

僕僕は王弁が瞬《まばた》きする間に懐《ふところ》から小さな七輪を取り出し、今度は袖《そで》をまさぐってその七輪にあわせて作ったような、鋼線を編み上げた網を取り出してその上においた。

「明州のするめは炙《あぶ》るとこれがまた最高なんだな」

この時代の酒は精製技術が確立していないため、糖度の高い甘い酒が主である。西域から伝えられた赤いぶどう酒は飲まれ始めていたがまだ一般的ではない。王弁自身も舌に馴染《なじ》まないその味が好きではなかった。

「ふむ、この酒、いい色だ」

実際の年齢は不明の少女がさもうまそうにするめをしがんでは酒を口に含む。もち米を主原料にした酒は潔斎《けっさい》した娘が種となる米を噛《か》んで醸《かも》しているという売り文句であった。そんなことを王弁が説明すると、

「残念ながら広告に偽りありだね」

全く酔った様子は見せていないし、顔色にいささかの変化もないが少女は口の中で

転がすように酒を味わって喉《のど》を通すと、やけに断定的にそう言った。

「まず種を作るのにかかわった娘は五人だ。確かに女の子をその手の作業に使っているのはまず間違いない。しかしそのうち二人は処女ではなく、そのうち一人は子供を宿している」

「ええっ！」

さらに少女はもう一口含んで飲み込むと、

「そしてこの酒を甕に詰めた男は肝の臓を患《わずら》っておるな。横から掠《かす》めて飲みすぎだ」

「どうしてそんなこと……」

わかるんですかとあっけにとられて王弁が尋ねる。

「全《すべ》ての物は触れたものに影響を受ける。それがたとえ一瞬であろうと、百年の交わりであろうと全く影響が無いということはありえない。この酒も、醸した人間がいて、甕に詰めた人間、それを町に運んできた人間がいて、それを売った人間がいて、そしてここまで担《かつ》いできたキミがいる。この酒の味はつまりそういう人たちの味さ」

とくすりと笑った。よた話と笑うにはなんだか真に迫りすぎているのである。王弁もこうなったらしらふでは付き合いきれない、と杯を重ねる。二人はそれほどべらべら話すわけでもなく、穏やかな顔で杯を空け続けた。

飲んでいるうちに王弁は妙な違和感を覚える。二人の杯を空ける速さはかなりのものである。しかし半斗ほどの甕にはまだなみなみと酒が満ち、飲めば飲むほどに琥珀《こはく》色《いろ》の度を深めているような気がするのだ。

「なんだ、もう酔ったのか？」

しまった、と彼は思った。相手は少女の形をしているとはいえ仙人を称するほどの奇人である。酒量が人並みだと考えた自分の浅はかさをいまさらながらに彼は呪《のろ》った。

「なんでもないですよ。これくらい」

何を張り合っているのかもはや自分でもわからない。そして次の瞬間、炙ってあるするめを網の上から取ろうと顔を七輪の上に持って行ったその刹那《せつな》、彼は目の前の少女がどうも本当の仙人らしいと確信するに至った。

その七輪の中には全く火の気がないというのに、するめは香ばしい香りを漂わせ、ぱちぱち音を立てながら反り返ったからである。

「やっと信用したかい？　キミはこの時代の人にしては疑い深いなあ」

呆然《ぼうぜん》と自分の方を見ている青年のびっくり顔がそれほど面白いのか、僕僕は再び楽しそうに笑った。

「これほどうまい酒は久しぶりだな。どうだろう。一つ素晴らしい舞をキミに披露しようと思うのだが」

仙女の舞などと父親が聞けばおそらく卒倒するだろう。

「見たいです！」

酔いが回ってノリの良くなってきた王弁は手を上げて賛意を示す。

「ちょっと遠いところから来るからね。それまでこの干した鮑《あわび》でもしがんでいることにしようよ」

そう言って歯が欠けそうに硬く干し固められた鮑の身をやすやすとちぎりとり、一片を王弁に投げてよこした。

「遠いところってどこなんです？」

「実はとても近いところだ。まるで手を伸ばせば届きそうな」

どっちなんだ、と彼は心の中でつっこむが酔いが回ってきた頭ではもう細かいことはどうでも良くなってきた。二人無言で貝の身を噛んでいるうち、どこからか妙《たえ》なる調べが聞こえてきた。

琴《きん》、笙《しょう》、鐘《しょう》、そこまでは王弁にもわかるがそれ以外にも、西域酒家でも聞いた事のない音色がいくつか混じっている。

「彼女と会うのは二千年ぶりだけど全く腕は衰えてないね」

そう僕僕は満足げに微笑む。僕僕の庵《いおり》は玄関から入ってすぐにほとんど家具の類《たぐい》がない居間があり、その部屋の大きさには不釣合いに大きな窓が玄関から見て右側に開いている。僕僕がさっと右手を上げるとその扉が観音開きに開き、二人の目前に目もくらむような、それでいて清らかな衣に身を包んだ天女と、緑の絹衣をまとった楽団が現れた。

「今日は僕僕さまにお呼びいただけるとは。一別以来、ご無沙汰《ぶさた》をしております」

天女は丁寧に頭を下げる。

「なんの。ボクの方こそ長らく挨拶《あいさつ》もなしで申し訳ないと思っているよ」

もういちいち驚きの声を上げたりする気にもならない。天女はさらに二言三言、僕僕と言葉を交わし、後ろの楽団に向かって小さく頷《うなず》くと、軽やかに舞いだした。

「まずは黄鐘調《こうしょうちょう》」

僕僕がぽつりと曲名を呟《つぶや》く。笙の音は冬の風。琴の音は雪の音。王弁は天女の舞がふり落ちる粉雪のようにはかなげで美しく、また踊りを見ているだけなのに冬の背骨が震えるような寒さを感じる。

「次は蕤賓調《すいひんちょう》」

弦を叩《たた》く撥《ばち》さばきは激しい炎のよう。打ち鳴らされる鐘声は夕立の雷。王弁は情熱的な天女の舞が先ほどの冬の気配をみるみる消していくのを感じ、いつしか自分が背中に汗をかいている事に気付いた。

「そして南呂調《なんりよちょう》」

瑟《しつ》の音が秋の訪れを告げ、そしてかき鳴らされる琴の音は秋風の涼しさをもって辺りを払う。稔《みの》りを寿《ことほ》ぐような優しい天女の舞いに王弁は涼やかで、また多少の寂寥感《せきりょうかん》をおぼえる。

「最後に応鐘調《おうしょうちょう》」

今度は一転、土の中から温かさに誘われて万物が顔を出す。楽しげな音色はそれぞれの楽器全ての調和から生まれ、楽しげな舞がそれらを柔らかくくるんでいる。王弁は春の気配が大好きでよく庭先に出ているが、このような調べを毎年聞くことが出来ればどれだけ素晴らしいかと、陶然となった。

「お粗末さまでございました」

春の足音を余韻として残したまま舞楽は終る。彼は拍手することすら忘れ、耳に残る旋律と、まぶたの奥に残る長い袖の舞を反芻《はんすう》した。

「称《たた》えることくらいせんか」

あきれたような僕僕の言葉に、王弁は立ち上がり力いっぱい拍手した。実際、何かを見てこれだけ感動することなど生まれてこのかた無かったのである。

「うん。この子も気に入ってくれたようだ。お疲れ様、嫦娥《じょうが》」

「嫦娥？」

　王弁は思わず聞き返す。

「月の女王さ。さ、キミ達も一緒に飲んでいかないか」

　僕僕は杯を人数分袖から出すが、嫦娥は哀《かな》しそうに首をふり、

「私たちはこのように天仙の方にお呼びいただいたときだけ、地上に降りてくることが出来ます。もしここで宴の席を共に囲んでしまったらまたいかなる罰を受けようものかわかりません。もしお慈悲があるのならば、またお呼び下さいませ」

　そう言って深々と頭を下げると、名残惜しそうに振り返りながら天女たちは空に帰っていった。

「かわいそうな子達だ。天界も厳しいものだよ」

　事情を詳しく聞くには酒にも舞楽にも酔いすぎた王弁は、ごろりと横になる。次に気付いて体を起こしたときは、彼の体は自宅の門前にあった。

　使用人からの注進で息子のすがたを玄関先で発見した父は、みるみる顔に血を上ら

せる。

「お前というやつは！」

酔いつぶれた息子の様子に、酒も銀も自分で消化したと思い込んだ王滔は怒りを爆発させたが、王弁はろれつが回らないながらも僕僕の庵であったことを詳細に述べ立てた。

老荘の道を歩んでいるくせになかなか息子の言うことを信用しなかった彼も、その話があまりに筋道立ち、酔っ払いのたわごととは思えなくなったのかその場は息子を放免する。

「明日もう一度詳しい話を聞かせよ。うそだったら承知せんぞ」

そう怖《こわ》い顔をして脅したが、王弁にはなにも後ろめたいところはない。はいはい、と面倒くさそうに手を振ると、寝床に入るなり寝てしまった。

三

王滔《おうとう》は県令としてさまざまな訴訟を長年担当していたこともあって、ことの真偽を判別する能力は他人より多少あると自負している。目の前で堂々とうそをつく人間は数多く見てきたし、刑吏の大刀を目の前にしても滔々とうそを述べ続ける人間に会ったことすらある。
「もう一度同じ話が出来るか？」
うそをうそと見破る一番初歩的な方法は、同じ話を何回かさせる事である。それがもし虚飾にまみれているなら、必ず話をしている時に重大な欠落や矛盾が出てくるはずだ。

「また？　何回話してもおんなじだって」

王弁は父が疑うのも無理はないと思うから、言われるままに黄土山での出来事を繰り返してはいるが、あまりにもしつこすぎるのである。

「わかった。信じがたいがおまえの話は確かに筋道が通っている」

年齢的に成人してからは、基本的に王滔は息子をほったらかしにしていた。小言はいうものの、不自由しないだけの金品を与え、どこに遊びに行こうと詰問《きつもん》したりはしない。彼の知る息子は、おとなしくてあまり口が立たないという印象ではあったが、こと昨日の話に関しては微に入り細を穿《うが》ち、詳細で的確であった。

「しかしそんな話をはいそうですかと信じられると思うか？」

行った先には少女がいて、老仙人に変化し、酒の甕《かめ》は汲《く》めども尽きぬ泉と化し、月からは嫦娥《じょうが》が降りてきて舞を披露したという。

「そんなに疑うなら自分で見てくればいいだろ」

仙人の存在を疑うくらいならその道士っぽい服装をやめたらどうか、と王弁は悪態の一つもつきたくなる。大体本物の仙人に会わせてやると言って王弁を山に行かせたのは父親のほうだろう、と彼は心中文句を並べる。

「む、そうだな」

実は王滔、息子の話を聞いて半信半疑ながらも、興味をそそられて仕方なかったのである。しつこく聞き直しているのはもちろん疑いの気持ちが含まれているからなのだが、それを自分の中で真実と信じるための手段でもあった。

光州楽安県はこの日もうららかに晴れていた。まだ辰《たつ》の三刻を回ったあたりの空気は朝の清浄さを保ちつつ、なまめかしいほどのぬるさに変わりつつある。

「黄土山は一本道だったな」

息子に確認する。

「邪心が無ければね」

「そ、そんなものあるはず無かろう」

王弁は心の中で少々気の毒に思っていた。父に邪心は無いだろうが、彼は僕僕にはっきりと仙骨も仙縁もないと言い切られている。果たして黄土山の中腹までたどりつけるかどうか、はなはだ疑問に思っていた。ただ、真実を告げるのはあまりにもかわいそうなので、その点は父に話していないのである。

「仙人様は酒を好まれるのか」

「好きみたいだけど、昨日持って行ったからいいんじゃないの」

そうもいかんだろう、と彼は息子に命じて昨日と同じく供物《くもつ》を市まで買いに行かせ、自ら行李《こうり》を担《かつ》ぐと興奮を抑えきれない様子で山まで出かけていった。

（後をつけて行ってやろうか）

そんな意地の悪いことをちょっと考えてみる。

（いや、やめておこう）

家にいればいつも偉そうにふんぞり返っている親父《おやじ》の泣きっ面《つら》を拝めるかもしれない。そう思って彼は父のいなくなった縁起物だらけの屋敷でごろりとなり、まだ残っている酒気を抜くために横になる。やがて聞こえてきた大鼾《おおいびき》に、庭の鶯《うぐいす》が驚いて飛び立った。

風の涼しさにふと体が震えて王弁が目を覚ましたときには、既に太陽は南の天頂を大きく西に回り、その色をわずかに黄色く変えていた。

（寝すぎた……）

無為に生きているといっても、昼寝で長い時間をつぶしてしまうとどことなくもったいない。それでも寝てしまったものは仕方がないので、彼はとりあえず使用人に湯を沸かさせて、手ずから茶を淹《い》れた。他人の淹れた茶だとどうしてもうまく思えないのである。

（そろそろ親父が帰ってきても良い頃だ）

黄土山はそれほど高い山ではない。普通なら一刻もあれば往復できる距離である。しかし、三刻近く経《た》った今も帰っていないということはうまく仙人の庵《いおり》にたどり着いたのかもしれない。

（あれ？）

別にそれだけのことなのに、王弁は自分が奇妙に苛立《いらだ》っていることに気付いた。しかし彼は苛立ちや怒りなどからなるべく遠いところにいたいと思っている人間である。他人から向けられるそういった感情はいかんともし難いが、自分がそうせずにおこうと思えば何とかなる場合も多い。

親以外の誰にも特別迷惑をかけることなく生きていると自負している彼は、誰かや何かに怒りや苛立ちをぶつけることはほとんどなかった。父親ががみがみと説教しているときも消極的に反抗心を抱くのみである。

（ちょっと歩くか）

春の昼下がり。夕刻との境目に木々の間を歩けば、何かと気が紛れるだろうと彼は屋敷を出る。自分でも気付かぬうちに、彼は黄土山のふもとまで来ていた。黍粉《きびこ》をまぶしたような色のところどころに、若緑のむぐらがうずくまっている。

昨日彼が訪れた仙人の庵があるあたりも、小さな木立が静かに風にそよいでいるように見えるきりで、その中がどうなっているのか麓《ふもと》からではうかがい知れない。

（ま、親父を迎えに行くと思えば）

彼はなんとなく自分の行動が良くわからないまま、あまり歩きやすいとはいえない里山の道を登りはじめた。なかなかの急斜面をほとんどまっすぐ登るように作られた道はもともと杣人《そまびと》のためのもので、体を動かすことから遠ざかっている王弁や、まして年老いて官を退《ひ》いた王滔には厳しい。

（どっかで倒れてなきゃいいけど）

縁起の悪いことをふと考えて頭を振った彼は、うめき声のような物音を耳にして思わず体をこわばらせた。なにせここは仙人が住んでいるのである。どのような物《もの》の怪《け》が潜んでいるかわからない。

思わず木陰に隠れ、周囲の様子を窺《うかが》う。そしてふと目線を山道に沿って上にあげたとき、彼は見覚えのある青い道服の端っこを見つけた。

「親父？　ちょっと、大丈夫か」

木の幹にもたれ、行李を放り出すようにした彼の父親は顔を真っ赤に紅潮させて息も絶え絶えにうめいている。

「どうしたんだ。しっかり」

いつもは鬱陶《うっとう》しいと思ってはいても、母亡《な》き後はただ一人の親である。さすがに王弁もあせり、水を求める父のためにあわてて山を駆け下りて水を汲みに行った。からっぽになってしまっていた父の水筒に水を満たし、ようやく正気に戻った。からからに乾いた唇に含ませる。貪《むさぼ》るように飲んだ王滔は数回深呼吸をして、ようやく正気に戻った。

「し、死ぬかと思ったわい」

衣に染《し》み込んだ汗は乾いて白い塩の模様を描き、たった半日裏山を歩いただけというのに彼の頬はこけてしまっていた。

「何があったの？」

「わしにもよくわからん。しかしな、どれだけ歩いても同じところに戻ってしまうのじゃ」

仙人のいたずらか、と王弁は合点する。あの飄然《ひょうぜん》とした少女にしてはきつい仕打ちだなあ、と彼はちょっと父親が気の毒になった。これが彼女の言っていた「仙骨」や「仙縁」とかいう言葉とつながるのだろう。彼はここで初めて僕僕に告げられたことを父に打ち明けた。また再挑戦されて命を落としかけられてはたまらない。

「なんと！」

息子の予想通り、王滔は天を仰いで慨嘆した。

「仙人様はわしがどちらも持たないとはっきりおっしゃったのだな」

「うん」

脱水症状を起こしているとき以上にがっくりとしてしまった前県令は、行李をそこに置いてあることすら忘れたように、後ろを振り返ることもしないでとぼとぼと山道を下っていった。彼はその背中と置き去りの荷物を交互に見ていたが、

（まあいいや。明日にでも担いで上がろう）

そう思い決めた。荷物を父親がもたれていた木の幹に立てかけ、王弁も後を追う。悄然《しょうぜん》とした父親の後をついて歩いたので、屋敷に帰りついたときには既に日はほとんど暮れていた。王滔は落胆と疲労のあまり、後妻の家に行くこともせずそのまま布団《ふとん》をかぶって寝てしまった。

翌早朝。

といっても王弁的な早朝の事である。農夫は既に朝の仕事を終え、街もとっくに目覚め、店は開き、役所は官僚機構の歯車として回転を始めている。することもなくだらだらと優雅に毎日を送っている彼の一日は当然のことながら世間とずれている。

「起きてくださいませ。旦那《だんな》様がお呼びです」

屋敷で使っている老僕が困ったように王弁の体をゆする。無為徒食の若様は朝が大変弱くていらっしゃる。彼は王滔に仕えて既に数十年という熟練者ではあるが、主《あるじ》の息子を起こす仕事だけはあまり嬉《うれ》しくなかった。

「若様、若様」

「……なんだうるさいなあ」

普段は温厚な若君がめったに見せない禍々《まがまが》しい顔を見せるひと時だからである。

「旦那様がお呼びです。すぐに顔を洗い、書斎にこいと」

そんな恐ろしい顔をされたときの対処法はひたすら哀《あわ》れに訴えかけることである。老僕の立場を表情にのせて訴えかけると、仕事にやる気は無いかもしれないが根は気の優しい坊ちゃんがしぶしぶ床から体を起こしてくれるのだ。

「わかったわかった。そんな顔しなくて良いから。親父にはすぐ行くと伝えてくれ」

老人は三拝して王弁の部屋を去る。王弁は老人が心の中で小さく舌を出していることなど思いもよらない。

「なんだってんだ。まさか今度は一緒に連れて行けとか言うんじゃないだろうな」

何が悲しくて親父と山中をさまよわねばならんのか。そんな事態だけはどうしても避けたかった。

「心配せんでも、そんなことは言わん。わしもあんなしんどい目はもうこりごりだ」

昨日黄土山中ではよっぽど応《こた》えたのか、息子の危惧《きぐ》を先回りするようにして王滔は言った。やけにあっさりしている。あれだけ仙道だ不老長寿だと喚《わめ》いていた父親がそう簡単に仙人に会うことをあきらめるだろうか。と思っていたら、

「弁よ、おまえはあそこに近づいても構わないと言われておるのだよな」

「まあ、そうだけど」

「そこで頼みなんだが、仙人様について教わったことがあればわしにも多少教授してはくれまいか。もちろん仙人様への供物は全《すべ》てわしが金を出してやるし、おまえのこれからの生活も十分に保証してやる」

官僚世界で生き残ってきた粘り強さといやらしさに、若干の無邪気な好奇心をふりかけたような瞳《ひとみ》の色で、王滔は息子の顔をのぞきこんだ。

（やっぱそうだよね）

彼には父の考えることが良くわかった。自分をえさにして仙道の何たるかに近づこうとしているのだ。これまでの王弁なら父親のそういう意図がわかった時点でおそらく僕僕への興味自体失ってしまっていただろう。しかし彼は自分でも不思議なくらい

素直に、わかったと頷《うなず》いていた。

「おお！」

王滔はまさかすんなりと息子が頷くとは思わず、条件闘争に入る心積もりでいたので無防備なくらい喜びをあらわにしてしまった。

「ごほん、では早速おまえは勤勉に仙人様の所に通い……」

「言っておくけど」

こうなればこちらの優位だ。王弁は父親の言葉を断ち切って自らの立場を述べた。

生活にあまり干渉しないこと、僕僕に関することは全て自分に一任するように約束させる。息子の意外にしたたかな反撃に王滔は顔をしかめたが、ここでへそをまげられてはあのような幻術を自在に操る仙人に近づく機会を失ってしまう。

「ま、まあ仕方ないだろう。しかし『道』というのは心を清く持って……」

その仙人にだめだとはっきり言われている人間に「道」を説かれる筋合いは無い。

王弁はくどくどと何か言いかけている父親を放っておいて、黄土山に出かけることにした。

彼はどういうわけか、あの仙人が自分を待っているような気がしていたのである。

「そりゃそうさ。ボクはキミを待っていたのだからな」

すんなりたどり着いた先では少女姿の仙人がそう言って快活に笑った。

その証拠に、彼が黄土山の中に入って道を登り出して最初の雑木林に入ったとき、既に僕僕の庵はその目前にあった。

「ほれ、昨日キミの父上が置いていった荷物もこの通り。どうする？」

室内に王弁を招じ入れた彼女は居間に広げてある酒の甕《かめ》やら酒肴《しゅこう》を指してその処分を尋ねる。当然持って帰る気はさらさらない。

「それは仙人様に捧《ささ》げる物だって言ってたからもらっておけば良いんじゃないですか」

「うん、よしよし。では今日も一献《いっこん》」

嬉しそうに頷くと僕僕は二日前と同じく、縁のかけた酒器に酒をなみなみと注いだ。二人は特に何かを話すでもなく、酔いが回るまで延々と飲み続ける。

ここ数日続いていた晴天はさすがに姿を消し、楽安県一帯は厚い雲に覆《おお》われていた。とはいっても春の曇り空である。太陽が出ているときよりも湿度が高い分、むしろもわっとした空気が体を包んで生暖かく感じられるものだ。

「雨が降りそうですね」

「今頃風伯《ふうはく》と雨爺《あめじい》が降らせる量を検討しているころだろう」

まるで普通のことのように僕僕がそれに応える。

「風伯と雨爺?」

「二人ともすごい神様だぞ。かつて炎帝《えんてぃ》と黄帝《こうてぃ》が天地を二分してのおおいくさを戦ったときには大活躍した」

今は天界を巻き込むような争いはない。争いがあるのは地上だけだ。とつぶやいて僕僕は杯を干す。

「なんなら呼んでやろうか?」

月の女王の次は風神と雨神なんて話が大きすぎる。別に余興が無くても酒を楽しめるたちの王弁は今日はよいですと断った。

「ふむ、話がついたようだ」

何がです?　と聞く前に彼はその意図を悟った。さらさらと上質の紙をなでるような雨音が、外から聞こえてきたからである。

「今年はこのあたり一帯豊作になるぞ」

雨音を聞きながら彼女はちょっとほっとしたように言った。

「そんなことまでわかるんですか」

「わかるさ。今年は魃《ばつ》の姐《あね》さんがこの辺りにいないからな。あの人がいると雨爺が思うように働けない。あとは蟲神《むしがみ》のご機嫌次第だろうが、あいにくつきあいがなくてわからない」

王弁は酒を飲みつつ、現実味の無いこのような話を聞くのが実はかなり好きである自分に気付いていた。最初はよた話だろうと見くびっていた。しかし彼女の話には、西域の老人が自分に話した物語と同じくらい重みがあると感じていたのである。

「魃の姐さんって？」

「これも炎帝と黄帝が戦ったときのことだ。当初優勢に戦いを進めていた炎帝側に対抗するため、黄帝は娘の魃を北の荒地から呼び寄せた。旱《ひでり》と乾燥の女神は炎帝の軍勢を大いに苦しめたんだが、今度は戦が終っても彼女は帰りたがらない。そこで父の黄帝も時々こちらの世界にも遊びに来ていいから、となだめて帰らせたのさ。だから彼女が遊ぶ地域では雨が降らなくてえらい目にあう」

すごいなあ、と感嘆しているうちに彼は眠くなってきた。うとうととまどろむ視線の向こうに、ゆったりとした道服に身を包んだ少女が穏やかな顔で杯を傾けているのが見える。ふと彼は思い出したことがあって座りなおした。

「どうした。今日はいきなり自宅の前に放り出すことはしないよ」

「いえ、そんなことではなく」

彼はどうして昨日父の訪問を拒否したのか聞いてみたのである。

「ふむ」

飲みかけた杯を一度止め、目で王弁の方を見たあと、その杯を飲み干して自分の目の前に置いた。

「キミはボクが言っていたことを聞いていなかったのかい？」

新たに酒を注ぎながらその杯の中に目線を落とした。

「仙骨とかって話ですか？」

「そうだ。キミの父上には仙道に対して縁がない。縁が無いところを無理やり結んでもそれは良い結果を導かない。わかるか？」

王弁は頷く。そのうえで、でも、と彼は言葉を返した。

「父は半死半生だったんですよ」

おや、という風に僕僕は不思議そうな顔をした。

「キミは父上のことが嫌いなのではないのか」

少女仙人の表情には皮肉めいたものは浮かんでいない。その代わりに王弁の下腹がきりりと痛むような冷酷さがそこに漂っているような気がして息を呑《の》む。

「確かに好きじゃないですよ」

少し慎重に言葉を選ぶ。口うるさく小役人らしい狭量《きょうりょう》さはあるが、それでも親子の縁を憎悪《ぞうお》できるほど王弁の心は荒《すさ》んでいない。

「でも嫌いであろうと父親です。現に養ってもらってますし」

僕僕はしばらく考え込んでいたが、

「そっか。ボクとしたことが読み違えていたかもしれない」

すまないことをした、と僕僕は素直に頭を下げた。

「ボクには既に両親の記憶がない。果たして両親というものがいたのかどうかすら、判然としない。親の腕に抱かれていたのがどれくらい前の話か、それすらも思い出せないんだ。だから親を想《おも》う心というのがそもそもわからない」

なぜ自分が道術をあまり好きになれないのか彼は思い出した。幼いころに祖父に読んでもらったおとぎばなしだ。父と同じように、年老いてからは老荘趣味に走った彼が孫に読んだのは当然、その手の話である。

ある男が仙人を目指して、とある仙人のもとに弟子入りした。男は与えられる課題を次々と乗り越え、修行は最終段階に入る。地獄に連れて行かれた男は、そこで首枷《くびかせ》をはめられ、残飯の処理をする豚に姿を変えられていた両親を目にしたのである。

醜く汚れ、獣の姿になってはいるが彼にははっきりわかった。

男は目に入ったものに心を動かされず、仙人の後をついて地獄を通り抜けなければならなかった。豚に姿を変えられてしまった両親は懸命に息子に助けを求める。彼は迷う。心を無の境地において動じないことこそ、修行の要諦《ようてい》であると彼は理解していた。だからこそ炎を踏み、水をくぐり、毒虫を口にするような修行でも乗り越えてこられたのである。

この両親の姿だって、もしかしたら心の迷いが生んだ幻影かもしれない。全ては師匠を信じてまっすぐに進めばよい。男は目をつぶろうとする。

仙人への道を突き進めと彼を叱咤《しった》激励する心と、たとえ幻影であっても地獄で苦しむ両親を見捨てることが出来ない子の心がせめぎ合う。

「どうした。親がなんだというのだ。太極《たいきょく》にあっては親子の縁など小さいものだ」

天から師の声が彼の背中を押す。足を進めようとすると姿を変えた両親は泣き叫ぶ。

王弁は一度ここで祖父の話をさえぎった。もう聞きたくない、と。祖父も幼子にするには少々刺激が強すぎたと自覚したのかそこで話をやめた。

彼自身もどうしてだかわからないが、二日ほど経《た》ってから彼はもう一度祖父に結末を話してくれるように頼んだ。どんな物語でも佳境《かきょう》まで聞いて結末をきかないのは気持ちの悪いものである。王弁もその最後を知りたくはないようでいて、気になって仕方なくなったのだ。

孫の心変わりに少々怪訝《けげん》な顔をしながらも、祖父は話の続きをしてくれた。そのころは頭の回転も速かった孫は、祖父に話を変えないようにと釘《くぎ》を刺すことも忘れなかった。

結局、男が両親を見捨てることができず、彼は仙人になることに失敗した。師である仙人の、目に映る事象に心が簡単に揺れ動くようでは俗界を離れることは出来ない、という嘆息で話は終わる。

祖父の話し振りでは、仙人になれなかった男に対してどちらかというと批判的だったように記憶している。しかし王弁は、最終的に仙人にならない選択肢をとった男のことを偉いと思った。その話を聞いた当時、既に王弁は母親をなくし、父親は役人として多忙の身でほとんど家に寄り付かず、彼自身も親というものにさして愛着を持っているわけではなかった。それでも、親を捨てなかった男は正しいと思ったし、同時にそういったものを捨てさせる仙道にどこか不信感のようなものを抱いたものだ。

「そうだな。こうしないか?」

僕僕は王弁の心を読み取りでもしたのか、ある提案を持ちかけた。王弁が彼女の弟子になるということにして、師匠が弟子の家に教えに行くという形をとろう。そう言ったのである。

「これなら無理がない。不都合も起こらないだろう」

どうだ？と言われれば王弁に異論はない。もともと父のほうが仙術には興味を持っていたのである。別に父を喜ばすためにやるわけではないが、そういう風にしてくれると助かる、と彼は安堵《あんど》した。

四

王弁が父親に仙人が来宅するということを告げると、彼は息子がとりなしたことを悔やみたくなるくらいにみっともなく喜びまわった。とにかく「仙人」というものを実際に見て、その力の一端でも自分のものにできないか、彼は恋焦《こいこ》がれるように思っていたのである。
「だからさ、親父《おやじ》には仙骨が……」
「そんなことはどうでも良いのだ。もしかしたら仙人様のお慈悲でわしにも不老長寿、いやそこまでは行かなくても何か瑞祥《ずいしょう》があるかもしれないではないか」

やれやれと肩をすくめて彼は僕僕を迎えに出る。彼女は気軽に雲に乗って行くから良いよ、と王弁に告げていたがそれでは目立って仕方がない。楽安県は稲作が中心ののどかな米どころで、王滔《おうとう》の屋敷の周辺も実に静かである。王弁はその静けさを気に入っていたし、それを乱されるのはあまり嬉《うれ》しくない。

「やあ、来たね」

相変わらずすっきりと空の一角を切り取ったような青い道服を身につけ、少女は柱にもたれて座っていた。彼の顔を見てにこりと笑う。

「お迎えにきましたよ」

「うん。父上はさぞかし喜んでいたことだろう」

「もう見苦しいくらいに」

顔をしかめた王弁を見てくすりと笑うと、僕僕は、

「じゃあご期待に背かないようにしないとね」

といたずらっぽい顔になった。その表情の意味が最初良くわからなかったが、彼が先導して屋敷に着いたとき、その意図がようやくはっきりした。門前まで迎えに出ていた父が三拝九拝してこめつきばったのように伏し拝むのをなんだかおかしな気分で見ていた王弁は後ろを振り返って仰天した。先ほどまで話しながら山を下っていると

きはいつも見慣れている少女だったのに、いつの間にか白髪長鬚《ちょうしゅ》の老人に変化《へんげ》していたからである。

純白の道衣に黒い袖口《そでぐち》。ついている杖《つえ》は仙松の枝を切り出したように曲がりくねり、それでいて気品にあふれている。口元には穏やかな笑みが浮かび、深山の香り立ち上るその姿は神気にあふれているといってよかった。王滔が普段蒐集《しゅうしゅう》している縁起物の掛け軸に描かれている、名のある仙人そっくりである。

「このたびはこのように汚《けが》れた地にあなた様のような貴い仙人様がご来臨されたこと、この小道、心より御礼申し上げます」

放っておくといつまでも拝礼を終えそうにない父親を立ち上がらせ、とにかく中に入らせる。田舎町のことである。普段は偉そうな前県令が門前で土下座を繰り返しているとなれば噂《うわさ》にならないはずがないのだ。

その日、王滔は仙人直々に仙人になるのは不可能だ、とはっきり宣告されがっくりはしていたが、一方あなたの寿命は末広がりの八十八まで安泰じゃ、と言われて狂喜乱舞した。

名目は王弁に教えを授けにきているとはいうものの、結局父親は息子がいることなど忘れたように仙人に教えを乞《こ》い、独学で学ぶ道術上の疑問をぶつけて一日を過ごした。

「寿命、あれ本当なんですか」

帰り道、黄土山の山道に入ったあたりで元の姿に戻った僕僕に王弁は率直に尋ねてみた。仙人ともなれば他人の寿命を読むことはたやすいだろうし、もしかしたらそれを変えることすら出来るらしいが、やはり目の前で見ないことには実感がわかない。

「そうだね。気ぜわしいところはあるが今のように身を修めていればそれくらい生きるだろう。彼も若いうちはかなり無茶をしていたらしいが」

くくく、と彼女は含み笑った。

「無茶？」

「酒に溺《おぼ》れ、女色をむさぼった、っていう意味だよ。それがなければもう十年ほど寿命は延びていたかも知れないな」

「そんなことまでわかるんですね。じゃあ」

俺は何歳まで生きられますか？　と聞いて王弁はちょっと後悔した。

「聞きたいかい？」

「えっと……」

彼は迷う。もしこれで今年来年などと言われたら衝撃が大きすぎる。

「やっぱいいです」

「それがいいよ。寿命がわからないからみんなそれなりに努めるのだ」

「すみませんね。何もしてなくて」
ちょっと王弁はすねる。しかし僕僕はふと微笑《ほほえ》んで、何もしていない人間などいないのだよ、と優しく諭すように言った。

李《り》、という姓は中国において最も一般的な姓の一つである。誰でも彼でも、という言葉を「張三、李四」というほどにありふれたもので、現代の中国で李姓を戴《いただ》く人は一億人近いとも言われる。

起源には諸説あるが、姓としての李は伝説の皇帝である堯《ぎょう》がその当時法律を掌《つかさど》っていた一族に「理」という姓を与え、それが同じ発音の「李」に変わったという説が最も流通している。「理」はそのほかにも「吏」に通じる。「理」にしろ「吏」にしろ、古代の中国人が追い求めたものには違いなく、この姓が漢民族全体に遍《あまね》く広がったのは自然なことといえるだろう。

王弁が暮らす光州の刺史《しし》は李休光《りきゅうこう》という男である。王朝を束ねる皇帝の一族と直接の血縁関係はない。彼は自らの姓に大きな誇りを持っていたが、一つだけ気に入らないことがあった。王朝の中枢《ちゅうすう》にある李一族は自分達を老子、李聃《りたん》の末裔《まつえい》と謳《うた》っていたことである。

「楽安県？　またあんなのどかなところで……」

　彼は部下からの注進を受けて顔をしかめていた。李休光自身はいわゆる道術というものに対して全く信頼感を持っていない。彼の家柄は王滔と同じく、地方の小官吏であったが、李休光は王弁と違い刻苦勉励し、若くして明経《めいきょう》科に合格した秀才である。身分秩序をただし、仁義礼智で国を治めることこそ、最大の責務だと感じていた。

　年のころは三十半ば。男盛りの働き盛りは、政治家としてのやる気に満ちた大柄な男である。

「山から五色の雲に乗って飛んできた仙人が、病に苦しむ老若《ろうにゃく》を治して回っているとな」

「代価も取らず評判となっております」

　世の乱れは今のところない。則天武后《そくてんぶこう》の治世は、高級官僚には恐怖政治であったにしろ民衆にはむしろ穏やかなものであった。そのあと三代おいて本格的に政権を握った李隆基《りりゅうき》、後に玄宗《げんそう》と呼ばれる皇帝はまだ熱意に燃え、同じく若く有能な官僚を使って政務に励んでいた時期の事である。

「芽は小さいうちにつぶしておいたほうが良いか……」

彼は幼いころに暗誦《あんしょう》するまで読まされた史書を思い出していた。

古来より不思議の術は国家の益になるように使われたためしがほとんどない。後漢末の黄巾《こうきん》の乱を引き合いに出すまでもなく、邪教は往々にして国を揺るがし、時として倒してしまうほどの力を持つのだ。そして李休光はそのような企みは決して許してはならぬと考えている。

「その仙人もどきに関わっている人間をすぐに洗い出し、ここに出頭させろ。灸《きゅう》を据えてやらねばならん」

彼はそう部下に命じると、片田舎で起こった仙人騒動のことはとりあえず忘れ、日々の雑務に没頭していった。

古来より官僚内には奇妙な連絡機構がある。当時の役人は特権階級であったものの、上の都合であっさりと左遷《させん》されたり、ことによってはクビになったり一夜にして罪人となることすらままあった。従って、仲の良いもの、親族内では情報を融通するのが常である。

光州別駕《べつが》、黄従翰《こうじゅうかん》はまさに李休光に調査を命じられた本人である。彼は楽安県に部下を派遣してことの経緯を調査するうち、驚いた。彼の妻の兄に当たる人物がこの件に関して深く関わっているようであったのだ。

「弱ったことになったな」

彼は部下から手渡された報告書を前にして腕組みをした。

こういった場合、方策はいくつかある。問答無用にその仙人とかいう老人をひっつかまえて州城まで連行するか、義理の兄にそれとなく耳打ちして仙人と縁を切ってもらいなかったことにするか、実際よりことを小さく報告して州刺史の関心を下げるか、いずれかが現実的な選択肢であった。

「まあとりあえずはこの目で見てくるか」

李休光ほどの孔孟《こうもう》論者ではないにしろ、彼はどちらかというと義兄の道術趣味を批判的に見ていた。年老いて急に香を焚《た》いてみたり、山にこもってしまったりする人間がこの当時多くいたから、特に奇異な感じを持っているわけではない。しかし、がちがちの官僚機構の中であがく人生に慣れきっている黄従翰は、やはり得体の知れないものを追い求めるよりは、目の前の仕事に対してより現実的な対応をする上司の方が馴染《なじ》めるのである。

相手も元役人だし、直接会って話したほうが早いだろう——彼は身支度を整えると、従者も連れずに楽安県へとおもむいた。

「なるほど」

妹の婿《むこ》に話を聞いた王滔はさもありなん、という風にあごひげをしごいた。

「そんなに有名になっているのか」

僕僕を迎えに行くのは王弁の役割であったが、もともとが怠惰な生活をしている青年である。彼女との約束の時刻をこえてもまだ眠っていることがあった。そういう時、老人姿の僕僕は五色に輝く小さな雲に乗って屋敷に現れ、彼の寝床をひっくり返して起こすのである。

「確かに、我が家にたびたび仙人様が降臨されておられる」

義兄はすっかり怪しい人物にはまってしまわれているようだ。黄従翰は暗澹《あんたん》たる気持ちになりながら、李休光がこの件に対して強硬な意見を持っていることを告げた。

「いやな、婿殿。あなたもご覧になればきっと驚かれるよ」

「そうじゃ」

王滔の声に相槌《あいづち》を打つ声が自分の尻《しり》の下から聞こえ、黄従翰は飛び上がって驚いた。

「どうも人間というのはその目で見たものしか信じない傾向がありますからのう」

床板がしゃべったように聞こえてあわてて飛び退《すさ》った黄従翰の目の前に、まるで木目が溶けるように形を変えたかと思うと、せり上がるようにして人形《ひとがた》をとり、一人の老人が姿を現した。

「あ、義兄《あに》上《うえ》、これは……」

普段は神色泰然をもってなる州の中堅官僚もさすがに言葉を失う。

「先生、あまり驚かせないで下さいよ」

既に不思議に慣れつつあった王滔はびっくりしながらも、義弟にそのような驚きを悟られぬよう平静を装《よそお》って仙人をたしなめる。床板の色から純白に衣の色を変え、端然と座っている老人を見て黄従翰は思わず脇《わき》に置いた剣の鞘《さや》を払った。

「婿殿落ち着きなされ」

立ち上がって狼狽《ろうばい》した親族をなだめようと王滔も立ち上がりかけるが、老人姿の僕僕はゆったりと手を上げてその動きを制した。

「わしになんの罪、咎《とが》があって刃《やいば》を向けられるのかの」

あくまでも老人の声は落ち着いている。光州別駕としても、よほどの危険がない限り罪もない老人をやたらに斬《き》り殺してよいわけではない。いきなり力ずくの手段を使うのは光州城を出る時に下策だと自分の中で分類してあったのにこの有様である。

ましてここは義兄の屋敷。剣を抜くことすら非礼の極みだ。頭に上っていた血の気がさがり、彼は少々困ってしまう。

「何、気になさらずとも良い。あわてておられたのか、抜いたはずの剣が手の中にござらぬわい」

当惑を見抜いたように、老人は柔らかくそんなことを言った。

はっと自らの手を見ると、先ほど確かに抜いたはずの剣が手の中になく、きちんと鞘の中に収まって座床の傍に横たわっている。さてはあやかしの術にかかったかと焦《あせ》るが、実際傷つけられたわけでもなければ侮辱されたわけでもない。彼は狐《きつね》につままれたような顔をして席に座った。

「ごほん……。して老人、あなたが最近このあたりを騒がせているという仙人か？」

いきなり先手を打たれたようだが、黄従翰も李休光の右腕として長年働いてきた男である。すぐに威儀を正して尋問に入った。

「騒がせているつもりはありませんがの。このあたりに住み着いておる仙人はわしの他におらんようじゃからわしということになろうよ」

韜晦《とうかい》するような老人の口調に彼は苛立《いらだ》つが、この程度のことではもう平常心を失わない。

「国法では天神地祇《てんじんちぎ》を祀《まつ》り、仏に帰依《きえ》することを禁じてはおらぬ。しかし邪教を組織し、ひそかに国に害をなすことは許されぬ」

王滔と老人僕僕は顔を見合わせた。

「婿殿、それは私も重々承知しているが、この先生はたまに山から飛んできて医者も見放すような重い病に倒れたものに、仙丹を処方してくださるだけだ。大目に見てやってはくだされますまいか」

王滔は僕僕が屋敷を度々訪れるようになっても直接何かを教わるというわけではない。それでも、彼が話す天界の出来事やこれまでたどってきた足跡を聞いているのが好きであった。

なにより、仙人と息子伝いとはいえ、友達づきあいをしているというのは、同じく仙術を学んで老後を過ごしている元官僚仲間への最高の自慢話なのである。ここで州刺史から因縁をつけられ、いなくなられるのはあまりにも惜しい。

「そうは言われましてもなあ」

確かに州刺史が言うほど邪悪な雰囲気は感じられないが、不思議の術を使うようではあるし、これほどの力を持っているなら将来大きな勢力にならないとも限らない。

「ふむ。ではわしはしばしお暇《いとま》するとしようよ」

中を引き取って仙人は軽く言った。

「なんと！」

王滔は瞠目《どうもく》する。

黄従翰からすればそれが一番ありがたい。たとえ悪性の腫《は》れ物の種であっても、自分の管轄《かんかつ》内から離れてくれればもう関係ない。義兄が何か迷惑をこうむるわけでもなくなるし、自分も良心の呵責《かしやく》にさいなまれずにすむ。

「いや、先生しばしお待ちを……」

と王滔がその袖《そで》を摑《つか》む前に、僕僕老人の姿はふいと部屋から消えていた。

「婿殿。なんというか、もう少しやりようがあったでしょうに」

関係各所へこころづけをたっぷり渡すから上司には小さく報告してくれたら良いではないか、という責めが言葉に含まれている。

「いえ義兄上、こういうことは話が小さいうちに消しておいたほうが良いのです」

あえて難しい顔を作って彼は宣告する。こちらは現役の官僚なのである。親族だからといって弱きに出ると舐《な》められる。

もしここで李休光にうそをついて収まったとして、今後あの老人の評判が一気に大きくなれば今度は黄従翰の立場が悪くなる。それがわかるから王滔としてもあまり強く言えないのであるが、それでも惜しい気持ちは拭《ぬぐ》い去れない。

義弟が帰ったあと王滔は息子の部屋に駆け込み、何とかしてくれと泣きついた。

「そんなことになってたの……」

　王弁は現役官僚で義理の叔父にあたる黄従翰が苦手である。この叔父は王弁の顔を見ては就職を勧めてくるので顔も見たくない。今日も黄従翰が来るというので酒家に逃げようかと考えていたが、僕僕も父親も家にいろと言うから仕方なく部屋で息を詰めるようにして縮こまっていたのである。

「で、先生は？」

「気付かぬ間に出て行かれたようだが、ここには来られなかったか？」

　縮こまっているうちに寝てしまった彼はそのような気配を感得できるわけもない。とりあえず顔を洗って気合を入れると彼は屋敷を出て黄土山に走った。

　なじみの山道を駆け上り、いくつかの木立を抜ける。僕僕の機嫌にもよるがいつもならすぐにこぢんまりとした庵《いおり》が目の前に現れるはずである。しかし、今日に限ってその気配がない。九十九折《つづらおり》の山道を疲れを抑えて懸命に走り、何とかたどり着こうとあがく。

「くそ、もういなくなっちまったのかよ」

　王弁は口から出そうな鼓動の音を鼓膜のすぐ裏で聞きながら叫ぶ。

「せんせいっ！　弟子に何も言わずいなくなってしまうのですか？　師は弟子を育て

る義務があるんじゃないのですか？　仙人だったら、そういうことを無視してもいいの？　せんせいっ、聞こえてる？」

彼には一抹《いちまつ》の希望があった。いけどもいけども頂にたどり着かない道。これはすなわち仙人の術がここにかけられていることを示している。何かの理由でへそを曲げて会いたがってはいないが、自分のことを見ていると彼は思ったのである。そして声が嗄《か》れるまで叫び、足が動かなくなるまで走って、目の前の木立の中に彼は飛び込んだ。

「……あったあ」

見慣れた小さく、しかし清らかな空気に包まれた庵が目の前にある。そして屋根の上には、初めて会った時のように、足をぶらぶらさせて座っている少女の姿があった。

「だからボクは言ったんだ。縁のないところに無理やり縁をつなげようとすると無理が生じるって」

ふくれっつらである。

「でも来てくれるって言ったのは先生ですよ」

「あ、そうか。そりゃそうだけどさ……」

ひょいと屋根からとんぼを切って飛び降りた僕僕は、とりあえず上がって休め、と王弁を中に誘った。

「疲れが取れる。飲むといい」

そう言って温かい琥珀《こはく》色の液体を杯に注いで彼に手渡す。

「酒ですか？」

「それだけ激しく体を動かしたあとにいきなり酒なんか飲んだら体に悪い」

そんなことも知らないのかと言わんばかりだ。とにかく礼を言って飲み干した彼は、その芳醇《ほうじゅん》な香りと口の中に広がる上品な甘さにうっとりとなった。

「はるか南方で取れる茶葉に蓬莱山《ほうらいさん》でとれた蜂蜜《はちみつ》を入れてある。疲れを癒《いや》し、修行を積んだものなら寿命が延びる味だ」

「俺の寿命も延びますか」

「キミは全く修行が足りない。というか修行など欠片《かけら》もしていないからね。さて、ボクに教えを乞《こ》いにきたんだろ？　あれだけ山中響き渡るくらい叫んだんだ。縁のある人間にあんな熱意を見せられたら、ボクだって断るわけにはいかないじゃないか」

そう言って少女はにこにこと笑った。

「あ、あれは先生の姿が見えないから叫んだだけで」

狼狽した王弁はあわてて取り繕う。

「ほうほう、キミは師がうそをつくのは ダメで弟子がうそをつくのは良いとでもいうのかい。そういう人間には師匠として罰を与えなければならないが」

王弁は素直にごめんなさいと謝った。何をされるかわかったものではないからだ。

僕僕は疲れの癒《い》えた彼を庵から蹴《け》りだすと手のひらを上に向け、ひゅっと口笛を吹いた。するとみるみるうちに大きさを縮めたその庵はぴょんと命でもあるように彼女の手の上に飛び乗り、一匹の子猫のような生物に姿を変えた。仙人の手にすりすりと頭をすりつけてお愛想をすると、するりと袖《そで》の中に姿を消した。

「な、何ですか今のは」

怪奇現象には大概なれっこになってきた彼もさすがに驚く。

「これは第狸奴《だいりど》という生物さ。もともと違う種族にはなつかないが、仲良くなるとその友人のために何にでも姿を変えてくれる。最も得意なのは家のような動かないものだな。この第狸奴が森の中で姿を変えたら、まずどんな神獣もそのにおいをかぎわけることは出来ない。なにせ姿だけではなく、全《すべ》てをその物に変化させてしまうからね」

自分のことを話しているのがわかるのか少女の懐《ふところ》から小さな顔を出して、その不思議な生物は王弁のほうを向いてしゃあっ、と威嚇《いかく》した。

「気をつけなよ。人間の指などその爪《つめ》と牙《きば》で簡単に吹っ飛ばしてしまうから」

こわいこわい、と彼は思わずあとずさる。

「さて、ボクはさっきもキミの父上に言ったようにここを去ることにするよ。仙人は表に出すぎるとやはりろくなことがない」

僕僕の至極あっさりした言葉に王弁はあわてる。

「だってさっきは何か教えてくれるって言ってたじゃないですか」

「言ったよ。だから弟子ならさっさと旅支度をしてこいってこと」

疲れていたはずの肉体に新たな力が宿ったような気が王弁にはした。にこにこと微笑む少女に見つめられているうち、山道を走り登って汗に濡《ぬ》れてはいるが、元気を取り戻した四肢が、一刻も早く言う通りにせよ、とせきたてる。

彼はくるりと体を反転させて山を駆け下りていった。

「意外と一所懸命になることもあるんだねえ」

そう少女仙人がその背中に向かって呟《つぶや》いてしまうほど、王弁の背中は活力に満ちていたのである。

五

「そうかそうか、キミの父上も熱心なことだ。ご縁はないが」
僕僕は王弁が話す父親の様子を聞いて手を打って笑っていた。仙人と共に旅に出ると聞いて、彼はその様子をきっちりとまとめておいてくれと筆立てと帳面を彼の行李《こうり》に詰め込んだ。そしてくれぐれも、長生の手がかりになることがあったら何でも書きとめておいてくれと拝むように頼んだ。
「それでも他人よりかなり長く生きられると言ってあるのになあ。人の欲は限りがないよ」

僕僕は荷物を何も持っていない。着替えも食糧も、銭すら持っている気配がない。王弁は旅などしたことはないが、一応服の替えやら父親から多めにふんだくってきた銭やらを持っている。

「そういえば俺、どこかに旅に出るのが夢だったんです」

仕事も勉学も一切彼の興味を惹《ひ》くことはなかったが、唯一《ゆいいつ》その心を動かしたのが異国風の酒家だった。同じ二本の腕、二本の足、二つの目を持っているのに明らかに異質なその顔と言葉。全く知らないというのに妙に郷愁をかきたてるその旋律。

狭い世界に住んでいる彼を揺り動かさずにはいられない。

「ボク達はね、これからもっと遠くに行くよ」

「もっと遠く？」

月が満ち、そして姿を消し、その循環を二十八回も繰り返した末にたどりつく世界の果ての向こうにまだ新しい世界があるというのだろうか。王弁の心は躍る。

「さっきも思ったんだけどさ」

まるで滑るように地面を行く僕僕は振り返って背中の後ろで手を組み、彼の顔をのぞきこむようにして見上げる。

「キミはそういう顔もできるんだな。初めて会った時は、本当にだらだらしていて、穏やかではあるがゆるみきっているって感じだったのに」

「べ、別になんにも変わっちゃいませんよ」

この少女仙人と知り合ってまだ一ヶ月ほどしか経《た》っていないというのに、確かに彼も自分が何か変だと思っている。いつもはどこにいようと気にならない父親を山中まで迎えに行ったり、寝過ごすことはあるものの僕僕を毎日出迎えに行ったり、山の中を叫びながら探したり、そして突然の旅にも二つ返事で行くことを了承したり。

彼は初めて、他人を意識しているとはっきり自覚していた。

「ま、いいけどね。ボクも久しぶりの旅だ。一人も悪くないが道連れがいる旅もたまには良い。まあついてこられたらの話だけどね」

彼の心中に気付いているのかいないのか、僕僕は再び楽しそうに微笑《ほほえ》むと、また雲を踏むような軽い歩調で道を歩き出した。王弁も、その仙人が意外と表情豊かであることが、どこか新鮮だったのである。

「それでどこに行くんです?」

照れくさい感情を隠すように、できるだけ事務的な口調で尋ねてみる。

「ボクの特技は薬丹《やくたん》作りだ。まずは各地を巡って良い材料がないか探してみるとしようよ」

確かに彼女が、そのあたりの雑草にしか見えない植物を引っこ抜いては、煮たり焼いたり溶かしたり煎《せん》じたりして薬にしているのを王弁も目撃している。そんな材料から作ったものでも、僕僕の作った薬は実によく効いた。だからこそ余計に評判になってしまった部分もある。

「そんな材料とは失礼だな。きちんと吟味しているぞ」

王弁の疑問に少女は最近よくするふくれっつらをして見せた。

「それはわかっていますけど、よく草を見るだけでわかるもんだなあって」

「そりゃわかるさ」

と彼女は得意げである。淮水《わいすい》のほとりに出た二人は船に乗っていた。

「地に根を生やし、実をつける類《たぐい》の植物はそれぞれが大きな力を持っている。そしてその中でも、特に強い力を持っているものがボクに語りかけてくるのさ。わが力を使え、とね」

光州は淮水の南側、淮南道の要衝である。そして淮南道の大きな城市はほぼ例外なく大きな流れのほとりにあった。

このまま淮水を西にさかのぼれば申州《しんしゅう》、鄧州《とうしゅう》を経てやがて長安につながる道に出る。一方で河岸からはなれ、南に下ればやがて黄州や鄂州《がくしゅう》、江陵府《こうりょうふ》など長江《ちょうこう》沿いの大都市にたどり着く。

「まずは都に行ってみるとしようよ」

櫓《ろ》を操る老人に僕僕はにこりと笑いかける。船着場には渡し舟や漁船がみずすましのようにわらわらとそちこちを漂っていたというのに、僕僕はわざわざにぎわっているところから一里ほど離れた葦原《あしはら》まで歩いた。そこで木の葉のように底の浅い船を休め、釣竿《つりざお》をたれている老爺《ろうや》に声をかけたのである。

鉈《なた》で荒彫りしたような顔のその老爺は、僕僕の顔を見ただけで頷《うなず》くと竿をしまい、乗れとばかりに顎《あご》をしゃくった。ぐっと両側に張ったその頤《おとがい》は川底の岩すら噛《か》み砕きそうで、そうでありながら淮水の流れのごとく表情は穏やかであった。

「ねえねえ、先生」

嬉《うれ》しそうに腰に手を当て、舳先《へさき》に立って川風を楽しんでいた僕僕に王弁はささやく。

「どうせあのおじいさんも只者《ただもの》じゃないんでしょ」

「よくわかるな」

少女は感心したように目を丸くして見せた。

「彼は淮水の河伯《かはく》。今日はたまたま仕事も無く釣りをしているというから、ちょいと水先案内を頼んだというわけさ」

「河伯？」

「ちょっと前に玄奘三蔵《げんじょうさんぞう》という偉いお坊さんが西域浄土に旅した話を知っているか」

いきなり仙人は話を変える。

「え、ええ。そういう人がいたとは聞いていますが」

「その時に旅のお供をしたもと捲簾《けんれん》大将が天界で罪を犯し、流沙河《りゅうさが》に落とされたときに、元部下だった彼は望んで地上に降りてきたのさ。そして淮水の河の神として勤めている」

でも確か、そのとき万里の道を越えていった英雄達はみな天上で位を得たはずだ。王弁もおとぎ話の範疇《はんちゅう》ながら有名な物語を思い出す。

「彼はね、意外と地上が気に入ったみたいなんだな。だから元上司が天に帰ろうと誘っても断ったのさ」

思わず振り向いた王弁に向かって老人は頷く。

「ボクと同じようにね」

呟《つぶや》くように言った言葉は、ちょうど船が瀬の部分を滑るように走る音にかき消されて王弁の耳には聞こえなかった。

底が平たく舷側《げんそく》が極端に低いその小船は、浅瀬であろうとお構いなしに先に進むことが出来る。しかし安定性に欠け、一見、ほんの少し櫓さばきが狂っただけで簡単に転覆してしまうような危うさがある。

「そろそろ渭水《いすい》に入る……」

ゆったりとして、それでいて巧みに船を操っていた老人はぼそりと低い声で言った。

「渭水？　淮水を西にさかのぼっているのではないのですか」

聞き違えたのかと思って王弁は聞きなおす。淮水と渭水は中国の発音で多少似ているからである。

「渭水じゃよ。このままさかのぼっていけば渭橋に出る」

王弁とて、自分の住んでいるところと都が数千里の距離にあることくらいわかっている。光州は内陸ではあるが干した海産物が普通に流通する東シナ海に近い文化圏だ。長安郊外を流れる渭水は甘粛《かんしゆく》の蘭州渭源県《らんしゆういげん》の西、鳥鼠山《ちようそざん》に源を発し、東南に流れてやがて黄河《こうが》と合流する。

つまり淮水とは全く水系が違うのである。

「くく……」

混乱している彼を見てこらえきれず僕僕が笑い出した。

「いや、キミのそういうときの顔、好きだなあ。ほら、よく鳩《はと》がマメ鉄砲食らったみたいな顔って言うけど、まさにその通りだ」

「だ、だっておかしいじゃないですか。淮水と渭水がつながってないことくらい俺にだってわかりますよ」

「確かに淮水と渭水は地表ではつながっていない。でもね、大地には龍脈《りようみやく》というのがあるんだ。地下を流れる水と気の流れだな。河伯たるこの老人がそのあたりを利用できないわけがないだろ?」

言われて見れば、周囲の風景はどこかぼんやりと靄《もや》に包まれているようで、船は確かに水上を進んでいるのだがまるで河岸も何も見えない。

「龍脈はあちこちに地上との接点を持っている。渭橋はそのうちの一つだ。うまく使えば数万里の道も数刻で行き来することが出来る。憶《おぼ》えておくと良い」

細い舳先に右のつま先だけで立っている僕僕の背後からさあっと涼やかな風が吹き、彼が住み慣れた淮南とはまた違った空気の匂《にお》いが彼の鼻腔《びこう》をかすめた。

「間もなくだな」

太陽の光が周囲に戻り、渭水を上下する船の群れの中に、河伯が操る小船の姿もあった。

「渭水東流去、何時至雍州。憑添両行涙、寄向故園流」

老人はよく通る声で歌いだした。いかつい顔に似合わぬ美声は幅広い渭水の両岸にまで届き、下流である東に向かう船からは「好《ハオ》！」と称賛の掛け声が飛ぶ。

「渭水は渓水と合わせ、さらに河と会う。望郷の念を無数に飲み込んで河は流れ続けるのさ。水の流れはこの世界が寸毫《すんごう》の時間すらさかのぼれないことを教えてくれるけど、ボクたちは河をさかのぼることができる。不思議だね」

いつも飄々《ひょうひょう》としている僕僕が珍しく感傷的なことを言っているので王弁は不思議に思った。仙人という種族はそのあたりから自由でいられるのかと思っていたら、そうでもないのだろうか。

「長安に来るなんていつ以来だろう」

僕僕は懐《なつ》かしそうに大きく深呼吸をする。川風に真っ青な道服がはためき、高価な香木のようなやわらかい香りが流れてくる。それが香木ではなくて、杏《あんず》の花の香りであることに、庭を眺めるのが好きだった王弁は気付く。

「来たことあるんですか？」

「そりゃあ。ボクが行ったことのない土地なんてほとんどない」

「なるほど」

現実感のない彼女の言葉をすんなりと受け止めている自分が王弁はおかしかった。

「都には昔の知り合いが何人かいる。ボクも久しぶりに会っておきたい。キミが都で遊びたいならボクが友人に会っている間ひとりで行動してもらっても構わないが？」

彼とて酒の一つも飲めないわけではないが、知らない街で一人というのもどこか味気ない。彼が一緒についていくと言うと、僕僕もあっさり頷いた。

船は渭橋のたもとにある船着場に着き、河伯は幅の広い顎を開いて初めて王弁に向かって笑いかけた。分厚い手に押されて彼は河岸に降りる。空の明るさから、光州を出てわずかな時間しか経っていないとわかるが、王弁にはそれが信じ難いことのように思える。

そんな不審感も、長安城から東北に五十里の渭橋から巨大な都の城壁をかすかに望めば拭《ぬぐ》い去らざるを得ない。道は進むにつれて人通りを増し、その衣服もさまざまである。漢人はほぼ同じ服装であるが、雪豹《ゆきひょう》の皮で作った腰巻を身にまとい、巨大な穂先の二叉槍《ふたまたやり》を持つ吐蕃《とばん》人、王弁がかつて光州城内で入り浸っていた西域風酒家で見かけたことのある西方の胡服《こふく》姿で、わし鼻の男たち。

開元《かいげん》三年（七一五）春。長安はその中心に座る玄宗皇帝の熱気に吸い寄せられるように、世界各地から多種多様な人物が集まっている。その中で青い道服の少女とあまりさえない青年の二人組が目立つことはなかった。

「夜まで待とう」

二人は東の市に近い旅籠《はたご》に宿を取り、暗くなるのを待った。別に友人を訪ねるのは昼間でも構わないではないかと王弁は思うが、宮仕えなら昼間はいないわけだから、夜に訪問するのは理にかなっているといえる。

「おもしろいな。都は」

僕僕は宿の窓からずっとにぎわう市の様子を見ていた。

「信じられないくらい人がいますね」

王弁も彼女から少し距離をとり、窓から外を眺める。光州も豊かな淮南の城市だけあって大した賑《にぎ》わいである。しかし都長安の足元にも及ばない。彼が見下ろす長安城の街路は、人の密度が濃すぎて水の流れのようにすら見える。

「ねえ、ボクがここに飛び込んでみたらどうなるかな」

「へ？」

確かにここから飛んでも人の流れに受け止められそうだ。高さも二階分でしかないから怪我《けが》もしないだろう。王弁が黙っていると僕僕はすっと窓の出っ張りにすえつけられた手すりの上に立った。

「あ……」

彼は思わず手を伸ばし、僕僕の衣の端を摑《つか》んだ。全く重さを感じさせない手ごたえがあって、彼女の体はふわりと室内に降り立った。体の平衡を失った王弁はずでんと床の上にひっくり返る。

生「あはは、こっちの水の方が甘いかな」

そう言って彼女は王弁を助け起こした。

先「飛んでみたらみたで、面白いと思ったんだけどね。ボクは仙人だよ？　これくらいの高さから飛んで危ないわけないじゃないか」

僕「いや、ちょっと、思わず……」

王弁もそれは良くわかっているつもりだったが無意識に手が出てしまったのだ。彼女に触れたいと思ったのかもしれない。そんな意識が心の表面に立ち上ってきて彼はとまどってしまう。自分の内側にある動きを知られたくなくて彼は窓の外に目を向ける。僕僕はほとんど音も立てずふわりと横になると、かわいい寝息をたてて眠ってしまった。

長安城内では市民、旅人にかかわらず夜間の外出を禁止されている。それぞれの区画を区切った坊は閉ざされ、人通りは絶える。昼間の喧騒《けんそう》がうそのようだ。

「そろそろ行こうか」

普通に食事を平らげた僕僕は立ち上がる。彼は旅に出るまで僕僕と食事を共にしたことはなかった。彼女の庵《いおり》を訪れるときでも、王弁の食事が用意されることはあったが、そのときも僕僕は杯を舐《な》めているばかりで食事をとることはなかったのである。

仙人とはそういうものかと思っていたら、

「気が向いたら食べる。キミもこういう旅先で一人メシというのもつらいだろうから」

と意外な気の遣いかたをした。

「で、どこに行くんです？」

「偉い人のところだよ」

そう言って彼女はぱちりと片目をつぶる。彼女はついておいで、と王弁に告げると今度は本当に窓から飛び降りた。昼間言っていたとおり、確かに怪我もなく、物音すら立てずに地面へと降り立っている。

「さ、早く」

仙人には余裕の高さかもしれないが、高いところから飛び降りるという発想のない王弁には恐ろしい。それでも唾《つば》を飲み込んでえいやと飛ぶ。派手な音がして彼は地面に転んだが、通りに面した家々からは人が出てくる気配もない。

「もうちょっと静かに飛べないの？」

僕僕はにやにやしながら王弁をからかう。

「俺は仙人じゃありませんから」

ちょっと気を悪くした彼はぶっきらぼうに返す。まあそう怒るなとなだめると、僕僕は彼の袖《そで》を掴んで歩き出した。

「こうしていれば坊を隔てている壁も通り抜けられる。そのかわり」

「そのかわり？」

「ボクのことを信用しなきゃだめだよ？　信じる力がなければ、キミはその大して高くない鼻っ柱を壁に強打することになる」

そう言っている間にも、宿のあった区画は終わりに近づき、坊を塞《ふさ》ぐ門が目の前に迫ってきた。

（信用するっていっても……）

この少女が不思議な力を持っているのはわかったし、壁をすり抜ける事だって難なくやってしまうに違いない。しかし自分の体があの硬そうな、木材と鉄板を組み合わせて都の区域を仕切っている分厚い扉を空気のように通り抜けてしまえるわけがない。

そう思った瞬間、彼の額はその関門にぶつかって鈍い音をたて、跳ね返されるように都大路に倒れ伏した。しばらくして気が付くと、目の前にあきれたような僕僕の顔がある。

「だから信じろと言ったじゃないか」

「そんなこと言ったって」

今度は王弁がふくれっつらをする番である。とっさにあごを引いて当たったところが硬い頭で助かった。もし鼻や歯だったら折れていたかもしれない。そう思うと背筋が寒くなる。

「ほれ、こうやるんだ。ほれほれ」

少女はすいすいと、閉ざされた坊門に出たり入ったりしてお手本を見せるが、到底人間わざではない。王弁はあきらめてどこかからよじ登ろうかと考えたが、四丈ほどもある門はそうやすやすと越えられない。幸いなことに衝突しても番兵などには見つからなかったが、捕えられれば不審者として拷問《ごうもん》を受けるだろう。

「仕方ないなあ」

ふいと首根っこをつかまれたかと思うと、王弁の体はふわふわと空中に浮かびだす。小さな五色の雲を踏んだ僕僕は、さして重さを感じている風でもなく、彼をやすやすと吊《つ》り上げると目的地らしきところまで直接連れて行こうとする。

「ボクは気に入らないぞ」

空中で彼女は言った。どうも完全に信用されていなかったことにご立腹らしい、と王弁は推測する。しかし彼にも言い分はある。

「俺は人間ですよ。普通の。先生みたいな仙人ではないんです」

「ボクだって人間だ。父がいて、母がいて、そして生まれてきたはずだ。覚えてないが。なにも木の叉や岩の卵から生まれてきたわけじゃない」

「そうかもしれませんが、俺にはまだ無理なんです！　何千年も生きてきた先生と一緒にしないで下さい」

二人してふくれっつらをしながら都の夜空を行く。市が開かれるあたりを抜け、高級官僚の第《やしき》が立ち並ぶあたりまで来て彼女は高度を下げた。

夜が明ける前には出勤しなければならない官僚たちの夜は早い。まだざわめきの残《ざん》滓《し》が残っている市街地よりも一層静けさの深い一角に彼女は降り立った。その際、高度半丈を切ったあたりで急に彼女は手を離したため、王弁は危うく足をくじきそうになった。

「何するんですか！」

「しいっ、夜警に見つかるぞ」

仙人の癖に子供っぽいことをする。そう王弁は顔をしかめながら、なじみの場所に来たかのように前を進む少女の背中へ、どこに行くのかと尋ねてみた。

「……偉い人のところって言っただろう」

摑んで投げるような言い方である。完全に頭にきた王弁もそれ以上何も言わない。黙って歩くうち、彼らはひときわ大きく威圧感のある門構えの前にたどり着いた。その門前には、夜も更《ふ》けたというのに二人の童子がおはじきを飛ばして遊んでいる。

「僕僕が来たと伝えてくれ」

彼女がその子供達に告げると、ぴょんと門扉《もんぴ》を飛び越えて姿を消した。信じられない跳躍力である。やがて大門が音もなく開き、僕僕はためらうことなく中に入っていく。一応位の高い人間はえらくて近寄り難いものだ、という知識がある王弁はどうしても二の足を踏んでしまう。

「早いとこ入らないと閉じてしまうぞ」

振り返らずに少女は言った。仙人と一緒ならいきなり捕まることもないだろう、と彼も腹をくくって門をくぐる。すると中は鬱蒼《うっそう》とした森林になっていた。都にはそぐわない緑の塊に王弁は度肝を抜かれるが、ここは仙人の友人の屋敷なんだから何が出てきてもおかしくない、と自分に言い聞かせて平常心を保つ。

「さっさとついてこないか」

苛立《いらだ》ったような言葉はさらに彼を苛立たせる。そうこうしているうちに、門構えと木立から考えれば拍子抜けするような、こぢんまりした庵がそこに立っている。庵の玄関口には先ほどの童子が左右に立っていて、どうぞとばかりに二人を招じ入れた。

「この屋敷の主《あるじ》は司馬承禎《しばしょうてい》、字《あざな》は子微《しび》。またの名を白雲子《はくうんし》という」

僕僕の口調はいつのまにか平常どおりの、穏やかなものに戻っていた。しかしそう簡単に感情の制御がつかない王弁は、そうですか、と無愛想に言葉を返したきりである。

「何を怒っているのだ？」

怒っているのも怒らせているのもそちらでしょうが、と嚙《か》み付こうとしたとき、奥からばたばたと足音が聞こえ、恰幅《かっぷく》の良い一人の男の姿がほの暗い廊下の中に浮かび上がったかと思うと、やあやあ！　と僕僕を抱きしめんばかりに大歓迎した。

「なんと懐かしい。あなた様の方からこちらを尋ねてくださるとはどういう風の吹き回しでしょう」

年のころは三十前後。広くて形の良い額には暗い中でもわかるほどの光沢があり、上質な絹で織られたのであろう衣の下からは、小さな僕僕なら簡単に握りつぶしてしまいそうなほどの筋張った逞《たくま》しい腕がのぞいている。

「ほんの数日前まで東方朔《とうほうさく》が遊びに来ておりましたのに。そうそう！　その折に崑崙《こんろん》から蟠桃《ばんとう》酒を持ってきてくれましてな。一人で飲むのももったいないわいと思っていましたらちょうど良かった。あ、そうそう！……」

なんと騒がしい男だ。

王弁は自分の頭の中で抱いていた「仙人」の像がまたもやぼろぼろと頼りなく崩れていくのを感じていた。一人目は十代半ばの女の子で、次は体格のいい、いかにも働き盛りといった壮年男性ときた。

司馬承禎はべらべらと近況をしゃべりまくり、僕僕もそれをうんうんと嬉《うれ》しそうに聞いている。どういうわけか、王弁は彼女が他の人間だろうと仙人だろうと仲良くしているのを見ると面白くない。先ほどからの面白くない感情と合わさって、彼は無防備なくらいむすっとした顔をしていたらしい。

「そちらの方、お加減でも悪いのかな？」

といきなり司馬承禎が王弁に話をふってきたので彼は正直狼狽《ろうばい》した。

「い、いいえ。いささか長旅の疲れが出ましたようで。お気になさらず」

とっさに官僚答弁が出るあたりに血筋を感じる自分がいやだった。

「それにしても、僕僕先生がお弟子をとられるとは珍しい。私があれだけ熱意を込めてお願いしても断られたというのに。この白雲子、嫉妬《しっと》で胸が燃えますわい」

がははは！　と豪快に笑う。酔っているのかと王弁が思うほどのご機嫌ぶりである。門番をしていた童子たちが主の指図を受けた気配もないのに酒盃《しゅはい》の用意をしてはいったが、司馬承禎をはじめ、僕僕も杯に口をつけていない。

館《やかた》の主と、一応師匠扱いの少女仙人が飲まないのに手を出すわけにもいかず、かといって初対面の司馬承禎と話す糸口もなく、王弁は気まずい時間をただ過ごしていた。

「楊通幽《ようつうゆう》というのがいましてな、これがまた面白い男で。あんなにはっきりした仙骨を持った男というのは久しぶりに見ましたわい。それでですな……」

僕僕の仙人仲間はひたすらしゃべり続ける。王弁はそのあまりの饒舌《じょうぜつ》ぶりに辟易《へきえき》してその顔をちらりと見ると、先ほどまで血色は良いものの普通の肌色だったものが、まるで茹《ゆ》で上げたさんざしの実のように赤くなっている。彼の知る限り、司馬承禎が酒を飲んだ気配はない。しかし明らかに目の前の男は酩酊《めいてい》していた。

「子微よ」

どこにも入る隙間《すきま》などなさそうな言葉の槍衾《やりぶすま》の中に、するりと僕僕が入り込む。

「なんですかな？」

上機嫌の司馬承禎は真っ赤な頬を指先でかきながら応《こた》える。

「キミがいつも通りのやり方で酒を飲むものだから、ボクの弟子が困っているではないか」

「え！」

思わず王弁は声を上げた。どう考えてみても、やはり司馬承禎が杯を挙げたり、酒《さか》壺《つぼ》から酒を注ぐのを見たおぼえがない。僕僕にそう言われてしばらくきょとんとしていた白雲子は、何かに気付いたらしくげらげらと下品なほどに爆笑した。

「いやこれは、申し訳ないことを。一人酒の悪い癖が出ましてな」

涙を拭《ふ》きながら弁解する。

「どうもこの、手酌というのがわたしは嫌いでして。いや、金を払えば酌をしてくれるところなど都にはいくらでもありますが、そういうのは嫌いでしてな。仕方ないから、酒壺から直接臓の腑《ふ》に染《し》み込むようにしておるんですよ。すまんすまん。若い人、遠慮なさらずどんどんおやりなさい。いざ、乾杯！」

「か、乾杯」

しれっとすごいことを言っているが、もう王弁は驚くのも面倒くさい。言われるままに杯に口をつけ、そのあまりの芳醇《ほうじゅん》さに思わず杯を取り落としそうになった。味は確かに桃の味なのだが、はじめの味はむしろ青く、硬い印象を与える。なのに、その液体が口腔《こうこう》を移動していくうちに味わいがどんどん変化し、やがて陳年を経た古酒の深みへと変わっていくのだ。

「こ、これはおいしい」

光州あたりで流通する酒とは全く比較にならない。

「この味がおわかりなさるか。いや、さすがに僕僕先生のお弟子。この白雲子、嫉妬で胸が燃えますわい！」

どうも最後のひとことは言いたいだけらしい。が、幾許《いくばく》の本音もそこに隠されているような感じでもある。下心があるから弟子入りを断られるんだと内心小気味いい。しかし、だったら自分はどうなのだと思わず自問してわけがわからなくなった。

別に下心があって僕僕の後ろにくっついているわけではない。相手は齢《よわい》数千年の正体不明の仙人だ。彼がいくら意識したところで、手を出そうとする気持ちすらしおれてしまう。だいたい王弁は女性に対してどう接近を試みてよいか、全く知らない。

「あ、あれ？　さっきの人は？」

そんなことをぼんやり考えてふと目線を前に向けると、直前まで大声でしゃべり、笑っていた容貌魁偉《ようぼうかいい》な男の姿は消えていた。

「あの司馬承禎という男はな、則天武后《そくてんぶこう》、睿宗《えいそう》、そして今の李隆基《りりゅうき》三代の皇帝に招聘《しょうへい》された当代随一の道士だ」

皇帝って！　彼は思わずごくりと生唾《なまつば》を飲む。父親が官僚であったせいで、彼も皇帝という存在を全く意識したことがないというわけではない。もちろん遥《はる》かに遠い存在には違いないが、父が所属する集団の頂点として畏怖《いふ》を持ってはいる。

「道士ってことは仙人ではないのですか？」

「いまは立派な仙人さ。彼が仙道への手がかりを得るまではよくボクに弟子入りを志願してきてた」

そんなすごい人物ならなぜ弟子にとらなかったのだろう。王弁は名目、僕僕の弟子ということになっているが、彼女から何か学んだ記憶はないし、またこちらから何か教えを乞《こ》うたわけでもない。

「やつは別にボクが教えなくても勝手に仙人になるだろうと思ったから、わざわざ弟子にとることもないと断ったんだ。だってそうだろ？　キミの父上のときもそうだったが、無駄なことはせぬほうが天地の摂理に合っている」

「天地の摂理って、また大げさな」

大げさなもんか、と僕僕は立ち上がるとさきほどまで司馬承禎が座っていた居心地の良さそうな豪勢な椅子《いす》に腰を落ち着け、

「うるさいのもいなくなったし飲みなおそう」

と屈託なく笑った。そう無邪気な顔をされると、自分がへそを曲げていたのもなんだか馬鹿《ばか》らしくなって彼は改めて座りなおし、杯を干した。これまで酒を飲んでもまず顔色を変えることのなかった僕僕が珍しく頰を桃色に染めていた。

「酔ってるんですか?」

「まあね。さすがに崑崙の酒は違う。ボクとしたことが」

かなり強い酒精が入っているような気がするのに、体にしみわたっては毛穴から爽《さわ》やかな余韻を残して抜けていくような軽さも持つその酒は、むしろ彼を泥酔《でいすい》から救っている。王滔《おうとう》が彼に持たせる酒もそう安いものではなかったが、それで僕僕が酔った気配を見せることはなかった。

「ん? ボクの顔に何かついているかい?」

部屋の中は灯明一つないが、ふんわりと暖色系の光で満たされて心地よい。僕僕の滑らかな曲線を描く頰から首筋にかけてが薄桃色に染まっている。王弁はそこから目をそむけることが出来なくなり、右手に持った杯を干すことも忘れて彼女を見つめて

いた。

「いまキミが思っていることも、天地の摂理だね」

拒むでもなく、蔑《さげす》むでもなく、少女の穏やかな声が催眠状態になりかけていた王弁を正気に戻す。彼は自分の中に芽生えかけてきた奇妙な感情に戸惑いつつ、一面であっさり自分の内面を見破られてしまった気恥ずかしさで顔に血が上る。酒を飲んでいるから顔色が激変しないだけましだが、それでも澄んだ水を覗《のぞ》き込むように僕僕には自分の心が見えているのだろう。それがなぜか絶望的に口惜しかった。

「恥じることではないよ。自然で、美しい感情だ」

慰めようとしているのだろうか。王弁は言葉が出ないまましばらく黙っていた。僕僕は穏やかな顔で杯を干し続けたと思うと、珍しいことに彼の杯を取り上げて干し、新しく注ぎなおした。彼女が人の杯に酒を注ぐのを見たのはこれが初めてである。

「蟠桃は本来夜の気を嫌う。ながらく夜気にあてていると味が落ちてしまうぞ」

袖《そで》がふわりと彼の前を舞って、それが自分を誘っているような気が彼にはした。しかし最後まで椅子に座ったまま、動くことが出来ない。

「あの……」

と師である少女に声をかけようとしたところで扉が開き、先ほどの童子が二人、ぺこりと頭を下げて主の非礼を詫《わ》びた。言葉を発したわけではなかったが、十分に謝罪の意が伝わるかわいらしくて真摯《しんし》な礼である。

「おお、これはご丁寧なことだ。酒席のこと、何も気にする事はない」

僕僕が鷹揚《おうよう》に頷《うなず》くと、それに応えるように袖を舞わせて踊りだした。月の女王が披露したものとはまた流派の違う、陽性の華やいだ踊りである。

「これはまた崑崙直伝だな。素晴らしい」

手を打って喜ぶ仙人を見ながら、先ほど出しかけた言葉をこの童子たちが断ち切ってくれて本当に良かったと彼は胸をなでおろした。さもなければ一応は師匠となっている、とんでもない神通力を持つ仙女に下手な口説きを仕掛けてしまうところだった。そんなもの鼻で一笑されたら一人で光州まで帰る破目になる。

「西王母《せいおうぼ》はね、この天地を創造した神の一人なんだ。彼女は本当に歌舞が好きでね。こうやって神仙に天界の旋律を教え込んでは機会があるごとに舞わせてる」

「この子達も神仙？」

「厳密に言うと神仙ではないが、キミの二十倍は生きてるね」

　彼はときおり心の中に浮かんでくる僕僕への劣情めいたものを消すために、踊りに瞳《ひとみ》を輝かせている彼女の話に耳を傾ける。世界の母の物語は、こういうときの肴《さかな》にぴったりではある。

結局彼も酔いつぶれるまで桃の香りが漂う酒を痛飲し、翌日は昼まで寝ていた。

目を覚ますと、体中が重かった。しかし、二日酔いにつきものの不快感はない。むしろ意識がはっきりしていくにつれ、これまで感じたことのなかった活力が体内を巡っていくようで、王弁はたまらず寝床から起き出した。

「お目覚めですかな」

部屋の扉を開けると、こんもりと力強い形に刈り込まれた植え込みの真ん中に司馬承禎が立ち、小鳥たちに餌《えさ》をやっていた。燕《つばめ》や雲雀《ひばり》などの春の鳥が彼の足元や肩口に集まって羽毛の衣のようになっている。

「よくお眠りになられましたか？」

その鳥山になった中から聞こえる声は昨夜のがなり声とは打って変わって静かな調子である。

「え、ええ。あの、先生は？」

司馬承禎は手に持った黍《きび》の粒を少しはなれたところにそっと撒《ま》いた。彼に群がっていた野鳥達は餌を求めて彼から離れる。

そうして現れた姿を見て王弁は瞠目《どうもく》した。確かに体格の良い、風格と活力にあふれた姿と顔立ちであったが、酔いどれて軽薄だった男の姿は消えている。薄緑の道服に身を包んだその姿は位の高い仙人として十分な説得力を持っていた。

「僕僕さんですか。昨日は遅くまで起きておられましたから、まだ眠られているのかもしれませんね」

「そ、そうですか」

なぜ遅くまで起きていたことを知っているのだろうか。

「あの方と同衾《どうきん》するのも久しぶりでしたからな。語る言葉も尽きませんでしたよ」

(同衾……)

ああ、そうか。と王弁は落胆と共に悟る。彼とて年齢的に子供ではない。二人とも王弁が及びもつかない不思議な力の持ち主だ。お互いに惹《ひ》かれあっているとしても不自然ではない。大体、自分が落胆していること自体変な気分だった。

「こらこら、勝手な事を言ってるんじゃない」

ぼんやりとしていた王弁の横っ腹を細い指がつついた。そして一歩前に出た少女が腰に手を当てて司馬承禎に苦情を言っている。

「いつボクがキミと同衾したっていうんだ。うちの弟子は純情なんだからからかわないでくれよな」

そこまで聞くと、こらえていたのか司馬承禎は体を折って快活に笑い出した。先ほどまでの重厚かつ清新な気配は薄まって、夜に見た軽薄で、どこか通俗的な男の顔が現れる。

「やつは陰陽を自在に操ってキミをからかっていたのさ」

僕僕は王弁にささやく。

「どういうことです?」

「白雲子の感じ、変わっただろ?」

それは彼にもわかった。しばらく会わなかった親戚《しんせき》や友人が、年月を経て雰囲気を変えるときがある。彼すら、親族に幼いころとはかなり印象が違うと言われている。少年期の王弁は今のように怠惰ではなく、親の言うことをよく聞き、受け答えの速度に優れた利発な子供だと思われていた。彼自身、そのような自分をもう思い出せないが、今の自分に一晩でなったわけではない。

「彼は一瞬にして自分の内面を変えてしまう。人間の体と精神は陽の気と陰の気で出来ている。普通の人間でもある程度はその制御が出来る。喜怒哀楽などの感情はそのきっかけだ。しかしこの男はその感情の動きなしで自らの陰陽を自在に操ることが出来るのだ」

ふと目線を前に向けると、司馬承禎が微笑《ほほえ》んだまま王弁たちのほうを見ていた。すると、見ている間に明らかに彼を取り巻く空気の色が変わっていく。時に太陽のように明るく、時に闇夜《やみよ》のように暗く、その様子は千変万化して王弁にはとらえどころがない。

そして白雲子は王弁が朝一番に見かけた仙人らしい透明な雰囲気をまとったかと思うと、それには似つかわしくない下世話なことを言った。

「この技、宮仕えには便利ですぞ。宮中には他人の心中を読むのに長《た》けた奴《やつ》も多いですからな」

「そうだろうね」

僕僕も同意する。

「どうだ。ボクたちも白雲子について宮廷とやらを覗いてみるかな。きっと面白いぞ」

王弁はのけぞるほど驚いた。皇帝という神に等しい存在の居城に行くことを、まるで近所の友達の家にでも行こうというほどの気楽さで彼女が言ったからである。

「なに、そんなに気負うほどのものでもないさ。皇帝であろうとなんであろうと人間であることには変わりはない。飯も食えば放屁《ほうひ》もする」

この司馬承禎、上品なのか下品なのかまるでわからない。そのうちにも僕僕と司馬承禎はさっさと話を進め、結局王弁も含めて参内《さんだい》することになった。

「ボク達は白雲子に従う仙童ということにするから、あんまりばたばたしたらだめだよ。こう、仙人のたまごらしくおっとりとするように」

館《やかた》の主《あるじ》に手渡された、師匠と同じ色、同じ生地の道服に袖を通している王弁の背中を見ながら僕僕は念を押すように言った。

「そんなこと急に言われたって無理ですよ！」

正直、彼は緊張で既に喉《のど》から胃が出そうである。

「胃が出そう？　それは体に悪い。内臓というものはだな、体の中にあるからこそ本来の働きができるものであって……」

からかわれているのがわかるだけに王弁は腹が立つ。仙人がこれほど人を弄《もてあそ》ぶものだとは彼も正直知らなかった。渋っていると、「そうか残念だな」と僕僕に寂しそうな顔をされ、司馬承禎にはさも意味ありげなにやにや笑いをされては、

「行けばいいんでしょ？　行けば」

と開き直るしかない。服の帯を締め終わって、どうやらはめられたくさいと気付く

がいまさらどうにもならない。身はすでに迎えの輿《こし》の中である。中からかすかに望める風景が、彼の記憶にはないきらびやかさを加えるに従って、王弁は気が遠くなるのをなかなか抑えられなかった。

六

玄宗皇帝、李《り》隆基《りゅうき》は楊貴《ようき》妃《ひ》にちなむ逸話の数々から、どうしても女性にだらしない冴《さ》えない印象が拭《ぬぐ》いきれないが、若いころの彼はまさに中華の皇帝たるにふさわしい経綸《けいりん》と威厳に満ちあふれていた。

彼は睿宗《えいそう》の三男として洛陽《らくよう》に生まれ、七歳にして楚《そ》王に立てられた。当時の唐王朝はまさに則天武《そくてんぶ》后《こう》の勢力下にあり、まだ幼かった彼がどうこうできる状態ではなかった。無礼を働いた武氏の一人を叱責《しっせき》し、則天武后の目に止まったくらいである。

彼女の不思議なところは、自らが簒奪《さんだつ》した唐王朝の、しかも先々自分の一族を苦しめる可能性を持った若い血を根絶やしにしなかったことである。かつ、その才能の片鱗《へんりん》を見せた李隆基を愛し、洛陽に立派な第《やしき》を贈ったりもした。しかし李隆基は、そこで舞い上がるようなおろかな真似《まね》はしなかった。位が着々と進んでも、目立ちすぎず騒ぎすぎず、じっと待ったのである。

則天武后が世を去り、再び李氏が天下の頂点を極めた後も、彼は冷静に権力の趨勢《すうせい》を観察していた。名目は唐に戻ったとはいっても、李氏の力は則天武后の武氏、中宗《ちゅうそう》の后《きさき》である韋《い》氏といいところ拮抗《きっこう》するかもしくは劣っており、積極的に動くには危険すぎたのだ。

国号が唐に戻った神龍《しんりょう》元年（七〇五）時点で、李隆基の年齢は弱冠二十歳。逸《はや》る血気を押さえ込み、最大の後ろ盾を失った武氏のあせりと、則天武后には全く及ばない韋后がぼろを出すのを待ちきったのは見事と言うほかない。皇帝の地位に戻った父をはじめ、位は低くとも能力の高い官僚達を自らの周囲に引き込んだ彼は、乾坤一擲《けんこんいってき》の武力蜂起《ほうき》に打って出て、ついに成功した。

彼にとって帝の位は忍耐と流血によって手に入れた宝であり、また自らが持つ政略の腕を存分に振るう舞台でもある。儀範偉麗、もっともよく音律を知ると言われた中国有数の名君はこのときまさに英気にあふれていた。

「宴の準備が整ったそうでございます」

思政殿の端に立って宮殿の甍《いらか》を眺めていた彼は、侍臣の言葉に頷《うなず》くと大またに歩き出す。彼自身、司馬承禎《しばしょうてい》と会うのは二回目だ。則天武后の誘いを断って天台山玉笙《ぎょくしょう》峰《ほう》にこもっていたその道士が、睿宗の度重なる誘いに応じて都に姿をあらわしたとき、彼も列席していた。

「無為治国、か……」

それまでの前半生を則天武后に、後半生を韋后に扼《やく》されたような人生を送ってきた彼は、無為自然を掲げる道家的な考え方に深く心を惹《ひ》かれていた。帝王の心に応《こた》えるように、司馬承禎は全《すべ》てを自然に任せ、なすがままにしておけば国は治まる、と説いた。

玄宗自身はその考え方に憧《あこが》れこそ持つものの、現実的な選択ではないことくらいわかる。官僚や軍人が必死になって支えないと、王朝という機構はもたないのである。彼が司馬承禎に求めたのはそんなことではない。人間を超える力であった。

「雲を踏み、龍を御する力があれば国を治めるのにどんな苦労があろうか」

玄宗は宮殿を颯爽《さっそう》と歩きつつため息をつき、空を見上げた。

開元三年春、山東では雨が降らず、春小麦の種蒔《たねま》きが危ぶまれている。そしてこの前の年には蝗《いなご》の大発生があった。当時、君主の政治に応えて天が災厄を下すと言われていたから、彼としては自分の治世に誤りがあるのかも知れぬ、と人知れず思わざるを得ない。

蝗禍のあとには、わざわざ全国に布告を出し、直諫《ちょっかん》の士を広く求めさせたほどである。そして玄宗は、司馬承禎という仙人が本当に位が高く、天界と通じているなら、神々との交渉役を頼めないかと考えていた。

この日の宴は臣下の宇《う》文融《ぶんゆう》が侍《じ》御史《ぎょし》に昇進したことを受け、その恩に報じる目的で、皇帝のために設けた「焼尾宴《しょうびえん》」である。「満漢全席」のような豪華な宴席を想起してもらえばよい。

焼尾宴は唐代によく催された。玄宗の三代前、つまり韋氏に皇帝権力が抑圧されていた中宗の時代、韋巨源《きょげん》が韋后の後押しもあって尚書令《しょうしょれい》を拝命した時に、皇帝を招いて盛大な宴を催したことが最初だとされる。

それには政治的な示威行為である側面も多分にあった。皇帝が食しているものを上回る佳《か》肴《こう》を出して一族の権勢を誇るその姿勢に、玄宗は表情には出さないながらも激しい嫌悪《けんお》感《かん》を覚えていたものだ。

今回、経済官僚である宇文融が無駄遣いを嫌うことを承知で宴を開かせたのは、脂粉の残り香が漂う宮廷の内外に、中華の頂はどこにあるのかはっきりとわからせる狙《ねら》いもある。玄宗自身もこの当時はそれほど浪費家の側面を見せていないにしろ、金をかけて豪勢さを演出することに一定の効果は認めていた。

「陛下におかれましてはご機嫌麗《うるわ》しゅう……」

玄宗が屋敷に着くと、大礼服を着た宇文融が形式にのっとって拝礼しようとした。

彼は手ずから切れ者の部下を立たせると、

「挨拶《あいさつ》は良い。みな集まっておるか」

と尋ねた。

「陛下からご指示のあった道士も含め、全て席についております」

宇文融自身はそれほど仙道に興味があるわけではない。彼はどちらかというと数字の信奉者である。貢租の収穫量と国家の消費量を調節する事で皇帝を迎える宴を開けるまでになったのであるから、それも当然の事であった。

数字の信奉者はその数字の邪魔にならなければ他の要素について寛容である。皇帝が仙道というものに興味を持つ事で国がますます栄えるなら彼が文句を言う筋合いはない。一方で宇文融は私度僧二万を還俗《げんぞく》させているくらいで、宗教に全く寛容な役人というわけでもなかった。

とにかく、彼は計算に計算を重ねた宴の進行により自らの能力を百官に誇示した上で、さらに皇帝のおぼえがめでたくなればそれに越したことはない、と腕をさする。焼尾宴の経費は皇帝からの下賜金《かしきん》では全く足りないほどの大投資だが、それを回収する自信もあった。

（先生、厠《かわや》に行きたいんですけど）

（ばか。厠に行く仙童がどこにいるんだ）

半刻ほど前から司馬承禎の後ろに置物のように立っていた王弁は緊張感とそれに伴う精神的な疲労で宴が始まる前だというのに既に限界に近い。ちなみに尿意も限界に近い。

宦官《かんがん》の一人が言葉の後ろを長く伸ばすような声調で皇帝陛下のお出ましを告げた。百官がさあっと風になびく小麦の穂のように一斉にその頭を下げ、皇帝陛下万々歳、と声を合わせる。司馬承禎も僕僕も場の空気を乱さぬよう同じ所作をとっている。何も聞かされていなかった王弁はあわてて真似をし、頭を上げかけてまた下げるという失態を二度繰り返してしまう。その際うっかり皇帝と目を合わせるという一歩間違えば首が飛ぶような行動をしてしまい、百官が再び姿勢を元に戻したときには、彼の背中には冷や汗が吹き出ていた。

「国家はなかなか多難ではあるが、今日はわが臣宇文融のめでたき日である。それぞれ存分に楽しむが良い」

玄宗の言葉で酒が座を回り、宴が始まった。厨房《ちゅうぼう》からは次々と料理が運ばれ、客たちはひたすら飲み、食い、語り合う。王弁は官僚たちがする会話の意味はさっぱりわからなかったが、それぞれの前に並べられる料理がただ事でないことはわかった。

「すごい……」

と呟《つぶや》く彼に、

「そうだろ？　この宴会には三十二菜が出される」

と僕僕が説明してくれる。もち米で作った菓子なら彼も光州でいくらでも口にしたことがあるが、一皿に二十種の細工も色も違う点心が花畑のように並べられて供されたのには舌を巻いた。

「厠のことも忘れるだろ」

「あ……」

場の雰囲気と料理のすごさで忘れていたのに、僕僕の一言で思い出してしまう。彼は恨めしそうに彼女を見ると、じきに白雲子が何とかしてくれるだろう、と前を向いてしまった。

「時に司馬先生」

玄宗がふいに上座から声をかけた。皇帝である彼は南面して座り、臣下を呼んでは何事か話をしていたが、席から呼びかけるのは今日初めての事である。

見事なほど座は静まり返り、二人のやり取りに注目する。微笑を浮かべて杯を干していた司馬承禎は皇帝の呼びかけに杯を置き、軽く会釈《えしやく》を返して聞く態勢をとった。

「本日はいつも連れておられる仙童と違うような気がしますが」

「これはこれは、わが小童のことまで覚えておられるとはまことに名誉なことです。彼らは先日蓬萊山《ほうらいさん》より遊びに参ったものたち。娘形をしているのが僕僕、こちらの青年のように見えるのが、えー、弁弁と申すもの」

「ほう、僕僕に弁弁とな。仙童とは不思議な名を持つものよの」

僕僕はかわいらしく微笑《ほほえ》むと拱手《きようしゆ》して皇帝に挨拶をした。乗り損ねた王弁はぼおっと立っているきりである。皇帝に対して礼を執らない自分に官僚たちがざわめいているのを感じ、王弁は冷や汗どころか脂汗《あぶらあせ》も額に浮き始めた。

「よいよい。仙界と下界では礼儀作法も違おう」

ざわめきを察知した玄宗がいち早くそれを抑えた。さらに政治向きの質問を司馬承禎に向け、その問答はそれぞれの見識と知識が程よい緊張感を持って尽きることがない。

それを聞いていて面白くないのが、玄宗が皇帝位を確実にした武装蜂起を支えた、若い官僚や武将たちである。確かに則天武后や睿宗の信任はあったのかも知れないが、所詮《しょせん》は素性の知れない道士である。それが玄宗の興味を惹いているのがまんならない。

「白雲子どの」

韋后一派を排除する時に真っ先に突入し、また奮戦した葛福順《かつふくじゅん》が酔いを装《よそお》って彼に絡《から》む。

「蓬萊山にはこの地上とはまた違った素晴らしい武術があるとか」

「そうですな。武術を好む方々もおられますな」

「あなたは如何《いかが》」

雰囲気になじめない王弁も、彼とあまり年代の変わらないような青年将校があからさまに司馬承禎に対して因縁をつけているのはわかった。

「わたくしもいささかたしなみました」

挑発されていることに気付いているのかいないのか、司馬承禎の表情に変化はない。

「福順。よさぬか」

可愛《かわい》がっている武将の尖《とが》った雰囲気に気付いた玄宗が柔らかく声をかける。このあたり、部下の気分を損ねないような声の出し方一つもこれまでの皇帝とは明らかに違うのだが、王弁にそんなものを感じ取っている余裕などあるわけもなかった。

「ではわが弟子とまず戦っていただきましょう」

なんと司馬承禎は後ろに立っている二人に話を投げてきたからである。葛福順は当然、少女の姿である僕僕ではなく、王弁の方に鋭い視線を向ける。

気候のよい淮南《わいなん》でひたすら穏やかに怠惰に生きてきた彼は、物心ついたときから玄宗に従い、命を張ってきた強い眼光を正面から見返すことが出来ない。

「よかろう。弁弁殿とか申されたな。座の余興に剣舞でも陛下にお納めしようではないか」

そう言って投げられた剣を横から手を出して握ったのは、僕僕であった。

「兄弟子である弁弁が出るまでもございません。私がお相手いたしましょう」

さっと葛福順の顔色が変わる。侮辱されたと思ったからである。

「蓬莱山の使い手とあれば、童形であるとはいえ手加減は致しませぬぞ。怪我《けが》をされても苦情を申されぬように」

と司馬承禎に念押しすると彼は宴会場の真ん中に出た。玄宗は心配そうな視線を司馬承禎に送るが、彼は大丈夫とばかりに頷いて見せる。

舞楽を愛する玄宗は酒席に楽師を侍《はべ》らせることが常であった。楽団の指揮者は剣舞にいたる事情を知らず、ただ座を盛り上げようと勇ましい「大呂《たいりょ》」に変えた。

「参る」

「いざ」

二人の姿がまるで真剣勝負のようにさっと間合いを取る。刃《やいば》を顔の前横一文字に構えた葛福順と、刃をまっすぐ前に出し、左の足をかすかに浮かせた形の僕僕。ぴたりと構えたまま二人は彫像のように動かない。

玄宗や王弁をはじめ、宴の出席者はその構えの美しさと張り詰めた緊張感に、魂魄《こんぱく》を吸い込まれたように動きを止めてしまう。夏を表現したその楽曲は春が盛りの都には不似合いな熱量を抱えているが、それでも二人が発し始めた凍えるような殺気を暖めることは出来ない。

王弁は幼いころに多少習わされただけで、武の道はからっきしであった。それでも、葛福順という男が人間離れした強さを持っていることは空気を伝わって肌で感じていた。乱戦を何度も体験し、何度も命の瀬戸際《せとぎわ》に立ち、何十何百という敵の命を奪ったことがある人間でなければ出せない気迫である。

それに対し僕僕は構えこそ美しいが、そこからは見るものが震えてしまうような殺気や威圧感は伝わってこない。彼は頭の中に、鋭い刃が少女の体を両断する光景を思い描き、背筋を震わせた。自分がふがいないばかりに、彼女を危険な目にあわせている、と自分を責める。

「弁弁よ」

彼の悲壮感を塗りつぶすようなのどかな声がしてふと顔を下に向けると、おそろしくのんびりした空気をまとって司馬承禎が彼を見上げていた。こういう角度で見ると、まるで子供のようにあどけない顔になる。仙人は寿命を超越するというが、王弁はときどきこの男が則天武后の時代には既に宮中に出入りしていたという予備知識を忘れそうになる。

「心配かな?」

「そ、そりゃあ……」

仙術を使えば一発なのだろうが、刀を持った一対一の戦いで明らかに手練《てだれ》と見える若い武将と切り結んで勝てるわけがない。

「やれやれ」

司馬承禎は呆《あき》れ顔である。

「そんなことだから壁におでこをぶつけるのですよ」

「え？　どうして」

そんなこと知ってるんですか、と聞こうとしてその声は凄《すさ》まじい気合にかき消された。葛福順が迷いのない一撃を僕僕の小柄な体めがけて振り抜いていく。まさに一瞬前に王弁が想像した最悪の事態である。思わず目を閉じた彼のみぞおちを、司馬承禎はその仙人にしては過剰に力強く見える拳《こぶし》で軽く打った。

「う……」

腹を殴られた、というよりは頬を張られたような覚醒感《かくせいかん》があって、王弁は大きく目を見開く。

「あなたの師が戦っているのです。見るのが弟子の責務でありましょう？　ま、余興ではありますがね」

「は、はあ」

そんな会話をしている間にも、葛福順は秘術を尽くして僕僕に襲い掛かる。もはや剣舞の音律などどうでも良く、ただ武将は彼女を屈服させるためだけに攻撃を続けていた。辛うじて舞いに見えたのは、僕僕の優雅ともいえる身のこなしの賜物《たまもの》であったのだろう。

四《し》半刻《はんとき》も攻防が固定された剣舞は続き、やがて我にかえった玄宗が自ら銅鑼《どら》を鳴らして双方を褒め称《たた》えたのち、ようやく終わりを告げた。

葛福順の顔は強敵と戦った爽快感《そうかいかん》と、全く及ばなかった口惜しさで複雑な表情を浮かべている。一方僕僕はいくらか髪が乱れてはいるものの、いつものしれっとした表情であった。

「兄弟子が出るまでもありませんでしたよ」

僕僕はにこっと笑って王弁の耳元でささやくと、再び司馬承禎の後ろに侍した。

「見事である福順。そちは人界の面目を保ったぞ。それみな、杯を挙げよ」

玄宗の言葉に合わせ、見ていた百官もそれぞれ口々に賞賛した。

「確かに誉《ほ》めるに値する功夫だったよ。人間であそこまでやるやつはなかなかいない。ちょっと鍛えてみたいと思った」

「ほう、最近の若いものには先生の興味を惹《ひ》く逸材がごろごろいるのですな。この弁弁くんといい」

自分が育ちも能力も超一流であろう同世代の若人と並んで評価されているのがいまいち理解できないが、確かに彼なら仙人のお眼鏡にもかなうだろう。そう思って王弁はちらりと葛福順の方を見る。彼は誇り高く背筋を伸ばして、きっと前を向いていたが視線に気づいて彼のほうを見た。王弁はやはりその視線を受け止めることが出来なかった。

あれだけ気になっていた尿意は、とっくに収まっていた。

「いや、全くこれほどの興趣を覚えたのは何年振りでしょうか」

屋敷に帰った後の司馬承禎は今度こそ本当に酔ったような、杯に注がれた赤い酒と同じ顔色をして何回も同じ言葉を繰り返す。

「僕僕先生の舞を見られるなど、寿命が延びる思いです。眼福、眼福」

王弁も確かに、少女が紺碧《こんぺき》の袖《そで》を舞わせて百官の前をひらめきとぶ様に目を奪われた一人である。司馬承禎が言うには、日ごろ天下の美女を見ているはずの皇帝玄宗ですら、呆《ほう》けたように口を開けて見ていたとか。

「あんなものを見なくてもキミの寿命は捨てるほどあるではないか」

僕僕は照れるでもなく、淡々としている。誉められたらもう少し素直に喜んだり笑ったりしたらよいのに。一人驚いたりおたおたしている王弁はどこか不公平な気がしている。

「何をおっしゃる。私の無限は有限の無限。まだまだでありますよ」

有限だろうが長いことには変わりないだろうに。長くてもあと四、五十年で世を去るであろう自分を予測してますます不公平な気持ちになった。

「で、先生は明日からどちらに行かれますか？　わたしにできる援助なら何でも致しますぞ」

上機嫌な司馬承禎はなんでも言ってくれとばかりに両手を大きく広げた。彼は玄宗に政治向きのことを、官僚たちが居並んでいるああいった場で言いたくなかっただけである。彼としては、政治の要諦《ようてい》を聞かれれば無為自然、小国寡《か》民《みん》としかいいようがない。民を無事に治めようとすればそれが最良なのだ。

しかし、老子がその考え方を説いた時期とは全てが大きく変わってしまった。多少なりとも政治の現場を見たものなら、また政治をやる立場から民の暮らしを見たものなら、道家的な思想は現実的ではないと考えざるを得ない。

位や名声や富は人を苦しめるがまた麻薬的な魅力を持って離さない。一度知ってしまった快感を人間が手放すとは彼には思えなかった。そのかわり、司馬承禎は個人的な生き方として無為自然を追い求めるのは推奨されるべきだと考えている。今回、わざわざ天台山から降りてきたのはそのためであるし、これからも皇帝の求めに応じてその辺りは伝えていくつもりではいる。司馬承禎は衆人環視の場で、まるで仙術が万能の妙薬のように扱われないように、かつ敬意をもたれるにはどうしたらよいか密《ひそ》かに思い悩んでいた。だから僕僕の剣舞によって宴が流れて行ったことがありがたかったのである。

「貸して欲しいものがある」

僕僕はもともとこうなるのを予想していたかのように、王弁の耳には聞きなれない一つの宝貝を要求した。

「禺彊翅《ぐうきょうし》?」

意外だ、という風に司馬承禎は広げていた手を閉じた。

「別にあれを使わずとも……あ、そうですな。弁弁くんが先生にこの先ついていくなら必要でしょう」

やがて童子が小箱を捧《ささ》げもって現われ、丁重なしぐさで王弁に渡す。

「これは?」

螺鈿《らでん》の細工に覆《おお》われた、一寸四方の黒曜石をくりぬいた中に、紙片のようなはぎれが二つ折り重なるように入れてある。

「次の目的地で使うことになるかもしれない。しかしこれを使うのも多少の修行が必要だからな。ボクの弟子としてはもう少し頼りがいのある人間になってもらわないと困る」

杯をすすりながら涼しい顔で師匠らしいことを言った。自分が頼りがいのないのは重々承知しているつもりではあるし、なんとかしなければならないとは思っているものの、何をどうしろと言われなければ動きようがない。

「しかしうらやましいなあ、弁弁くんは」

よほど「弁弁」という響きが気に入ったのか、司馬承禎はもはや王弁とは呼ばなかった。

「何がです？」

崑崙《こんろん》から持ってきたという酒は仙人を酔わせる効果があるようで、僕僕はほんのりと、司馬承禎は茹《ゆ》でたように赤くなっている。昨日飲んだ蟠桃《ばんとう》酒とはまた違う色合いと味わいのその赤い酒は、王弁をあまり酔わせない。

「僕僕先生と旅が出来るんだもんなあ。いいよなあ。俺も行きたいなあ」

まるで駄々っ子のようになって来た。王弁はさすがに用心深くなっている。どれが本当なのか、わかったものではないのだ。

「一緒に来ればいいじゃないですか」

おそるおそる遠くから触るように言う。だいたい、そんなに一緒に旅をしたければ司馬承禎が行くほうが話は簡単に済む。僕僕に匹敵するような力の持ち主で、二人ならたやすく地の果てまで行くことが出来るだろう。

「それが出来たら苦労はしないのだあ」

体格のよい男が床に寝転がってばたばたしているのは見苦しいが、これも修行の故《ゆえ》かむしろ飄味《ひょうみ》さえ感じられる品の良さがある。司馬承禎は冗談めかしているが、僕僕に思慕の念に近い感情を抱いているのは間違いなさそうだし、自分のような人間が何を言ってよいかわからず王弁は黙っていた。

「仙人といっても無ではない」

むしろ楽しそうに駄々をこねている皇帝お気に入りの仙人を見ながら、僕僕はぽつりと言った。

「本当の無になろうと思ったら大羅天《だいらてん》に入り、道徳天尊、元始天尊、霊宝天尊の三清と同化しなければならない。そうでもない限り、有限の世界で生きたり死んだりを繰り返すことになる」

「そうはしないのですか?」

「それを望まず、この世界と運命を共にすることを選んだのが、いま地上に残っている連中だよ。老君から見れば、出来の悪いおちこぼれさ」

自分に否定的なことを、僕僕は初めて口にした。

七

翌朝王弁の目が覚めると、司馬承禎《しばしようてい》は皇帝に召しだされて既に館《やかた》にはいなかった。かわりに二人の童子がかいがいしく給仕を勤めてくれる。

「ありがとう」

それなりの育ちの良さは特に給仕される気恥ずかしさを彼に感じさせないが、食後じいっと見られているのには少し困った。礼を言ってないことに気付いた彼はきちんと頭を下げる。

すると二人の童子はなにやらぴるぴると話を始め、やがて頷《うなず》きあって部屋を出て行った。初めて言葉を発するのを聞いたが、王弁にはまるで聞いたことのない、小鳥のさえずりのような話し声。そういえば彼らは人ではなかったことを思い出す。

「これを？」

童子たちが持ってきたのは、小さな哨吶《ラッパ》だった。

「でも俺は吹けないよ？」

楽器の演奏を聴くのは好きだが奏《かな》でることは出来ない。酒家で戯《たわむ》れに楽器に触らせてもらったこともあるが、まっとうな音すら出なかった。しかし子供達は身振りでしきりに持っていけと彼に押し付ける。

「お世話になったのはこちらなのに、すまないね」

すると童子たちは照れてしまったのか、頬を赤らめて部屋を出て行ってしまった。なんとなく胸が温かくなるような感じがして彼は旅支度を終える。さして大きくもない行李《こうり》を担《かつ》ぎ、大きく開いている正門の前に立つと屋根の上に僕僕が座っている。

「思ったより早いではないか」

都の乾いた朝風に腰まである髪をなびかせて彼女は微笑《ほほえ》んだ。

「遅いと文句言うでしょ。で、どちらに行かれるんですか？」

「キミはどちらに行きたい？　無ければ長旅の前に寄っておきたいところがもう一箇

所あるんだ」

もちろん王弁にあてがあるはずも無く、羽根のように軽く地面に降り立ち、東に向かって歩き出した少女の後ろについて彼も歩き出した。春の卯《う》の刻、日差しが柔らかく降り注ぐ都大路は四方から来る隊商と、また四方に旅立っていく商人や使節団たちでにぎわっている。その人ごみをすり抜けるように、僕僕はすいすいと先に進んで行った。

王弁も真似《まね》してみようと思ったが当然うまくいくはずもなく、人やら馬にぶつかってしまう。都の東、延興門を出るころには三十間ほどの差がついてしまっていた。

「何か秘訣《ひけつ》があるんですか?」

門外に待ってくれていた僕僕と肩を並べながら彼は尋ねてみる。行李は大して重くは無いが、人いきれの中なれない動きをしたせいで王弁の額は汗ばんでいる。

「無為自然だ」

だからその無為自然の秘訣を聞いているのだろうに、と彼はちょっとくちびるを曲げて小柄な少女を見る。

「この陽気だ。温湯にでもつかっていくことにしよう。湯船に桜の花びらが舞い散ってさぞかし風情《ふぜい》のあることだろうよ」

当時の人々は体を清めることをしないわけではないが、いわゆる湯船に体を浸す入浴ではなく、湯水を浴びる沐浴《もくよく》が中心である。王弁も気候の温暖な淮南《わいなん》ではしきりと体を拭《ふ》いたり、夏になれば水をかぶってみたりはする。

「俺、温泉なんて初めてですよ」

光州付近の地盤は穏やかで地震もない代わりに温泉もない。火の力を使わずに熱い湯は王弁の興味をそそった。僕僕もそれは楽しいことらしく、足取りがどこか踊るようになっている。しかし、

「皇帝ゆかりの者がいなければ良いがな」

と明るく彼女が言ったのを聞いて彼は目をむいた。

「どういうわけか昔から、下界の帝王はよくよくここが気に入っているとみえてな。周の時代から何かとここで骨を休めていくよ。ボクも何回かお偉いさんと鉢合わせしてあわてたものだ」

きっとあわてたのは王様連中の方なのだろう。僕僕はその時の光景を思い出したのかくつくつと笑った。しかし、仙人である彼女は良いとしても、下級官僚の子息にして無位無官の彼が温泉でそのようなことになって無事だとは到底思われない。

「お、俺はいいっすよ」

最寄《もより》の宿場町で待っていますから、と遠慮しかけた。

「何を言ってる。おまえはもう李隆基《りりゅうき》とも顔見知りだぞ。湯殿であったら、よう元気か、くらい声をかけてやれば良いのだ」

温泉がよっぽど楽しみらしく、僕僕は上機嫌である。当然、行かないという王弁の要求は却下された。それでも、湯上りの僕僕はどのようになるのだろう、と王弁は不埒《ふらち》な空想が頭の中に浮かんでくるのを止められない。透明感のある少女は、若い王弁が触れてみたいと思わざるを得ない魅力に満ちていた。

（いかんいかん……）

彼はあわてて、遠くにかすむ驪山《りざん》のたおやかな山容に目をやり、朝にはふさわしくない懸想《けそう》を頭から追い出した。


驪山。

かつてここに本拠を置いていた驪戎《りじゅう》は、「戎」とはつくものの周の時代から王朝と同じ「姫《き》」姓を与えられてきた名族である。驪は黒駒《くろこま》をあらわすことから、おそらく騎馬民族であったか、黒駒を民族の象徴とする集団であったと考えられる。

周の幽王の時、攻撃的な塞外《さいがい》民族犬戎《けんじゅう》の攻撃を受け、驪戎の王は山のふもとで命を落としている。以来この民族は中原《ちゆうげん》各地に散ったようであるが、歴史上最後に大きな名を残すのは、晋《しん》に逃れた一派の娘が献公の后《きさき》となり自らの息子を国公に立てようと画策して国を大混乱に陥《おとしい》れた事件である。

この騒動は結果的に春秋の覇者の一人、晋の文公を誕生させる布石になるのだがここでは触れない。とにかくこれ以降、驪戎の姿はほとんど歴史から姿を消す。おそらく春秋戦国、秦《しん》から漢にかけての動乱をくぐりぬけていくうちに漢民族という巨大な鍋《なべ》の中で溶け果ててしまったのであろう。

「意外に遠かったですね」

潼関《どうかん》に向かう道から北にそれて、さらに数里行ったところで、ようやく僕僕は歩みを緩めた。都からは七十里ほどあるので、ほぼ一日がかりである。

「風呂《ふろ》にはいるのなら多少汗をかいておいたほうが良いだろう」

と言いながら僕僕は涼しい顔である。二人の目前には歴代の王朝が築いてきた離宮が立ち並び、優美この上ない光景である。しかし一般庶民が入ってよい場所では当然ない。

「さて、源の湯に入るとするかな。岩を穿《うが》ち地上に現れてきた温湯の清々《すがすが》しさは、清水のそれとはまた違って格別だぞ」

実際に温泉が出るあたりは近衛兵《このえ》によって厳重に警備され、物理的にも何重もの障壁によって隔てられている。しかし僕僕が歩くにつれ、大小の門が次々と開き、衛兵達もぴしっと直立したまま動かない。その一番奥まったところに、龍《りゅう》やら雲の浮き彫りで装飾された豪奢《ごうしゃ》だが、こぢんまりとした建物がある。

「ここは皇帝に幸される后が身を清める、数多《あまた》の湯殿の中で最も湯の質が良いとされている浴場だ。ボクも各地の温湯を回ったが、さすがに皇帝連中が目をかけるだけあってここを上回るところはちょっとないぞ」

すのこを敷いた脱衣場はちり一つ落ちていず、南方から運ばれた大理石が敷き詰められた湯殿の床は、下を見た王弁の顔が映るくらいに磨き上げられている。

「じゃ、じゃあ俺は外で待ってます。見張り……、そう見張りしてますよ」

するすると帯を解きだした僕僕からあわてて目をそらして王弁は出て行こうとした。

「心配するな。素裸で飛び込むようなことはしない。今日はこんなこともあろうかと、ほれ浴衣を着てきた」

確かに、いつもの青い道服の下に純白の襦袢《じゅばん》のようなものを彼女は身にまとっていた。しかしそれはいつもゆったりと彼女の体を被《おお》っているものよりは多少体の線がはっきり出る類《たぐい》のもので、最近妙な妄想《もうそう》が頭の中に浮かぶ王弁にとってはあまりありがたいものではない。

「キミのはほれ、そこにあるから適当に見繕って着てくるがいい。ボクはもうがまんできないから先に行くぞ」

引き戸を開けて姿を消したかと思うと、どぼんと派手な水音が聞こえた。抜き手を切って泳ぐような音が断続的にしているところから見ると、よっぽど気に入っているのだろう。彼もあまり妙なことを考えるのはやめて一分の狂いもなくきっちりと折りたたまれた浴衣に袖《そで》を通し、浴槽のある方に足を踏み入れた。

「あれ？」

先ほどまではしゃいでいた水音は入った瞬間に消えてしまう。湯船には人影はなく、洗い場には僕僕の足跡だけが残っている。なにかいたずらを仕掛けてくるつもりか、と王弁は周りを警戒しながら後ろ手に扉を閉めた。

龍の口を模して作った源泉の噴き出し口からは数千年にわたって涸《か》れることの無い熱水が浴槽に流れ落ち、その音だけが湯殿内に響いている。

（また地面からむくむく湧《わ》いて来るんじゃないだろうな）

とんとんと、南方から運ばせたらしい白く輝く石をかかとで踏んでみる。

（と見せかけて上！）

と湯気に煙る天井を見上げてみるがやはり変化はない。湯殿には黄土山の庵《いおり》で見たような大きな窓がとってあり、格子《こうし》状に組まれた隙間《すきま》から春の夕刻にふさわしいふんわりとした光が入り込んでいる。

じりじりと浴槽に近づいた王弁は周囲を見回し、首だけ前に出して浴槽の中を覗《のぞ》き込む。湯はきれいに澄んでおり、表面は波立っているが中は隅々まで見える。

（お湯の中にいるかと思ったけど……）

さっぱりわからなくなり、体の向きを再び入り口の方に向けたその瞬間、

「未熟者！」

という楽しげな声と共に、大量の水が岩の裂け目から噴き出すような音がした。それと同時に王弁の浴衣は背中の辺りで引っ張られ、平衡を失った体はあえなく浴槽の中に落ちる。温泉特有の硫黄の香りではなく、僕僕の髪の香りがしたと思うと王弁は鼻の粘膜が水に攻撃されたかすかな痛みを覚え、あわてて水面に顔を出した。

「ふふん。まだまだ甘いな」

彼女は噴き出す湯の上にあぐらをかき、にこにこ笑いながら彼を見ていた。

「差し足忍び足でボクを探す姿は最高に面白かったぞ」

きゃっきゃと笑ういたずら好きの仙人に彼は逆襲することにした。彼とて淮水《わいすい》のほ

とりで生まれ育った男である。水遊びならできる。水中で両の手のひらを組み合わせると急激に圧力を加え、けたけた笑いのとまらない幼い横顔に向けて温水の塊を発射した。

「あれ……？」

きょとんとしている僕僕の顔にはお湯の欠片《かけら》が連続して命中する。初めて見る彼女の驚いた顔に、王弁は嬉《うれ》しさを隠しきれない。仙人といっても隙はあるのだ。

「やったなあ」

当然反撃がくる。僕僕は右の人差し指を一本上に向けて立てると、それをくいっと王弁の方に向けた。すると、水面から子供のこぶし大ほどの毬《まり》状をした水球が次々と現れ、結構な勢いで彼に向かってくる。

「いて、いてて！　術使うのずるい！」

頭といい体といい、水面から出ているところは全《すべ》てその標的となり、王弁は浴槽内を逃げ回る。何とか水鉄砲をこしらえようと動きを止めるとそこに水の弾丸が集中して息もできないくらいである。

逃げ惑う彼の視界は立ち上る湯気でほとんど見えなくなり、絶え間なく襲い掛かる湯の球の軽く痛い打撃をかいくぐって一歩前に出てみた。その拍子につまずいた彼は思わず目の前にある何かに摑《つか》まる。

それは柔らかくて熱く、そして自分と同じように脈を打つ物体であった。

「急に積極的になったな。キミは」

浴槽の端、しりもちをつくように僕僕は湯の中に座っている。そして王弁はそれにおおいかぶさるような形で、腕を浴槽を縁取る石につっかえることによって辛うじてその体重が彼女にかかることを防いでいた。

「いえ、そんなつもりは……」

ない。確かに無いが、五寸先には僕僕の整った顔がそこにある。くちびるは彼が愛した庭園の、桜の花の盛りに似て浴場の蒸気につやめいている。程よい曲線を描く頰は酒を飲んだときとはまた違う、健康的な血色に彩《いろど》られて、かすかな産毛《うぶげ》が王弁の吐息に揺れていた。ごくりと唾《つば》を飲むような真似はしたくなかったが、到底がまんできるものではなかった。

「あの、先生……」

僕僕は試すような視線で王弁を見ている。その瞳《ひとみ》の中にせめて感情を表す色が浮かんでくれれば王弁も助かるのに、一切の感情を鎮《しず》めたような静かな色で彼女は青年を見ていた。

「うん」

僕僕は自分の言葉を待っているのかもしれない、と彼は考えた。数千年生きていても、変化《へんげ》無窮の仙人だとしても、人を好きになることだってあるかもしれない。でも彼は、人すら好きになったことがない。ここからどうしてよいかわからない。

「迷わなくてもいいんだよ」

僕僕の声が優しくなった。ぺたんと座った姿勢であることには変わりないが、彼を見上げる視線には、心を許したものの安らぎがある、と彼には思えた。

「キミが望むことをボクにしたとしても、ボクは拒まない。天地陰陽の理《ことわり》は、それを濫用《らんよう》するのではない限り推奨されるべきものだ」

独特の言い回しであるが、彼は自分が受け入れてもらえるのだ、と理解した。少女の姿をした仙人はゆっくりと瞳を閉じ、彼への信頼を示す。王弁は湯で上気しているのか状況に上気しているのかわからないまま、自らの顔と体を僕僕に預けようとした。

「ボクの正体があのじいさんだとしてもキミが望むなら、ね」

きっと二人のくちびるの距離は一寸を切っていた。そこで発せられた言葉は、おびえつつも猛々《たけだけ》しい彼の劣情を引っ込ませるのに十分な破壊力を持っていた。

それでも王弁は先を続けようとした。現に目の前にいるのは美しい少女である。しわしわの老人ではない。彼が見てきた僕僕はこの少女姿がホンモノで、老人姿を見たのは一瞬である。しかし青年の心の中で大きな葛藤《かっとう》が生まれる。もしそういう行為の最中に、「うひょひょ」とか笑ってその姿が出てきたら立ち直れない。

「……やっぱやめます」

王弁はなんだか自分の純情を踏みにじられた気がして哀《かな》しかった。もちろん、形式上師と仰いでいる仙人さまにそのような感情を持つほうがおかしいのだということも理解している。だったらあんなふうに誘わなくてもいいじゃないか、と怒りにも近い理不尽な感情である。

「やめてしまうのか？」

そんな上目遣いしたって。どうせいいところまで行ったらこっちの気持ちが萎《しお》れるようなことを言われてしまうんだ。醒《さ》めてしまった王弁はさっさと湯殿を出て体を拭《ふ》いてしまった。

（ああ、だめだなあ、俺）

皇帝の行幸がないときの離宮ほど静かで寂しいものはない。都から七十里の驪山は、山沿いであるぶん、都よりも一歩前の春景色だ。

あんなとき、司馬承禎やあの若い武将ならどうするのだろう。迷わず彼女を求める

のだろうか。そんなことを考えていると、なぜ自分が僕僕という不思議な仙人につい
て旅をしているかすらわからなくなり、あわてて頭を振る。
（とりあえずいやらしいことを考えないようにしよう）
力でびっくりさせられるのは悪くないが、こんなことでなぶりものにされるのはい
くら普通の人間男子といっても気持ちの良いものではない。彼は気を散らすように、
驪山の整った山容を見ながら何回か深呼吸をした。
とはいうものの、湯殿から出てきた僕僕の姿を見ると彼はまた意識せざるを得ない。
「さあ、いこうか」
彼が横目でちらりと見た僕僕の顔には相変わらず失望も怒りもない。飄々《ひょうひょう》とした仙
人にふさわしい穏やかな無表情である。何か繰言でも言ってくれたほうが盛り上がる
のに、と王弁は恨みっぽく先をいく小さな背中を見る。しかし先ほどの桃色な雰囲気
はどこへやら、僕僕は何もなかったように歩き続けていた。
「これからボク達は北に向かう。司馬承禎が飲んだ時に言っていた。ボクが探すもの
はいまのところ北にいるらしい」
「もの？　いる？」
探しているのは人なのだろうか。王弁はむしろこの段階で僕僕ほどの仙人が目的地

生　先　僕　僕

を決めていなかったことに驚いた。

「キミもきっと驚くよ。ボクも会うのは二度目だ」

司馬承禎のようなすごい仙人なのだろうか。そういう人間であれば僕僕に知られず世界を行ったり来たりできるだろう。

「誰が人だといった。ものだと言ったろ?」

「龍とか麒麟《きりん》とかそういうものですか」

伝説上の生物といったらそうと相場は決まっている。そういう生物なら人語を解するだろうし、僕僕と親交があっても不思議はない。

「そんなケチなものではない。温泉で時間をつぶして予定より遅れた。さっさと歩け」

自分から行こうといったくせに勝手な事を言っている。そんなに急ぐなら渭水《いすい》を渡してくれた河伯《かはく》のような神仙に手助けしてもらえば良いようなものだがそうはしないらしい。僕僕は面倒くさくなったのか黙ってしまった。

驪山から潼関を越え、東に向かう道は河南道を経て安徽《あんき》、そして王弁のふるさとである淮南に行き着く。しかし僕僕は言葉どおり進路を北に向けた。道標には太原府《たいげんふ》晋陽《しんよう》に至るとある。都も大概彼にとっては異郷であったが、北にはさらに未知の諸州が点在している。

二人は徒歩のまま、仙術に頼らずに北上を続けた。ちょうど春が北上する時期と重なったためか、常に春先の柔らかい温かさの中を進んでいる。

一日の行程は当初七十里程度だったが、王弁が旅慣れていくに従って百里程度にまで上がった。長安から太原府までは直線距離にしておよそ千三百里である。普通に歩けば二週間ほどでたどり着くが、僕僕は路傍に花が咲いていればそれをぼんやりと半日ほど眺めていたり、ふと沢に入って釣竿《つりざお》をたれたりする。

はじめのうちいらいらしていた王弁であったが、もともと期限のある旅ではない。太原まで三百里あたりの汾州《ふんしゅう》に来たあたりで僕僕のきままな旅の仕方がほとんど気にならなくなった。

「のどかな顔になったではないか」

「先生に付き合ってるとそうなりますよ」

別に皮肉っているわけではなく、素直な感想である。仙人のような人種と付き合っていくなら、普通の人間と同じだと考えていたら我慢がもたない。慣れというのは怖いもので、彼女が雲に乗って昼寝をする姿を見ても、王弁は全く驚かなくなっていた。五色の光を放つ雲の端を摑んで、引っ張って歩くことすらある。

「太原府で訪れる場所の予定は？」

なんだか自分が僕僕の侍臣になったかのようなおかしみを感じながら彼は尋ねる。弟子だから当たり前といえば当たり前なのだが、誰かのために荷物を担《かつ》ぎ、その予定を頭に入れておこうとするなんて、傍から自分を見てみると妙な感じがするのだ。

「訪れる予定は一応ある。あと訪れてくるのもいるかもな」

「人気、あるんですね」

「仙人ってのは偏屈が多いからな。人間界の基準でいくと。ボクみたいな流れ者がふらふらとたまに立ち寄るくらいのほうが気楽なのさ。その点キミはえらい。ボクとこれだけ一緒にいてまだ正気を保っているのだから」

弟子に雲を引かせ、その上にあぐらをかいて僕僕は座っている。河東道の中心都市である太原府晋陽は温暖湿潤な淮南とは全く違う、乾燥した大地である。

春先の街道は延々と続く麦畑に両側をはさまれ、黄河が運ぶ黄土によってきな粉をまぶされたように細かい砂をかぶっている。王弁も一日歩くと髪の先から下衣《したぎ》の中まで砂で埋まったようになった。他の旅人達も、体におおいかぶさるような荷を運ぶ馬たちも、全て黄土色一色に染まったようになって南北に往来している。

僕僕も同じように砂をかぶっているはずなのに、当然のように風呂上りのような清潔な姿を崩していない。

「たまには汚れてみたらどうです？」

その日の宿で砂埃《すなぼこり》を洗い流しながら、王弁は負け惜しみ気味に言ってみた。

「汚れてからそれを洗い流すのもなかなか爽快《そうかい》ですよ」

それを聞いて何がおかしいのか、僕僕はけたけたと笑った。彼女は自分の何気ない一言に思わぬ反応をすることがある。腹を抱え、足をばたつかせて笑っている師を前に、王弁は不思議な気持ちになった。

唐王朝の成立にも深く関わった太原府晋陽は、この当時でも皇帝が度々訪れ、また北との玄関口に当たるため、淮南の豊かさとはまた別種の賑《にぎ》わいを見せていた。

かつて唐の高祖李淵《りえん》は、隋《ずい》に仕えていたころ太原留守《りゅうしゅ》となり、北の守りの一切を任されていた。当時の太原周辺は煬帝《ようだい》の圧制を嫌った農民の造反団の蜂起《ほうき》と、中央政府の弱体化を見越した突厥《とっけつ》の騎馬隊による侵入が相次ぎ、決して統治するに楽な地域ではなかったに違いない。

もちろん李淵側にも強みはあった。彼の一族は北朝における最大級の名家の一つであったこと。李淵の息子、建成《けんせい》、世民《せいみん》が水準を大きくうわまわる武将であったこと。

それに李淵自身も、担がれるに足る度量をもっていたことである。

隋煬帝、大業十三年（六一七）。李淵が太原に赴任してすぐに分陽宮において馬邑《ばゆう》校尉《こうい》・劉武周《りゅうぶしゅう》が蜂起したときも、彼はすぐさま李世民と郡丞《ぐんじょう》・王威に命じ討伐させている。このときに李世民と晋陽令・劉文静《ぶんせい》、食客・長孫順徳《ちょうそんじゅんとく》、劉弘基《こうき》に募兵させた際、十日で万を超える兵がそれに応《こた》えたというからおそらく一般的な人気も持っていたのだろう。

その後、本格的に隋の王朝を打倒するために挙兵したのもこの太原府であった。唐王朝の李氏がこの町に特別な思い入れがあったように、この町の一般民衆に至るまで、王朝を作ったのは自分達だという自負はあったはずで、いうなればかつての京都人のような肩肘《かたひじ》の張り方が町衆にはあったかもしれない。

唐が滅んで後、五代の一つである後唐の李克用《こくよう》がここに本拠地を置き、突厥沙陀《さだ》部族でありながら、ことさら唐王朝の復興を叫んだのもあながち無理のない事であろう。

開元三年三月初旬、王弁たちが太原府に入る直前のこと。突厥より有力な族長である支葡忌《しぶき》や、高麗《こうらい》の莫離支《もりし》（高位の士大夫《したいふ》）である文簡《ぶんかん》が降伏し、河南に領土を与えられるなど、北の境は久しぶりに平穏を取り戻していた。

「このあたりがこれほど静かなのも久しぶりだ」

僕僕が嘆息するように言ったのも、後漢王朝の末期から始まった三国の大分裂以降、安定した時代を送れなかった北方の哀しさを知っているからである。

晋陽の街中には漢人が最も多いが、やはり羊の毛皮をなめして作った騎乗服を身につけた騎馬民族の姿も散見される。騎馬民族の中では鼻が高く目の青い突厥と、肌の色が黄色く、がっしりと四角い顔と体格を持った渤海《ぼっかい》人らしい集団があちこちで漢人の商人とにぎやかに商談を行っている。都には数多くいた西域の胡《こ》人の顔も見られるが、数少ない。

「今日は城外に泊まろう。ボク達が目指す場所への経路に当たる国からも太原にやってきている者がいると聞く」

当時の都市機能はほとんど全《すべ》てが城壁の中に包含され、当然宿泊客を受け入れることの出来る旅宿も城外にはない。城外に寝泊りするのは、塞外《さいがい》から大量の家畜を連れて交易に来ている騎馬民族たちだけである。

獣の皮を貼《は》り合わせて極寒にも酷暑にも耐えることの出来る移動用住居、包《パオ》は民族によって多少の相違はあるが形も機能も大体似たようなものである。夕刻の包集落からは牛糞《ぎゅうふん》を干し固めた燃料を焚《た》いて食事の用意をする光景が見られ、その中を歩く道服姿の少女と漢人の青年の姿は好奇の視線を誘う。

僕僕は点在する包の間を、そのような視線を気にすることなく進み、やがて晋陽城からもっとも遠い位置にある一軒の前で足を止めた。その包は他のそれとは違い、周囲に家畜の姿は見えず、ただ一頭の馬が杭《くい》につながれて立っているだけ。しかもその馬は痩《や》せこけ、たてがみはところどころ禿《は》げて到底売り物になりそうにない。

「ここだ」

包の入り口には分厚い毛氈《もうせん》が吊《つ》り下げてあって、扉の役割を果たしている。それが中から開いて、一人の若い女が顔を出した。

「……あら」

王弁が驚いたことに彼女は漢語をしゃべる。しかし、交易に来ているのなら話せて当然か、と思い直した。髪を頭頂から向かって少し右側にずらせたところでまとめ、背中の半ば辺りまで伸びたつややかな髪は、包の中からもれ出た明かりにすら輝いている。顔のつくりは目鼻立ちが整ってはいるものの、胡人とまた違うように王弁には思われた。

「主人はおられるか」

女はしばし僕僕と王弁の身なりを検分するようにじっと見ていたが、やがて、

「しばらくお待ちください」

と典雅な物腰で頭を下げ、奥に引っ込んだ。急な客だからなにかと用意もあるのだろう、と王弁は歩いてきた道を振り返る。少し高台にあるいくつもの包には炊事の火が点々と灯《とも》っているのが見え、夜空の星のように頼りなく瞬《またた》いて見える。彼らもまた、目の見えない楽人のように、月が何回も満ちたり欠けたりするのを頭上に見ながらここまでやってきたのだろうか。もともと詩心などない彼も、そのいじらしさに胸が熱くなる思いである。

するとそんな感傷を引き裂くように、包の中から甲高い叫び声が聞こえてきた。

「なんだなんだ」

城外の静寂な草原。夕刻の静かなひとときにあまりにもそぐわない凄《すさ》まじい声である。

「夫婦喧嘩《げんか》だよ」

いつものことさ、と言わんばかりの僕僕は新芽の緑もみずみずしい草原に寝転がって、ため息を一つつく。

「またなんで？」

「夫婦喧嘩の理由で他人に理解できるようなことがあるかい？」

実のところ、王弁は夫婦喧嘩というものを見た記憶がない。母親は幼いころに他界しているし、後妻だか愛人だかわからない女性と父との間にどのような会話がなされているかなど彼にはなんの興味もない。

「まあ、とにかく夫婦喧嘩は犬も食わないってことさ。こんなこと言うとここの主人に怒られてしまうがね」

と王弁には今ひとつ意味の判《わか》らないことを言う。

包の中の騒動は四半刻《しはんとき》ほども続いた。妻らしき甲高い声と、夫らしい低いくぐもった声の言い争いは優劣がなかなかつかず、時折物が飛んで砕けたりする音すら聞こえる。そしてようやく、乱れ髪をあわてて直したのがみえみえの女性が顔を出し、仕草だけは典雅に、

「中へどうぞ」

と二人を招き入れた。僕僕はうむ、と鷹揚《おうよう》に頷《うなず》いて分厚く重そうな毛氈の扉をするりとくぐって行ったが、王弁はあんな猛烈な喧嘩のあとに入るのは妙な気分である。

「やあやあ、いらっしゃい。こんなところまでようこそ」

包の中は中原風にしつらえられており、端に寝床が置かれているのを除けば、どこその客間に通されたような感覚になる。何より、中心に手の込んだ彫刻を彫り込んだ白檀《びゃくだん》製の机が置かれていることが騎馬民族風ではなかった。

椅子《いす》から立って出迎えた男の顔は、鼻は高いが鷲鼻《わしばな》ではなく全体的に中心から前に引っ張ったような顔である。それでいて奇妙な気品となつっこさがあり、左目の周囲がさきほどの夫婦喧嘩の影響で腫《は》れている以外は良家の旦那《だんな》といって差し支えない雰囲気である。

「僕僕先生にお会いするのはいつ以来のことでしたかな。あれは確か魏王《ぎおう》が呂奉先《りよほうせん》を討ち滅ぼしたあたりだったように思いますが」

「そうだ。あの時は世話になった」

彼は幼いころに習った史書の記憶を懸命に掘り起こし、その事件が五百年以上も前のことだと思い出す。ということは目の前の二人もただの人間ではなく、神仙の類《たぐい》なのか。しかし商いをしに旅をする仙人など聞いたことがない。いまさらどのような仙人が出てきても驚きはしない自信もあるが、そのあたりも気になる。

「相変わらず奥さんはお美しい」

僕僕の世辞に袖《そで》で顔を隠して恥じらう姿は、金切り声の主と同一人物とは到底思えない。

「先ほどはお聞き苦しいところを……」

と主人が頭を下げるところを細君がきっとつねる。

「あのね先生、ちょっと聞いてくださいます？」

「おい、やめないか。これ以上恥をさらしてどうする」

皮一枚で隔てた内と外では音声筒抜けである。でも少なくとも王弁はその内容を把握できなかった。特段、他人《ひと》さまの夫婦喧嘩を聞きたいとも思わないが、夫人のほうは言いたくて仕方がないようで、夫の体を押さえつけて前に出る。

「恥なもんですか。あのですね」

王弁はちょっとはばかりに、と言って座を外そうとした。僕僕は昔馴染《なじ》みのようだし、先方が希望しているようだから問題ないだろうが、彼自身まったくかかわりのない家庭の事情などあまり聞きたくないのである。

「うそつけ。厠《かわや》など行きたくないだろ？」

と僕僕は彼の裾《すそ》を引っ張って座らせて耳打ちする。

（ここの嫁さんは言い出すと長いんだ。つきあえ）

王弁もそれを聞いて辟易《へきえき》したが、それはそれで頼りにされているのかと思うとなんとなく嬉《うれ》しい。目の前の二人がどのような感情を持っているかに全く無頓着な細君は火の出るような勢いで夫の非を鳴らしだした。その後ろで育ちの良さそうな品格を漂わせている旦那は手を合わせて謝るばかりである。

(疲れた……)

愚痴や文句を聞き慣れてない王弁にとって、二刻にわたるぼやき大会は苦痛以外の何物でもなかった。

夫人の主張はこうである。

二人は生まれも育った環境も違う。夫人は蓬萊山《ほうらいさん》に近い姑射国《こやこく》出身で、夫はそこからさらに数万里西北に行った犬封国《けんぽうこく》の生まれである。姑射国は仙境蓬萊山に近いだけあって、民全員が仙人に匹敵する力を持ち、犬封国も伝説の聖王、黄帝の末裔《まつえい》といわれる由緒《ゆいしょ》正しき国だ。

この両国は人間が暮らす天下とは遠く離れた土地に住んでいるため、夫婦はそれぞれの国が互いに不足しているものを仲介しようと世界を飛び回っている。数千年の間、それはそれは仲睦《むつ》まじく勤めていたという。

「それがね、ここ二千年くらいの間に世情が変わりまして」

世情というのは人間界のことらしい。その細君が世情、と言う時にちらりと王弁の方を見たからである。

「夫が素のままで歩くと世間であやかしが出た、と騒がれるようになりましたの」

「素のまま?」

主人は僕僕に向かって、大丈夫ですかな、と気遣うように聞いた。僕僕は王弁の方を向いて、改めて大丈夫か、と尋ねた。何のことかはわからないが、とりあえず大丈夫だと彼は応える。正体といっても自分の想像を超えるものが出るとは思えなかったからである。

「では」

と旦那が身を一ふるいすると、犬頭人身のいわゆる「素」の彼が出てきた。王弁は驚くことは驚いたが、どうせこういうことだろうと予想していたのでひっくり返るほどではない。むしろ驚かない彼に二人が驚いていた。

「普通の人間の方だとお見受けしていたのですが違うのですか。さすがは先生の弟子」

「いや、普通の人間だよ彼は。太原府にいるような、ね」

犬の頭が人語を発しているのは奇妙な光景ではある。しかし雪のような白く長い毛に覆《おお》われ、黒雲母のようにかがやく瞳《ひとみ》はむしろ無理に人間に化けているときの顔よりもよっぽど美しく王弁には思えた。

「それで、世間が騒いで何か不都合があったんだね？」

僕僕が話を戻す。

「そうそう。それでわたくし言いましたの。いちいち指さされて面倒だから人頭に変《へん》化《げ》してくださいな、って。そしたらこの人ったらそんな事できるかって突っぱねるんですのよ」

旦那の気分が悪くなるのも無理はない。そう王弁は思った。人が気持ち悪がるから、顔を変えろといわれて良い気持ちがするわけはない。変化の術を心得ているのとはきっと別の話だ。

「そして商いの交渉はわたくしにやらせようとするんですの」

夫人の国は典雅な起居動作をしつけるだけあって、男女の区別に厳しいのだという。主人が奥にいて夫人が前に出ることを伝統的に禁じているのだとか。これで旦那一辺倒だった王弁の心情が揺れた。

犬の国出身の主人もそのような事情を承知の上で一緒になったはずだ。自分が変化するのがいやで奥さんに押し付けるのはいかにも狭量《きょうりょう》なように思われる。夫人が荒れるのもわかるような気が今度はするのである。

「さて」

僕僕は話を聞いて一つ欠伸《あくび》をした。

「先生、真面目《まじめ》に聞いてくださいよ」

「聞いてるさ。でも夫婦喧嘩は犬も食わないって言うだろ」

ああそうか。それで僕僕はあれだけ無関心の態《てい》だったのかと王弁は得心する。犬頭の旦那も苦笑いの態である。

「下手なしゃれを言っている場合ではありません。わたくし、このすれ違いが解消されない場合……」

奥方は十分に間を取ってためを作ると、

「お暇をいただいて国に帰らせていただくつもりです」

「それはまた思い切ったなあ」

あくまでも僕僕の口調は暢気《のんき》である。あまり本気に取っていないような節もあるが、彼女の場合腹の中で何を考えているかわからない。王弁は突然持ち込まれた夫婦の危機を彼女がどう裁くのか非常に興味深かった。

春先とはいえ、太原城外の草原は日が落ちると急激に温度が下がる。夫人は美しい顔をゆがめてはぶうぶう文句を言いながらも、暖炉に火を入れて包の中を温める。断熱性の高い天幕の中からはすぐに肌寒さが消えていった。

「よし、ボクに意見を聞くということは、ボクの意見に従うということなのだな」

そうなのか、と仙人を見るとまるで判官のように峻厳《しゅんげん》な面持ちである。犬頭の主人と美貌《びぼう》の妻は平伏してその裁決を謹んで受け入れる態度を示した。このあたり、さすがは大きな力を持った仙人だと実感できる瞬間である。

「では王弁、裁決を下せ」

椅子から転げ落ちなかったのは経験のなせるわざと言ってよい。

「このものの言葉はボクの言葉だ。キミ達は心して聞くが良い」

久しぶりにこの仙人に仰天させられて王弁は少々口惜しい。女性も知らない自分が夫婦喧嘩の仲裁などできるわけがない。しかし逃げようにも背中の布地は僕僕にしっかりつままれており、二人は平伏するように彼の前に座っている。

「えーっと……」

助けを求めるように隣を見ても、微笑《ほほえ》んでいるのかあざ笑っているのか良くわからない表情でまぶたを閉じ、王弁の方を見ようともしない。仕方ない、と同じように瞑《めい》想《そう》をしたような顔をしてみる。

竈《かまど》の上にかけられたやかんから漏れ出てくる音色が少しずつ変わっていく。こんこんと叩《たた》くような音が単発の空気音に変わり、連続するようになったころ彼はふと思い当たった。もめる原因になるならやめてしまえばいいじゃないか。

もともと仲の良い夫婦が何らかの必要性があったにせよ遠方からはるばるやってき

てこちらの世界と交易をし、変化の激しい人間界がこの包の主の姿を受け入れられなくなったなら、何も無理をすることはない。

「そういう裁きだ。受け入れるか」

僕僕は王弁の考えになにも口をさしはさまず、二人に尋ねた。しばらく顔を見合わせていた夫妻はお言葉を返すようですが、と前置きして、

「数千年も続けていたことを急に辞めるのはちょっと……」

気が引けると言いたいのだろう。王弁は二人の商いの詳細を知っているわけではないが、生業《なりわい》にしていることをやめろといわれて、はいそうですかと素直に従うわけにもいかない理屈もある。彼にしたって真剣に考えたものの、所詮《しょせん》部外者の意見だ。従うも従わないも彼ら次第だから、と自分を納得させた。

「そうか」

僕僕は王弁のほうを見る。

「キミの裁きは彼らには気に入ってもらえなかったようだ」

「仕方ありません」

王弁もあっさりしたものである。これには夫妻のほうがあわてた。

「い、いいえ従わないというのでは決してなく……」

「どっちなんだ」

僕僕が珍しく語気を荒らげている。

「は、はい。先生のお見立てに間違いのあったためしはございませんからもちろん仰《おお》せの通りには致します。しかしですね」

「キミ達はボクに尋ね、ボクの下した裁定に従うと言明した。なのに言を左右にして態度を明らかにしない。ボクを愚弄《ぐろう》するのか？」

「め、めっそうもございません」

なにやら恐ろしいことになってきた、と王弁は背骨の辺りがぞくぞくする。こんな彼女は見たことがないが、とりあえず座を収めないことにはどうしようもない。

「だったらこうしましょう」

「キミは黙っていろ」

ひっぱたくような僕僕の声である。しかし王弁はひるまない。

「黙りません。今回のことを俺に任せたのは先生です。だったら最後まで任せてくれるのが道理ではないですか」

珍しく真正面から押し込んでくる言葉に僕僕はそっぽを向いて黙り込む。

「お二人が数千年もこのお仕事をされて大事に思われている気持ちは良くわかります。

でも数千年も続けているなら、少しは休んだっていいじゃないですか。俺思いますけど、神様だってそうそう毎年必死に働いているわけじゃない。だって俺たち普通の人間、苦労してますもん」

夫妻はきょとんとしている。王弁は自分が的外れなことを言っているような気がして、さらに何か言葉を足そうとした。

「だから何もするなと？」

高貴な犬の顔をした包《パオ》の主《あるじ》はやはり不満そうである。

「えっと、そうですね。たまにはお仕事のことを忘れて旅などしたらいかがでしょう。ちょうど俺たちみたいに」

「あなたたち、みたいに……」

夫人の方にはそれが魅力的な提案だったと見えて、しきりに夫の方に視線を飛ばす。しかし夫のほうはこれまで続けてきたことへの愛着がよっぽど強いのか俯《うつむ》いたまま応《こた》えない。

「僕僕先生はご存知のことだと思いますが、わたし達は北方の世界とこの世界を結び、それぞれの世界にないものをやり取りしてきました。この商売を続けてきたのは、それがお互いの世界がうまくつながってくれるようにと思ってきたからです」

かつては自分のこの姿を奇異とするものはいなかった、という。もしかしたらそんな時代があったのかもしれないが、普通の人間しか見ずに育ってきた王弁にとっては想像もつかない。

「そろそろ、潮時なのかもしれませんね」

主は無念そうである。

「老君もよく言っているが、全《すべ》てのものがずっと同じということは有り得ない」

僕僕は慰めるように言う。

「なにか変化が必要な時に、変化しないのは逆に無理を生んでしまう。キミの真の姿は、おそらく今の人間が見たら妖怪変化に見えるだろうし、キミたちがしていた激しい夫婦喧嘩《げんか》は聞いているものに不快感を与えるだろう。キミ達はもともと仙道に近い国々の生まれだ。少し冷静になって時間をおけ、とこの子は言っているのさ」

夫婦が三拝して王弁への敬意をしめす。彼は適当なことを言ってはみたものの、途方もない気恥ずかしさを覚えて余計に逃げ出したくなった。なにせ自分は無位無官の、出かけるといったら近所の居酒屋といったぐうたら人間なのだ。人に説教できるような立場ではない。

「で、本題だ」

僕僕は既に表情を緩め、話題を変える。

問題点が解決したのが彼らの負担を減らしたのか夫人は穏やかな表情で茶を淹《い》れ、主は何の肉かはわからないが干し肉を手ずから割いたものを王弁たちの前に置いた。

「今回キミ達がこちらにもってきた商品をボクに譲って欲しい」

仙人が商談をするとは王弁にも意外だった。彼は自分の懐《ふところ》を探るが、父親に渡された銭はそろそろ心細くなっている。淮水《わいすい》から渭水《いすい》までは河伯のおかげでタダ乗りだったが、驪山《りざん》から北上した道のりでは普通に宿に泊まったので金は使う。僕僕も尽きない酒壺《さかつぼ》を演出することは出来ても、銭袋から銀の塊が零《こぼ》れ落ちるような術は披露してくれない。

「いえ、相談に乗っていただいたのですから御代は結構でございますよ」

このあたり商売人としては、いや商売人だからかもしれないが義理堅い。王弁も、財布の残りから考えてこの提案に乗ってくれたほうがありがたかった。

「そうはいかない。キミ達がこれからどうするにしろ、いま現在はまだ商いをしにこちらに来ているんだ。もちろんそれ相応のものは出す」

「さようですか……」

主は頷《うなず》いて僕僕を外に連れ出した。王弁もついていく。外には商品になりそうな物品も家畜もいず、痩《や》せ馬が一頭つながれているきりである。彼がまさかと思っていると、主人はその痩せ馬の手綱をほどき、僕僕に手渡した。彼女がその夜目にも薄汚れた鼻面《はなづら》をなでると、馬は心細そうに一ついなないて、顔をすりつけていった。

「うむ。これはいい駒《こま》だ」

感嘆の態の僕僕と、誇らしげな主の表情があまりにもその馬に合わず、大抵の不条理な光景には慣れたつもりの王弁もまぶたをこすりたくなる気分である。

「わが犬封国の主神である戎宣王《じゆうせんおう》の血をひく由緒《ゆいしよ》正しいこの駒は一駈《か》け数万里。世界と世界の狭間《はざま》をも飛び越える力を持っております。さらに心清くしてこれに騎乗したものはもれなく長寿を与えられ、もともと八十年の命が与えられたものであれば、千年の齢《よわい》を得る事が出来ます」

見た目によらず、すごい馬らしい。王弁は顔を近づけてよく見てみる。長い睫毛《まつげ》に縁取られた瞳はしょぼしょぼと潤《うる》み、僕僕に顔を預けるようにしたその姿は、間もなく世を去ってしまう老馬の哀れさをかもしだしている。

「よし、戴《いただ》こう。代価にはボクが錬じた薬丹《やくたん》をひとそろい置いていこうと思うがどうかな」

「それで結構でございます。先生のおつくりになられるお薬は、我らの力で治せぬ病をいとも簡単に癒《いや》してしまうとの事で、なんとか真似《まね》て作ろうとした者もいたほどです」

僕僕は少し得意気に鼻をうごめかすと、懐から小さな巾着袋《きんちゃくぶくろ》を取り出して主に手渡した。

「生まれて年数の経《た》っていない子供なら一錠を四つに分けて与えると良い。そのあとは齢が百を数えるごとに四分の一ずつを加えよ。寿命でない限りはこの薬で救うことができようよ」

犬頭を深々と下げて主は袋を押し戴く。

「商談はつつがなく成立いたしました。もう夜もおそうございます。今夜はこちらでごゆるりとなさいませ。このように狭苦しいところではありますが」

その言葉に合わせるように夫人が客用の床を一つ用意しはじめた。激烈な夫婦喧嘩を見せたとはいえ、さすがは数千年を共に暮らしているだけあって絶妙な呼吸である。

「そのつもりで寄らせてもらっているよ。長安の司馬承禎から崑崙《こんろん》の蟠桃《ばんとう》酒をもらってきた。キミ達はあまり酒を飲まないみたいだが、たまにはつきあえ」

そのあと、何刻飲んだのか王弁は記憶がない。仙人を酔わせる霊酒は不思議の国から来た夫婦をたやすく酔わせ、饒舌《じょうぜつ》にさせる。冗談のように繰り出されるお互いの悪口は愛嬌《あいきょう》として、王弁の心を摑《つか》んだのはそれぞれが生まれ育った国の話だった。黄帝の玄孫、汴明《べんめい》が始祖という犬封国。この人物が黄帝にかの地を任せられ、そこで初めて生んだ子供が雌雄一対の白犬だった。それからこの国の民は全て犬頭人身となったという。

それ以降、彼らが体験した最大の争いが、犬封国のはるか西にある粛慎国《しゅくしんこく》との戦争だ。四尺の強い弓を引き、民全てが武術に長《た》けるその国との戦いの中で劣勢にたった国を救ったのが、人頭馬体の英雄、戎宣王である。

燃えるような真っ赤な肌と、神のごとき頭脳を持った彼の指導により、犬封国は粛慎国の侵略を辛うじて退けたが、乱戦の中で戎宣王は敵方によって首を切り落とされてしまう。体の要《かなめ》をなくした彼は、それでもひるむことなく味方を指揮し続けた。

その勇姿に感動した犬封国の民はその姿を彫像にとどめ、今でも神として祀《まつ》っているという。そしてその血をひく名馬は「吉良《きら》」と名づけられ、犬封国の名産として世界にその名が轟《とどろ》いている。

(おもしろい。西域の国々とはまたちがうのだなあ)

王弁は酔いと異国の話が混じり合った気持ちの良い酩酊《めいてい》の中を漂っていた。実際の旅は疲れるものでもある。数年間ろくに運動らしい運動をしてこなかった彼が毎日数十里から百里を歩く道のりは楽なものではない。食べ物は淮南と異なる上に、言葉すら下手をすると通じないときがある。それでも、彼はやはり旅が好きらしい、と自覚する。

(もっと遠くへ行きたいものだ。まあ僕僕先生についていけば信じられないくらい遠くへ連れて行かれるんだろうけど)

その日は三人の不思議な人物が語り合っているのを聞きながら、王弁が真っ先に寝てしまった。

八

包《パオ》をねぐらとする者たちの朝は早い。

寅《とら》の一刻を過ぎたあたりで王弁がふと目を覚ますと、既に包の主《あるじ》夫婦は起き出して出立の準備に余念がない。僕僕はとっくに目覚めているらしく、横にはいなかった。

客用の床は一つしかなかったようで、同じ寝床で眠ったようだが王弁には記憶がない。少々もったいないと思いつつこっそり寝跡のついたあたりを嗅《か》ぐと、杏花《きょうか》のような香りがした。

水場に行って顔を洗い口をゆすいで上を見上げると、包のてっぺんに風見《かざみ》鶏《どり》のように立って陽光を浴びている僕僕を見つけた。目を閉じ、両手を広げ、朝の風に吹かれているさまはこの世のものとは思えない清潔な美しさに満ちている。彼は先ほど寝床の匂《にお》いを嗅ぐような真似《まね》をした自分を恥じた。

夫人のふるさとである姑射国《こやこく》の名物であるという、菱形《ひしがた》をした果実の乾燥させたものを朝食に摂《と》り、二人は夫婦の見送りを受けて北に向かって出発した。

「さあ、キミはこれに乗るんだ」

王弁は、てっきり僕僕が自分用にこの馬を購入したのだと思っていた。しかし彼女は、

「キミがこれに乗ることができれば旅はもう少し早く進む」

などと言う。手綱を取られて進んではいるが、王弁が歩く速度にも一杯一杯の風情《ふぜい》で、乗ったりしたらそのまま背骨から折れてしまいそうな心細さである。

「先生が乗ればいいじゃないですか」

体格がそれほど良くないと自覚している王弁であっても、死にかけの老馬に乗れるほど軽いわけではない。僕僕の体なら何とか支えられそうではある。

「ボクにはこれがあるからね」

そう言ってぽんと地面を蹴《け》ると五色の雲が現れて彼女の体を空中で支えた。太原《たいげん》か

ら北の幽州《ゆうしゅう》方面に向かう道ではなく、人通りのほとんどない街道を二人は進んでいる。

人通りの少ない割にはよく整備されており、歩くには楽な道だと王弁はほっとする。

ただ、行きかう人が僕僕に注意を向けないのが不思議だった。

「先生はいいよね。そんなのに乗れてさ」

座っているだけで進む雲の絨毯《じゅうたん》は、歩きの王弁にとってかなりうらやましい魔法の道具である。

「だからその馬を与えたんじゃないか」

ばかものめ、とでも言いたそうな顔をする。

「こんな馬に乗れるわけないでしょ」

負けじと王弁も言い返す。

「乗りもしないうちからどうしてそう言えるんだ。まあいい。キミが乗らないなら、彼は退屈にぽくぽく歩くだけだし、旅の速さもこのままだ。好きにしろ」

少女仙人は雲の上でころりと横になる。馬の歩く速度で北に向かうが、しょぼくれて下を向いた老いた馬に乗る気にはなかなかなれない。

「これに乗るとどうなるんです？」

「そんなこと昨日聞いたろう」

一駈《か》け万里で世界の果てすら飛び越える。この馬を見てその説明を信じるものは、光州城内のいんちき幻術師にすら引っかかるだろう。王弁は大道芸を見るのは好きで、よく出来た芸には銭を投げることもあったが、来歴のわからない薬を買わされたりしたことはない。

(先生がそう言うのだからきっと不思議な力を持っているのだろうけど……)

彼は試みにそっと馬の背中を押してみる。犬封国《けんぽうこく》の主人が鞍《くら》やら鐙《あぶみ》を取り付けており、形式的には整っている。

傷《いた》みの激しい雑巾《ぞうきん》のような色合いの肌には骨が浮き、疥癬《かいせん》にでもかかっているのか常に皮膚を震わせている。手のひらには力強い筋肉の感触は感じられず、冷たく不健康で今にも倒れてしまいそうな弱々しい鼓動しか感じられない。馬具が背中に乗っていることすらきつそうだ。

「ちなみに歩いて目的地までどれくらいかかるんですか」

「歩いて?」

「ええ」

雲の上から顔を出して僕僕はしばらく考え込んだ。彼女が乗っている雲は形が一定ではない。方形をとったり円形をとったり、僕僕の機嫌が悪いときには彼女ごと包んでしまって王弁が何を言っても返事が返ってこなくなる。彼女いわく、雲が体を包んでいるときは音を遮断《しゃだん》しているから何を言っても無駄だということだ。

王弁は僕僕の許可を得て触らせてもらったこともあるが、最初まるで霧に触るように手ごたえがなかった。心の濁ったものには触れることも出来ないのだ、と得意げに言われたときは腹が立った。しかし旅を続けるうちに引っ張る程度のことはできるようになったのであてにはならない。

「そうだな。この速さで歩くと二万年くらいかかる」

「は？」

長安と太原ですら数週間で歩けるのに、彼は二万年といわれて耳を疑う。

「あくまでもこの速さで歩けば、の話だ」

「だからこの馬に乗れ、と？」

「乗れば速いぞ」

そこまで言うなら、と彼はしょぼくれた馬の手綱を僕僕に渡し、またがってみようと試みた。反射神経の良いほうではないにしろ、苦しそうならすぐに下りればよいだけの話だ。幸い馬の体格は並外れて小さい。

「よっと……おい」

従順そうに見えて意外と自分なりの意志があるのか、彼が鐙に足をかけようとすると馬はひょいと避ける。がさがさした肌は意外と手のひらに吸い付かず、押さえつけて乗ろうとしてもうまくいかない。僕僕が手綱を握っているから半径一丈のあたりをうろうろと馬は動き回るだけである。

「くそう」

飛びついた王弁がかえるのように地面にへしゃげるに至って、僕僕は笑い出すどころか大げさなため息をついて見せた。

「何をしているんだ」

「何をって、先生おすすめの駿馬《しゅんめ》にまたがろうとがんばっているんじゃないですか」

彼は指をわきわきさせながら馬に迫る。潤《うる》んだ瞳《ひとみ》の老馬は王弁を正視してはいないが、見事に動きを見切って彼に背中を許さなかった。

「こ、こんなときだけ元気になりやがって」

馬も手綱を握っている僕僕も涼しい顔で、王弁一人が畑を一日耕していたかのように素晴らしい量の汗をかいていた。

「それだけ運動すればさぞかし温泉が気持ちいいぞ」

「またそんなからかって。先生が操っているんじゃないでしょうね」

悔し紛れに王弁が言うと、失礼なと頬を膨らませ、

「ボクとこいつが組んでキミをからかったら今頃キミは干物になってる」

とあながち冗談には聞こえないおっかないことを言った。つまり遊ばれていると気付いた瞬間、王弁はどっと疲れてそこに座り込む。憎らしいことにその老馬は手が届かないぎりぎりの距離に立って草を食《は》んでいた。こうなっては弱々しい表情もしょぼくれた佇《たたず》まいですら芝居に思えてくる。

(もう今日はいいや)

王弁は腹が立ったがそのまま街道脇《わき》の草原で横になってしまった。数回きこえた小さないななきが、嘲笑《ちょうしょう》に聞こえて仕方なかった。

数日が経《た》った。

河東道はからりと晴れ上がった日が続き、春先ののびやかな暖かさの中に包まれている。そしてこの日も王弁は意外な粘り強さを発揮して馬の背中を狙《ねら》い続けていた。

その間僕僕は街道から一里ほど離れた河で釣り竿《ざお》を垂らしては、その日の酒の肴《さかな》を釣り上げるというのどかな毎日を過ごしていた。長期戦を覚悟しているのか、魚を煮たり炙《あぶ》ったりするだけではなく、自ら捌《さば》いて腸《はらわた》を抜き、塩を利《き》かせて乾いた風に干す

ことまでしている。

「そんなことしなくたってね、すぐに出発できるようになるんですから」

横目でにらみつつ王弁は負け惜しみを言う。

「そうね。がんばりたまえ」

全く本気にされていない。馬は王弁を見くびったのか信用しだしたのか、手の届く距離に立つようになった。触らせてもくれれば撫《な》でさせてもくれる。しかし乗ろうという気配を出すと信じられないくらいの敏捷《びんしょう》さを発揮して距離をとってしまう。だまし討ちに近い戦法も、落とし穴すら掘ってみたが嘲笑されて終った。

作戦のタネがきれた王弁は意外と頻繁に釣果《ちょうか》をあげる僕僕の釣竿を眺めながら、どうしたものかと思案投げ首なのである。

「なやんどるなあ、少年」

自分の顔ほどのなまずを釣り上げた僕僕は上機嫌である。

「少年にはややとうが立ってますがね」

「このなまずはちょっとうまいぞ。飲もう」

まだ朝である。王弁が馬の尻《しり》を追いかけて悪戦苦闘しているうちにどこでどう交渉してきたのか、彼女は田園地帯にぽつんと建っていた無人の農家を借りていた。ご丁寧なことに小さな厩《うまや》付きである。

朝起きて、顔を洗って、飯を食って、一日馬と戯《たわむ》れて、飯を食って、このあたりに豊かな恵みをもたらしている黄色の水で体を清め、寝る。単調極まりない生活ではあったが、意外なほど王弁は楽しさを感じていた。

「なんならここでずっと暮らそうか」

この二日前、そんなことを言い出したのは僕僕のほうである。王弁はどきりとし、少々舞い上がったがここではいと言ってしまえば男の価値が下がるような気がして、いえ頑張ります、と似合わぬ努力を約束してしまった。約束を破られたあとの恐ろしい顔を晋陽《しんよう》城外で見てしまっているのでいまさら後には引けない。

「うんうん、頑張るんだよ。二万年がんばってもダメならそのとき考えよう」

そう嬉《うれ》しそうに微笑《ほほえ》んで彼女は王弁の背中を叩《たた》いた。時々この仙人は旅の道連れが普通の人間であることを忘れているのではないかと王弁はいぶかしむ。しかし足腰が立つうちにお馬さんはなんとかしたい。二万年も経てば骨どころかちり一つの痕跡《こんせき》さえ残っていないだろう。

なんとかしたいが、万策尽きた彼はとりあえず僕僕の瓢箪《ひょうたん》からとめどなく湧《わ》き出る杏《あんず》の酒をすいすい飲んでいるのだ。

「昼から飲む酒ってのはどうしてこんなにうまいんだろうね」

満足げに僕僕はため息をつく。

街道から外れた小さな農家を訪れる人もなく、音といったら草原を吹き渡ってきた風が河沿いに植えられた楡《にれ》の木をゆらすくらいのものである。僕僕はしゃれた細工を施した木や、意匠の凝った石を置いてあるわけでもない庭先に火を焚《た》き、なまずに塩をしてあぶっている。

「これは汁物にしてもうまいんだよ」

実際そうするつもりはあるようで、アラは別に鍋《なべ》の中で出番を待っている。

「そろそろいいかな」

見た目に似合わぬはかなげな白色の身にはところどころ薄い焦《こ》げ目がつき、ぽたりぽたりと脂《あぶら》が滴《したた》り落ちている。王弁が一口それを口に含むと、見た目どおりの淡泊な味がさっと広がり、身を嚙《か》み締めるごとに今度は甘みに似た濃厚な肉汁が両頰に迸《ほとばし》る。あまりのうまさに頰の粘膜がくっと収縮し、彼はたまらず酒を口に含んだ。

「なまずの身は多少泥臭いからね。いまボク達が飲んでいる酒で身を洗ったのさ」

言われてみると、かすかに杏の風味が乗っているような気もする。それが重い脂を軽やかに変えているのだろう。王弁はいまさらながら僕僕の多芸ぶりに感服した。

「吉良はなかなか言うことを聞いてくれないか」

同じくなまずの腹身にかぶりつきながら彼女が聞いた。

「しぶといです」

いかにも従順そうな老馬は顔を俯《うつむ》け、木陰に立ってじっとしている。悄然《しょうぜん》とした長い睫《まつげ》毛の下には、実は油断ならない聡明《そうめい》さと俊敏さが隠れているのを王弁は既に理解していた。

「作戦を変えてみたらどうだ」

「考え付く限りやってみましたけどね」

杯を地面に置いて彼はごろりと横になる。名前を知らない草の中には、淡い紫の花をつけているものもあって、寝転んだ拍子にふと香った。

「兵法には三十六計あるというがな。教えてやろうか」

いいです、と断る。ただの馬ではないものに通じるとは思えなかったし、だいたい覚えるのも面倒くさい。

「本当にキミは勉強というものがきらいだなあ」

「好きなやつなんていませんよ」

吐き捨てるように言ってから、あそうだ、と体を起こした。

「最高の作戦を考え付きましたよ」

僕僕がへぇ、と珍しく驚いた顔をした。

「逃げるんです」

驚いた顔を呆《あき》れ顔にかえ、そしていつものようにけろけろと笑う。

「キミは時々本当におかしなことを言う。でもそれは確かに良い作戦かもしれん。三十六計逃ぐるに如《し》かずというわけだね。それに色恋でもよく言うではないか。逃げれば追われる、追わば逃げられる、とね」

うんうん、たいしたもんだ、と僕僕は感心しきりである。王弁はほろ酔いのまま吉良に近付いてゆき、捕まえるそぶりを見せたあと、走り出した。馬は当然そんな彼を追いかけるわけもなく、一人走った王弁は振り返ってきまりの悪い思いをする。僕僕はひっくり返って爆笑し、彼は頭をかきつつすごすごと帰ってくるしかなかった。

「ボクの寿命は長いほうだが、危うく笑い死にするところだった」

「先生の大往生をお助けできるなら弟子冥利《みょうり》に尽きますよ」

と王弁は頬を膨らます。

「まあ逃げたり追いかけたりってのもお互いにある程度知ってないとできないことだからね。でもボクの見立てだと、まるっきり脈がないわけじゃない」

そう目を細める。彼は自意識過剰だと思いつつ、もしかしたら自分たちのことを言っているのかも知れない、と考えた。自分の方が追いかけている。なにかあからさまな態度を出しているわけではないが、自分の気持ちはきっと彼女に筒抜けなのだろう。だから驪山《りざん》の温泉でもあんな戯れを仕掛けられたのだ。じゃあ自分が逃げたらどうするのだろう。この仙人は追いかけてくれるのだろうか。

（ありえなさそう……）

恬淡《てんたん》としている彼女が涙を流して自分の背中にすがりつくなんてことは、到底彼には考えられなかった。

「で、脈があるとすればどうすればいいんでしょうね」

「そのあたりを考えるのが恋の楽しみではないか。例えば……」

完全に恋愛話になっているが、王弁は敢《あ》えて口を挟まず先を待った。手がかりを得られるなら何でも良かったのである。

そして翌朝、彼はうろ覚えの詩を馬の前で読んでみたわけであるが、馬はしょんぼりとした格好のまま聞こえているのか聞こえていないのかすらわからない。

前日、師匠が弟子に与えた助言は、

「古来より思いを伝えるのは愛の詩と相場が決まっておる」

というものだった。神の血をひく天馬なら確かに詩も理解しそうである。そこで王弁は懸命に記憶の井戸を掘り起こして、巷《ちまた》に流行している詩歌を思い起していたのであるが、彼にはあいにく歌唱の才能がない。ぼそぼそと暗誦《あんしよう》するように顔の前で呟《つぶや》いていると、想《おも》いの届かぬうちに鼻ちょうちんを膨らませて馬は寝てしまった。

「そんな雰囲気のないことでどうするんだ。未熟もの」

「雰囲気って言ったって」

あまりのひどさにさすがの僕僕もため息をつく。

「キミは女を口説くのにそんなぼそぼそと呟くような詩をうたうのか」

「そういう経験がないんです！　だいたいこの馬メスなんですか」

「しらん。とにかくキミには詩歌の才能がない。別の道を考えろ」

そう言い置いて彼女は釣りに出かけた。あきらめろと言われていないだけましか、と彼は見た目のみすぼらしい名馬の横に座って再び考えにふける。こういうときは逃げないのだから頭にくるが、毎日目の前にいれば愛着もわくわけで、王弁はそのがさがさした肌を優しくなでてやった。こういう時も逃げないのだ。

「何が気に入らんのだ」

と問うてみても返答があるはずもなく、彼はここに来てから何回目かの大ため息をついて、これまた何回目かわからない大の字を自らの体で草原に描いた。その拍子に懐《ふところ》から小さな巾着《きんちゃく》が転げ落ちる。

「哨吶《ラッパ》か……」

長安の司馬承禎《しばしょうてい》宅に滞在したとき、そこにいた童子が二人、彼に渡したものであった。いかにも子供のおもちゃらしくつくりは実に粗末であったが、娯楽の少ない単調な生活の中ではそれすらも素晴らしい刺激である。ちょっくら吹いてみようと彼は吹き込み口にくちびるをつける。

すうう
吐き出した息はそのまま出て行ってまるで音を立てる気配がない。酒家でも街中でもこれを吹く楽人はいくらでもいる。それほど難しいものではなかろうとむきになって吹き続けるがすうすうと間抜けな音がするだけである。

（意外と難しいものだな）

馬をほったらかしにして吹いているうちに、夕刻が来てしまった。

「今日はなにか進展があったかい？」

大した釣果がなかったらしく、米を炊《た》き、干してあった魚を割いて王弁に渡す。酒は当たり前のように瓢箪から出てくる。この日は梨《なし》の香りがした。

「哨吶って難しいですね」

「とぼけた男だな、キミは」

口に含んだ酒を噴き出しかけながら彼女はあきれたように言った。ここ最近僕僕のこういう顔を頻繁に見られて実は王弁は嬉しい。驚くと普段の飄然《ひょうぜん》とした顔が幼くなって普通の少女らしくなるからだ。

「哨吶って……ああ、白雲子のとこからもらってきた」

「そうです」

「その哨吶はな、いややめておこう。今のキミに言っても大して意味のないことだ」

王弁も仙童からもらったおもちゃのラッパがただのラッパだとは思っていない。何か由緒《ゆいしょ》があるのだろうとは予測している。しかしそれを聞いたところで修行不足だからその力を引き出すのは無理だと言われるのはわかっているから、敢えて聞くこともしなかった。

「ともかく馬の方は煮詰まってますからしばらくこれ吹けるようにしてみます」

「キミも自由な男だなあ」

仙人に言われたくはないが、仙人にこう言わせるくらいなのだからよっぽど気楽な人間なのだろう、とちょっと複雑な気分である。父親なら間違いなく罵声《ばせい》が飛んでくる場面だ。

「まあ好きにするさ」

僕僕は特に文句を言わず、干草を集めて作った褥《しとね》に寝転がった。王弁はその童女のような寝顔を見ながらしばらく哨吶の練習をしていたが、やがて彼女とは部屋の反対側に作った寝床にもぐりこんだ。

さすがに楽器は生物よりも素直に出来ていると見えて、王弁が一日中吹いたり吸ったりしているうちに音らしきものが出だした。一度こつを摑《つか》むと、どう吹けば、どの穴をどう塞《ふさ》げばどんな音が出るというのがわかりだす。

一週間もたつころには音階らしきものを自在に吹き出せるまでに上達していた。王弁が驚いたのは、その音に吉良が反応することであった。

「この音が好きなのか？」

と近くで吹いてやってもこれまでと同じようにしょんぼりとうなだれたふりをしている。しかしその耳が微《かす》かに自分の方向を向いていることに王弁は気付いていた。彼はその時から敢えて少し離れたところで哨吶を吹くように心がけた。

手綱は別にどこかにくくりつけているわけではなく、自由に動けるようにしてあるから、吉良は動こうと思えば自由に動ける。王弁はもしかしたらこの音色で馬を釣れるかもしれないと考え始めていた。

さらに数日。彼は哨吶の音が吉良に聞こえない山かげまで歩いていって、ひそかにある曲を練習していた。西域酒家で演奏されていた異国情緒あふれる旅人の曲である。馬のふるさとである犬封国の音曲とは違うことはわかっていたが、それでもあの馬にはわかるはずだという自信があった。

西の音楽には長い旅を知っている者や、遠い旅にあこがれる者の心を動かす力があることを彼は知っていたからである。

「よし、できた……」

思い出しつつ音を再現していたために時間はかかったがようやく完成する。さすがに光州城の楽人ほどはうまくいかないが、それなりに曲にはなった。急いで吉良の元に帰り、哨吶を口につける。

馬は数日音色を聞いていなかったために喜びを隠し切れない。催促するように、吉良は前足で土を掘り返した。

（いくぞ……）

話に聞いただけのサマルカンド。光を失った老人の記憶に美しく残るソグディアナの大平原。ゼラフシャンの清き流れ。アムダリアとシムダリアの雄大さ。彼はどれも直接見たわけではない。しかし今の彼は淮水《わいすい》と渭水《いすい》を知っている。華中の平原を知っている。河東の大草原の中を歩いた。

哨吶から流れ出る音の群れは誰もいない田園地帯に満ち、西域の道をそこに現出させる。ちょうど釣りから帰ってきた僕僕はその光景を驚愕《きょうがく》と共に見ていた。吹いている当人はそんなことに気付かず無心に吹き続けている。

吉良はしょぼくれた顔を上げ、陶然とした表情でその旋律に聞き入っている。王弁が奏《かな》でる音はまだまだ技巧的に素晴らしいといえるものではとてもなかったが、彼の遠い世界を求める気持ちがついに馬の心を動かした。

「王弁」

僕僕は吹き終わって満足げに呆然《ぼうぜん》としている彼に声をかける。彼の目の前には、彼がはじめて見る駿馬《しゅんめ》がぐっと、胸を張って立っていた。燃える様な真紅のたてがみに、がっしりした筋肉で覆《おお》われた赤銅色《しゃくどういろ》の馬は今にもはちきれんばかり。額には北斗星の形に白い毛が一叢《ひとむら》しげり、目は草原の闇夜《やみよ》のように漆黒であった。

「これ、もしかして、吉良?」

「一目瞭然《りょうぜん》だろ」

明らかにそれは違うでしょ、と言うことも忘れて王弁はその活力と威厳に満ちた馬を見上げる。確かに瞳《ひとみ》全体を被《おお》うような長い睫毛《まつげ》はこれまで旅を共にしてきた馬のそれであったが、体つきから色まで変わってしまって彼は戸惑った。

「犬封国の馬は誰かにしつけられて背中を許すのではない。主《あるじ》を自ら選ぶ。かつて各地の王がその力を欲して手に入れるところまではたどり着くのだが、ほとんどの人間がそれに成功しない。ボクが直接見た吉良の乗り手は、漢末の呂奉先《りょほうせん》のみ。もっとも彼はその力を最大限に発揮させることなく終ってしまったけどね」

彼も微《かす》かながら光州城下で旅芸人が講談に来て語ったことを覚えている。呂布は赤《せき》兎馬《とば》という古今無双の名馬に乗っていたはずだ。

「吉良は主の心を感じ取ることが出来る。主と定められたものが自らの力を真に欲していると認めた時にのみその姿を現すのだ。さあ、騎乗してみるがよい」

彼はおそるおそる鐙《あぶみ》に足をかける。馬に乗るのも幼いころ以来十年ぶりの話である。それでも無理やりながら武芸十八般のさわりをやらされただけあって、体をふらつかせながら何とか馬上の人になった。

「じゃあいこうか」

「え？　でもこんな時間ですよ」

夕刻の河東道は独特の寂しさを漂わせながら闇《やみ》を深めていく。僕僕も彼の哨吶の演奏と吉良の変化に心を奪われていたので火を焚《た》いていない。夜は急速にあたりを包んでいくが、彼女は気にせず前進を命じた。

「この子が真の姿を現した以上、世界のどこに行くにも時間を気にすることはない。これから向かう場所にも、空腹を感じる間もなく到着する」

生「だって先生、そこに行くには歩いて二万年って言ってたじゃないですか」

先「歩けばな」

僕僕はぽおんと軽やかに地面を蹴《け》り五色の雲を呼び出すとその上にあぐらをかく。そして吉良の耳元で何事かささやくと、伝説の勇者の血をひく名馬は勇ましく一声嘶《いなな》いた。

僕「王弁」

彼女は景気付けに一曲頼む。とせがんだ。彼は酒家で聞いたもっとも元気の良い曲を思い出し、間違いも何も気にせず思いっきり吹き鳴らした。進軍ラッパのような勇ましい旋律に吉良は勇躍し、きれいなだく足で走り出す。

僕「うわあ」

王弁はその乗り心地の快適さと、素晴らしい速さに感嘆して思わず哨吶から口を離した。

「やめるなやめるな。吉良の機嫌が悪くなるぞ」

五色の雲は先導するように先を行く。王弁は鞭《むち》を振る代わりに哨吶を吹き鳴らす。両側を流れる風景はやがて溶けるように消えていき、まるで濁流の中を行くように溶け合ってはっきりとは分別できなくなる。

「世界をぬけるぞ！」

水中を切り裂くような両側の風景に呆然としながら哨吶を吹き続ける王弁に、僕僕が大きな声で呼びかけた。

「どういうことです?!」

「どうもこうも、そういうこと！」

彼女の言葉を合図にするように、吉良がどしんと地面を蹴った。一瞬ぐうっと体が後ろに持って行かれかけて、あわてて手綱をひく。しかし吉良はためらうことなくもう一度空を蹴った。

「しっかり捕まっていないと振り落とされるぞ。今落ちたらボクでも助けられない！」

冗談じゃない、と王弁はそのたてがみに力いっぱいしがみついた。耳の側では台風が直撃したときのような凄《すさ》まじい風音が鳴り、強風の中で目を開けると暗闇の中で無数の光点が後方に流れていく。吉良の逞《たくま》しい首筋の前方には髪をなびかせて雲に乗る僕僕の背中が見える。

（世界を抜けるって、世界って抜けられるんだ）

大概現実感のない最近の出来事の中でも飛び切りである。これはさすがに父親に言っても信じてもらえまい。と自分でも信じられないその光景を、しっかりと覚えておこうと首を左右に振る。しかし下に道はなく、上に空はなく、左右に山河はない。何もない空間をこの馬は駆けているのだ。

やがてどれだけの距離を走ったのか、どれだけの時間を走ったのかわからないが、吉良はいつの間にか地面を走っていた。その風景は河東の乾いた風景ではなく、淮南から北上した徐州《じょしゅう》辺りに良く似ている。

生「着いたのですか？」

僕「うん。さすがは吉良だ」

僕僕は労をねぎらうように神馬《しんめ》の鼻柱をなでた。世界を超えるような跳躍にはさすがに疲労をおぼえるらしく、そのがっしりした体には汗が浮かんでいる。

先「先生、吉良が疲れているようです」

僕「よし、ではこのあたりで休憩にしよう」

僕僕はとんぼを切って地面にふわりと降り立つと、そのあたりに立っている木から王弁がみたことのない果実を一つもいで頬張った。

「うん。このあたりの味はまたキミの世界とは違うね」

さすがは仙人と言うべきなのか、凄まじい力を持つ天馬ですら汗ばむようなことをしても、僕僕はまるで疲れた様子を見せない。桁《けた》違いの強さであった。

「ここからは遠いのですか？」

「世界を飛び越えてきたボク達に遠いも何もないよ」

それもそうか、とも思うが実際何里の距離を移動したのか、彼にはわからないし測るすべもない。

「そうだね。百年で穫《と》れる天下の米粒と麦粒の数を合わせ、それに里をつけた位じゃないかな」

とまるで参考にならない示唆《しさ》をくれる。

「まあ歩いて無限の時間がかかる距離と思っておけばよい」

「二万年っていうのは？」

僕僕は、そりゃ言葉のあやだ、と笑った。とにかくここが目的地らしい、と王弁は辺りを見回す。

生「中原《ちゅうげん》とあまり変わらないですね」

先生えている木の葉の形や、下草の花の色は確かに淮南や長安、太原で見てきたものとは明らかに違う。しかしぱっと見には、木の幹は炒《い》った大豆のような色をしているし、葉は光を反射して浅い緑色に輝いている。

「そりゃそうさ。ここの主は自分の好みにキミ達の世界を作ったのだからね」

僕「あるじ？」

僕「そのあたりで昼寝しているはずだ」

なだらかな丘陵がうねうねとどこまでも続く風景の中を、歩調を緩めた僕僕と、吉良の背にまたがった王弁はゆく。彼がふと見上げると、頭の上には太陽が二つある。しかも空のあちらとこちらにあって、見上げるたびにその位置を変えている。

「なんかおかしいんですけど」

「おかしいことなどあるものか。頭に陽があり、足に地がある。キミ達の世界と同じだろ？」

「でも二つはないですよ」

二つの太陽は戯《たわむ》れるようにくっついたり離れたりを繰り返し、影はそれに伴ってあわただしく角度を変える。

「かつて地上には十個の太陽があった」

ゆっくり歩きつつ僕僕が彼に話して聞かせる。

天地の年齢まだ若く、地上にもそれほど多くの人間がまだいなかった時代である。犬頭の犬封国の住人や、身の丈数千丈にも及ぶ誇父国《こほこく》、三面六臂《さんめんろっぴ》の多肢国《たしこく》など、今なら異形だと恐れられ蔑《さげす》まれるような国々が、いわゆる人間の国と等しく並存していた。

まだ若かった太陽たちは、天帝の命令のもと、交替で天に出ては地上を照らしていた。あるとき、毎日続く仕事にあきた兄弟たちは一斉に天を占め、そのせいで地上に暮らす生物達は多大な迷惑をこうむった。大旱魃《かんばつ》に見舞われたのである。

「そこで羿《げい》という神にその太陽達をこらしめるように玉皇上帝から命令が下された」

羿は武人であった。天界一の弓使いだった彼は妻を伴って下界に降り、自慢の腕で一つを残し、九つの太陽を打ち落とした。武将である彼にとって、懲罰とはすなわちその命を奪うことであったのである。

これに怒ったのは天帝である。いくら悪さをしたとはいえ自分の息子をいきなり九人も殺されたのではたまらない。羿夫婦の神格を奪い、地上から天界に帰れないようにしてしまったのだ。

「なんか理不尽ですね」

「そうさ。自分の子供の始末を他人に頼んでおいて、それが気に入らないからといって依頼先に罰を与えるなんていくら天帝でもひどい。当然羿には同情が集まった。下界を任されている神の一人、西王母もそうであった」

彼女は落胆している羿を自らの宮殿に招き、食したものに不老長寿を授ける桃を与えた。王弁たちが飲んだ蟠桃《ばんとう》酒の強力版である。

「不幸なことに、そのとき手に入る不老の桃はたった二つだった。この桃は一つ食べれば不老長寿に。二つ食べれば神の力を手に入れることが出来る。正直者の羿は二つを食べずに持って帰り、妻と分け合おうとしたのだ」

しかし妻は神であった時代を忘れられず、夫が狩りに出かけている間に二つとも食べてしまった。独り占めが発覚するのを恐れた彼女は天空へと去り、月にたどり着いたところで醜い蟾蜍《ひきがえる》に姿を変えてしまったという。

「キミも会っただろ？　あの踊り子がそうさ」

「へえ……」

天仙の求めがあったときだけ、月を離れることが出来ると確かに言っていたが、その姿は蛙《かえる》ではなく若く美しい天女だったはずだ。

「さ、そこが天界の慈悲深いところでもあり、残酷なところでもある。十分に罰を与えたし、夫の羿が世を去って底知れない悲嘆も味わったから、あとは改悛《かいしゅん》したころを見計らって天界に戻してやろうとしている。彼女自身は、自分の命は絶えてもいいから夫にもう一度会いたいと思っているのだがね。好きなことも言えない哀れな境遇さ」

「それと上で動き回っている太陽とどんな関係が？」

「そうそう。羿に対する罰は天帝の予想以上に評判が悪かった。本来は羿に罰を与えた後、彼に射落とされた子供達を復活させようとしていた。しかしそれをやってしまうと贔屓《ひいき》の引き倒しで神仙や人々から総すかんを喰らいかねない。だからここに別天地を作って謹慎させているのさ」

どこか俗界めいた話だ、と王弁は妙な気分になる。天帝とか太陽神などというものは、もっと超然としていると彼は思っていた。

「そりゃあ普通の人と比べたらとんでもない力を持っているし、悠然とはしているけどね。天帝もボクたちもそしてキミたちも、もともと同じ根から生えているんだから当たり前のことさ」

「そういうもんですか」

そんな話をしながら丘陵をさらに六つほど越えたとき、吉良がふと足を止めた。

「近いみたいだね」

「近い？」

「ボクたちが目指すものがすぐそこにいる」

　王弁はきょろきょろと辺りを見回すが、ところどころに霧がかかる丘陵は静まり返って音もない。時折、鳥の声とも獣の鳴き声ともつかない甲高い音がぴいんと響き渡るものの、視界に動くものは入らない。

「うん、向こうから来るようだ」

　僕僕と吉良はある方向を見つめたまま身じろぎもしない。王弁はぐうっと体を四方から押し付けられるような感覚を覚えた。

「ふふ、下界から遊びに来る人間なんて久しぶりだから喜んでいる」

　王弁が柔らかい布団《ふとん》に体をくるみこまれたような感触に戸惑っていると、ふいとその柔らかい何かは体から離れ、彼らの前に奇妙な姿をあらわした。

「帝江《ていこう》だ」

　その姿は犬頭の人など、奇妙な事柄にはたいがい慣れたはずの王弁でも、妙に感じるに十分な外見であった。

　もわもわとした霧の一つの塊が黄色味を帯びた皮袋のようになり、吉良と同じくら

い の大きさに膨らんだ。そこから四枚の白い羽と、ずんぐりした子熊《こぐま》の足のようなものが六本生えている。目もなく口もなく、顔を構成する部分がまるで欠落した、奇妙な生物である。

「キミ達の世界を作った神の一人だ」

王弁はあわてて馬を下り、拝礼した。

「よいよい」

野太く間延びした声が頭の中にこだました。

「ここに仙人でもない普通の人間がやってくるなどどれくらいぶりであろうか。もっとも仙縁はあるようじゃが」

どう考えても人語を話しているのはこの奇妙な生物らしい。

「ここは、どこですか?」

「もっともな質問じゃ。ここは、ここじゃ。どこでもない」

さすがは僕僕の友人、言っていることが良くわからない。王弁は深く詮索《せんさく》することをやめ、本来用事のある師匠に会話を譲った。彼女はなにやら身振りを交えてその帝江とかいう生物に話しかけているが、その声は王弁の耳には捉《とら》えられない。

「ちょっと長くなるかもしれないから、吉良とそのあたりを歩いてくるといい」

僕僕は振り返って、そう弟子に言い渡した。不思議の世界で、人間である自分が役に立てることは確かに何もない。王弁は素直に頷《うなず》くと吉良の首筋を叩《たた》き、その蹄《ひづめ》が向かうままに歩き出すことにした。既に愛馬の力を知っている今となっては、迷う心配とてない。

「ああ、そうそう。渾沌《こんとん》のやつに気をつけるが良い」

帝江が体をもそもそと動かして王弁の方に向け、そう言った。言っているのかどうか口がないのでわからないが、僕僕の声ではないのでそうだと判断している。

「渾沌？」

「おそらくおとなしくしているとは思うが、やつも下界の人間に会うのは久しぶりだから、嬉《うれ》しがって悪さをするかもしれないんじゃよ」

「大丈夫ですよ。こいつがいますから」

しかし吉良は「渾沌」という言葉にあまり良い思い出がないのか、ぶるるる、と普段より長めに鼻を鳴らして不安を表明した。

「わかったわかった。じゃああまり遠出せずにそのあたりを散歩しような」

王弁が燃えるようなたてがみをなでて落ち着かせる。気分を直した天馬はぽくぽくと草原を踏みしめながら丘陵を越えていった。

「人間であれほど吉良と睦《むつ》まじくできるものがいるとは」

帝江は嘆息した。

「そりゃボクの弟子だもの。だいたい本来は人が吸うことの出来る気の無いここにきても全く平気なんだから」

「よほどあの若者、僕僕先生に信を置いていると見える」

まあね、と僕僕は得意気である。弟子の後ろ姿をしばらく見送っていた少女は再び帝江の方に向き合ってなにやら相談を始めた。相変わらずその表情は飄々《ひょうひょう》としていたが、交渉は今ひとつ思い通りには行かないらしく、なかなか晴れやかな顔にはならなかった。

九

一度命令したことを再度検証することはよき官僚としてなすべきことの一つである。李休光《りきゅうこう》は以前出頭を命じていた仙人の消息を、別駕《べつが》の黄従翰《こうじゅうかん》に尋ねてみた。尋ねられたほうはぎくりとしたが、それほど波風の立たない状態にはなっているはずである。

彼は上司に、仙人は王滔《おうとう》の息子を伴って何処《いずこ》ともなく姿を消したと報告した。

「何処ともなくとはなんだ。それでは報告になっておらん」

「申し訳ございません。しかしそうは言われましても、なにぶん神出鬼没の怪人でございますから」

李休光とて官僚界でたたき上げてきた人間である。部下の言葉の中にどれほどに真実と虚偽がまじっているかある程度予測をつけることができる。もちろん、自分のさじ加減一つで真実すら虚偽に変えてしまうことはあるが、悪意を持っていない限りそんなことはしない。ただ、彼は仙人とかそういう得体の知れないものが嫌いだっただけである。

「王滔の息子は君の義理の甥《おい》だろう？　いまいち心配していないようだが」

有力な部下は有力な敵とほぼ同義の場合がある。彼にとって黄従翰はそれほどの脅威ではあるが、弱みを握って縦横に追い使うことが出来ればそれにこしたことはない。

「姿を消したのは先月の事でありまして、まだそれほど月日の経《た》ったことではございませぬゆえ……」

黄従翰が王滔宅で不思議の術を見たのは確かであった。彼は上司ほどではないといえ、基本的に怪力乱神を語らないし信じないたちである。しかし目の前で展開された老爺《ろうや》の坐亡立存《ざぼうりつぞん》の奥義《おうぎ》は目くらましにしろなんにしろ、説得力は十分にあるように思われた。王滔が言うには、世間的な波風を立てたくないから姿を消したとのことである。

どうであれ、甥がそれほどの人物についているのならさして心配はしていない。まさかそこをつっこまれるとは思わず、黄従翰は自分を制御するのに懸命になっていた。

「まあいい。それよりな……」

部下をいじるのは程ほどにして、彼は中央から届いた書類を一束黄従翰に見せた。

「全くごたごたしてくれる。仕事が増える一方だ」

別駕は、上司が自分とその親族を糾弾するのが今日の一番の目的ではないと悟ってほっと胸をなでおろした。

「尚書省《しょうしょしょう》もいよいよ手一杯になってきたらしい」

開元以前から、王朝の経済機構はいろいろと破綻《はたん》をきたし始めていた。国全体の政治としてはさほど乱れていたわけではない。太宗李世民《たいそうりせいみん》、則天武后《そくてんぶこう》は政治家としては超一流であったといってよい。

それだけに国は辺境地帯を除いて比較的平穏で、特に淮南《わいなん》のような地域では経済の発展が目覚しかった。産品は米だけに限らず、塩、鉄、茶、酒、はては工芸品に至るまで莫大《ばくだい》な量が生産され、中国大陸全体に広まっていく。広まっていくということは全土の購買力も高まっているわけで、ちょうど二十世紀末から始まった経済発展と同じく、爆発的な勢いで金銭と商品が流通し始めていた。

それまで中国大陸全体の経済を所管していたのは尚書省である。もともと詔勅《しょうちょく》を実行する六部《りくぶ》へ直接の命令権を持っているのはこの省であるから当然といえば当然の話ではあるが、開元にいたってその経済規模を管理しきれなくなっていたのである。

「で、どうしろと？」

「光州でとれる産品、数量、金額をまとめて中央に報告しろときたもんだ」

李休光にすると、できれば勘弁してもらいたい余計な仕事である。とすると当然その一部は自分に押し付けられるであろうなということは黄従翰も覚悟していた。義理の兄がらみのいやみはそのあたりの布石であることくらい、彼にも良くわかっている。

「そうかそうか、お主の働き振りには感服するばかりだ」

お任せを、との部下の申し出に刺史《しし》は相好を崩した。

尚書省が管理していた経済的な職務は、後に転運使、租庸使、塩鉄租庸使などに分散されていくのであるが、それはまた後の事である。とにかく、李休光は長安から命じられたそれらの数字がらみの仕事を一部でも部下に放り投げることが出来て、多少ほっとしていた。

「渾沌《こんとん》ってなんだろうね」

王弁は吉良《きら》の背にゆられながらそれとなく聞いてみた。吉良は人語を解することが出来るようだが、言葉で彼に何かを言ったことはない。聞こえている証拠に耳をぴこぴこと動かしたものの、特に王弁の手がかりになるような行動はとらなかった。

（渾沌。天地が開く前の様子。全《すべ》てが混じり合ってわけがわからないこと、だよな……）

それくらい彼にだってわかる。しかし渾沌に気をつけろといわれても、相手がわからないのに気をつけようがないではないか。

「もしかして饂飩《うどん》のことかな。このあたりの饂飩はまずい、とか」

王弁の独り言を聞いて、吉良がばかにしたように笑った。

「こういうときだけはっきり意思表示するよね、おまえは」

たしなめるようにたてがみを引っ張る。すると突然吉良はがくんとつんのめり、彼は丘陵の登り斜面に、絨毯《じゅうたん》のように敷き詰められた草原に投げ出された。柔らかい草が衝撃を緩和してくれなかったら、どこかをくじいていたかもしれない勢いである。

「おい、そりゃちょっとひどいんじゃない？」

彼は服についた草を払い、文句を言おうと吉良に詰め寄ろうとした。しかし愛馬に起こった異変に気付き、彼はあわててそのがっしりした首筋に手を伸ばす。吉良はいつの間にか地面に開いた真黒な穴に飲み込まれようとしていたのである。

「前脚！　そう前脚を出すんだ！」

その暗い穴はどういう仕組みになっているのか、吉良の大きな体を徐々に飲み込んでいるようで、すでに四本の足は王弁から見えなくなっている。吉良は世界を一蹴《け》りで周遊するその脚力で懸命にもがいた。王弁も手を伸ばして何とかそのたてがみや耳を摑《つか》もうとする。

穴には水はなく、底なし沼らしい泥もない。ただ吉良の瞳《ひとみ》とは違ったどんよりとした黒さでぽかりと開いて、天馬を飲み込んでいくのだ。

「吉良！」

彼の叫びもむなしくその耳の先が消え、王弁は突然のことに呆然《ぼうぜん》と立ち尽くすのみである。なだらかに続く丘陵の草原は、天上で戯《たわむ》れるように動き回る太陽にあわせるように風にそよぎ、いま起きた事件にはまるで無関心のよう。

「そ、そうだ先生に」

はっと我に返った彼が踵《きびす》を返しかけたその刹那《せつな》、彼の耳は不快な爆笑を聞いた。げらげらと底意地の悪い、あからさまに他人を蔑《さげす》み侮《あなど》る笑い声である。振り返ると、先ほど吉良を飲み込んだ黒い穴が人の形をとり、あわてて走り出そうとする王弁の背中を指して笑っている。

帝江《ていこう》とは違い、顔はあるがそこに目鼻はない。通常開いているべき外界との通路はない。それでもその仕草から、彼が笑っていることは十分にわかった。

「どこにいくのどこにいくの？」

もしかしたらこれが渾沌とかいうやつか。王弁は警戒心を強める。

「先生のところに戻るんだ」

「なんだ。冷たい男だなあ。おまえの馬はほれ、わしの腹の中にあるんだぞ？」

渾沌とおぼしき黒い影は音を立てずその腹にあたる部分を叩《たた》いた。

「先生なら何とかしてくれる」

「ぎゃははは。先生なら何とかしてくれる先生なら何とかしてくれる！」

王弁は無視して走り出した。吉良ほどの馬をあっさりと飲み込んでしまう妖怪だ。自分が怒ったところでどうにもならない。第一、彼は恐ろしくて仕方なかったのである。

「ほおおい、ほっほおい」

後ろから神経を逆なでするような掛け声が飛んでくる。時に背中から、時に頭上から、そして耳元でそれは繰り返された。

「むかつくよねえ？　いらつくよねえ！」

そうか。

王弁はこの黒い影が自分にそうさせたいんだ、と気付いた。できるだけ意識しないようにいくつかの丘陵を越える。渾沌のおちょくりは多種多様なようで、意外と大したことがないように彼には思えた。それよりも、なかなか僕僕と帝江の姿が見えないことに焦《あせ》りを覚え始める。

「どこかな？　まだかな？」

さすがは帝江が注意を促しただけあって、人の心を読むことなど造作もないようだった。

「心を閉ざそうとしたって無駄だよ？　わしの心は全ての渾沌とつながっておる。渾沌が心にない人間などいないのだからなあ」

何を言われようと彼はひたすら走った。彼は空を見上げ方角を見定めようとするが、太陽がでたらめに動き回るこの世界ではそれが効果的でないことを思い知らされる。周りに目印になるような山とてなく、彼は走っているうちに疲弊してしまった。

「疲れたね疲れましたねえ」

彼は膝《ひざ》に手を付いて息を整える。どれだけ吸っても、なかなか体は回復してくれない。絶え間なく浴びせられる揶揄《やゆ》の言葉が彼の回復を遅らせているのだ。

「そうだ」

ふと渾沌が言葉を止めたので、王弁は思わずそちらのほうを向いてしまった。

「どうしておまえは息をしているのでありゃあすか」

渾沌の言葉遣いは丁寧になったりぞんざいになったり、どこかの方言みたいになったりとあわただしい。

「どうしてって、そりゃ生きていれば息もするよ」

何がおかしいのか、渾沌は黒い体を折り曲げて笑った。同じ笑われるにしても、これほど気持ちに違いがあるものかと彼が驚くほど不愉快な気分である。

「あ、あなた普通の人間ですよねえ」

ひとしきり笑った後、彼は尋ねてきた。

「そうだけど」

用心深く王弁は応《こた》える。次はどんな手を使ってくるのか想像もつかない。

「だからどうして息をしてるの？　ここは人間が生きていけるようなところじゃないのに。あなたのお師匠も人が悪いやないか。そんな大事なことといわなんで、弟子がどうなってもええと思し召《おぼめ》しなのでありましょうかねえ」

確かに、吉良に乗って飛んできた世界が前いた世界と同じように空気を吸って吐ける環境だとは誰も言ってない。誰も言っていないから特に変化はないのだと王弁は考えていた。

「ここの空気は苦しいよ。人間たちには苦しいよ苦しいよ」

うそだと思いつつ、王弁は自分の喉《のど》もとに一瞬はしった苦しさを消し去ることが出来なかった。息苦しさは一気に広がり、走ることに疲れて新鮮な空気を要求している肺腑《はいふ》を締め付ける。目の前がぐるんぐるんと回って苦しむ彼を指さして笑う黒い影が脳裏に焼きつく。

(も、もうだめ)

真っ白になっていく彼の視界の中で、真っ黒の人影が、

「絶望って大好きですわ」

と朗らかに言いながら自分を飲み込むのが見えた。

ごくつぶしのような人間でもいなくなれば寂しいのが人情というもので、仙人と出かけた息子の帰りを待つ父親は、後妻の家にもあまり寄り付かなくなっていた。

「もう一ヶ月じゃよ」

黄従翰はたったそれだけの間に義兄が老《ふ》け込んでしまったことに驚いていた。彼に

とってこの一ヶ月は事務仕事に忙殺されていたためあっという間のことに思えているから、その落差がぴんとこない。

「便りの一つもよこせばよいのに」

「まあ仙人とかいうのと一緒なのですから」

黄従翰は上役にちくりと刺されたこともあり、念のために様子を見に来ている。仙人も王滔の息子も帰宅していないが、それ以上に王滔のやつれようはただ事ではない。

「そのうちひょっこり帰ってきますよ」

そう慰めるしかない。

「し、しかし子供をかどわかす魔物もいると聞く」

「義兄《あに》上《うえ》、弁くんはもう二十歳を超えたいい大人ですよ」

そんな言葉が耳に入っているのかいないのか、王滔はまるで正気を失った老人のように部屋の中をうろうろと歩き回るだけであった。

(この人に不老長寿は絶対に無理だろうな)

励ます言葉も耳に入らなければ黄従翰も黙り込むしかない。

(あれだけ息子のことを愚痴っていたくせに、いざとなるとやはりこうなるか)

と逆にほっとした気もする。

淮南は既に初夏の陽気である。桜や桃など春の花はあらかた散り、王滔の屋敷に所狭しと植えられた木々は温暖な陽光を浴びて獰猛《どうもう》なほどに緑を主張している。酒杯は出されているとはいうものの、王滔は手をつける気配もなく、主《あるじ》がこのような状態であれば、黄従翰も酔うわけにはいかない。

「それで、婿殿《むこどの》はわしらの様子を見にきたのかな」

足元をすくわれたような気持ちになって黄従翰は瞠目《どうもく》する。ぼけてしまっているようで、考えるべきところは考えていた。県令どまりとはいえ、官僚の世界で身を全《まっと》うしてきた人間である。どのような力学で役人が動くかくらいはまだ忘れていないようだった。

「まあそんなところです。とは言いましてもこれはおまけみたいなもので」

「おまけ?」

黄従翰は光州城内での出来事を話した。

「それは難儀なことだ。刺史様も頭を抱えておいでだろう」

「これまで簡単に済んでいたことをいちいち精査しなければならなくなってお冠です。そのとばっちりで義兄上の話も出たということです」

「こちらは見ての通りじゃよ」

先ほどまでの愁嘆も芝居であるならまだまだ大したものである。黄従翰はそれでも、見たままを報告すれば良いし余計な注釈をつけなければ上司の疑念を深めずにすむ。

「では義兄上の健康と弁くんの無事帰還を祈って一献」

彼が杯を挙げると、王滔もようやくそれに応えた。


もう自分は死んだ、と王弁は観念していた。

息が苦しくなり、何か黒いものに飲み込まれ、帝江にそうされたときとは正反対の不愉快な感触が全身を覆《おお》う。吉良も飲み込んだその腹中に入れば死ぬだけだ。しかし彼はその暗黒の中に漂う自分を発見した。首も動く。手も足も動く。死んではいないらしいのだ。

普通どのような暗闇《くらやみ》にいても、ある程度時間がたてば少しは周囲の様子がわかるようになることがほとんどである。どのような闇夜も完全な闇ではない。王弁が自分のいるところが本当の闇であることに気付くのに時間はかからなかった。体の感覚はあるし、自分の顔を自分でなでることも出来るのに、その手のひらすら見えないのである。

（これが渾沌の中……）

幼いころ読まされた、史記や荘子の中に渾沌の記述があったことを思い出す。確か古代世界を治めた皇帝の一人だったとか。しかも渾沌は世界の中心を治める、位の高い上帝だったはずだ。それがどうしてこのように子供のいたずらのようなことをしているのか彼には理解できない。

「かつてこの渾沌こそが世界であった」

頭の中に、聞き覚えのない声がする。声のするほうを向こうとするが、足場もなく光もない暗闇の中では、自分の体すらうまく動かすことができず、体は油の中で浮いているかのように不安定なままだ。

そんな中で何かが王弁に触った。

(ひっ)

五感のうちで触覚だけが生きている感じである。音もにおいもしない。何が入っているのかわからない箱に手を入れるような心細さで、触れてきたものがなにか異形のもののような気がして彼はもがく。

「大丈夫。わたしだ」

帝江に話しかけられたときのように、声が頭の中でしている。そしてその声は聞き覚えのないものであるにもかかわらず、どこか懐《なつ》かしい響きがあった。

「……吉良？」

「あたり」

「話せるなら外でも話してくれればいいだろ」

事情でそれは出来ないと吉良はかぶりを振ったように思われた。

「こちらの声は聞こえる？」

「あなたが思えば私に伝わる。われらは主従。家族兄弟に準じる間柄だから」

「そ、そう？」

全くの暗闇の中で吉良はその馬体を王弁にこすり付けるようにしてその位置を教え、背中に乗るように促した。上下左右の感覚のなくなっていた彼が、吉良の背中に乗った途端に上下だけははっきりわかるようになる。

「渾沌の中で五感を生かすにはそれなりの修練と力が必要だ。わたしでさえ、このように天地を定めて立つのがやっと」

足音もなく、吉良は進む。彼は以前この暗闇の中に飲み込まれたことがあるのだという。何かの戦いの折に、犬封国《けんぽうこく》の戦士を背中に乗せて渾沌の率いる暗闇の軍隊と戦った時に、この中に飲み込まれ数百年さまよったと話す。

「す、数百年？」

二万年だ数百年だと時間の単位がめちゃくちゃである。

「あなた達にはめちゃくちゃかもしれないが、わたしたちにとってはそれほど大した時間ではない。時間の長さよりも、境目も何もない世界に放り込まれるほど恐ろしいことはないとその時悟った」

「一緒に飲み込まれた人は？」

「彼は国でも有数の戦士だったし、わたしも彼を愛していたが、彼の精神は渾沌の世界に耐えることが出来なかった。渾沌が最も好むのは絶望。そして絶望が心身を満たしたとき、その存在はこの中で溶けはてる」

王弁はその話を聞いてのけぞるような恐怖感に襲われたが、まだ正気を保っていた。

「でで、出る方法は？」

つんのめるように彼は尋ねる。

「昔、渾沌には数人の友人がいた」

吉良はかつて渾沌が世界の中心として時めいていたころの話をはじめた。全《すべ》てが渾沌を基準として巡り、時間ですら渾沌の支配下におかれ、それはそれで調和のとれた世界を作り上げていたのだという。

「あるとき、時間と空間を司《つかさど》る王たちが、渾沌を接待しようと言い出した。それに政治的な意図があったかどうか、今となっては定かではない。ただ彼の政《まつりごと》はその世界に生きるものにとって、悪いものではなかったとだけわたしは聞いている」

忽《こつ》、という名を持つ時間の王は宴が進み、渾沌が宴に疲れて眠るのを見ているうちに、ある親切心が心に浮かんだ。渾沌には目も口も鼻も耳もない。いわゆる人体に備わる七穴が全くないのである。

宴となっても彼だけが酒を口にすることができず、佳肴《かこう》を味わうことができない。それではあまりにも可哀そうだ、と自分の宝剣を抜いて穴を開けてやることにした。他の四帝もそれに同意し、計画は実行に移された。時の神が抜いた剣はみるみるうちに渾沌の顔に穴を開け、二つの目、二つの耳、二つの鼻腔《びこう》、一つの口がかたどられる。その穴の向こうには渾沌の漆黒とは違う薄明るい世界が広がっていた。

これでよし、と四人の帝が顔を見合わせて頷《うなず》きあったその刹那《せつな》、渾沌の体からはその中に包含されていた気が一斉に流れ出し、他の四帝も飲み込んでこの世界を覆いつくした。

「空間、時間は初めて一体となり、その混じり合った状態の中から元始天尊が生まれ、さらにあなた達の世界を形作った神々も生まれた。さきほど出会った帝江もその一人だ」

吉良は実によく知っていた。うんうんと王弁は頷くばかりである。

「渾沌が言っていた、あなたたちの中に渾沌があるというのは、至極もっともなことだ。わたしも含め、生を享《う》けたものはすべからくこの世界から血と肉を与えられている。この世界自体が渾沌を原材料として成り立っているのだから、わたし達が渾沌の一部であることは当然のことでもあるのだ」

結局、王弁と吉良は世界に飛び散った渾沌の中心の中心、核に当たる部分に飲み込まれてしまったということであった。

「辛うじて断片が残った渾沌は怒り、恨んだ。力を蓄え、常に陰陽渦巻くこの世界を全てが平衡状態にある昔の渾沌世界に戻そうとしている。帝江は帝鴻《ていこう》。つまりかつてこの世界を統括した黄帝のことだ。彼は世界を成形したあとここに隠居し、渾沌が飛び出て悪さをしないようにここを鎮《しず》めているのだ」

規模が大きすぎて王弁には今ひとつ現実味がない。現実味がない話に慣れつつあるものの、世界の始まりがどうの、とかいう話になるともはやおとぎ話だとしか思えない。ただ彼は、渾沌の境遇も気の毒だと同情をおぼえた。

「珍しい事を言う人もいたもんだ」

吉良は嘆息して王弁の人の良さを評した。

「だってそりゃ性格も悪くなるよ」

状況はかなり違うが、王弁は早くに母をなくし、父親がさっさと若い後妻を作ってしまったときには随分と荒れた。相当穏やかな荒れ方だったにしろ、それまで保たれていた状態が崩れるのは、そうやって反抗的な自分を作らないことには自我が崩壊してしまうほど恐ろしいことなのだ。

「渾沌のやつがその話を聞いたらさぞかし喜ぶだろう」

吉良はおかしそうに笑って、そう付け加えた。王弁が自分達を飲み込んでしまった存在を弁護しているのが、吉良には奇妙に思えたのである。

「聞こえているのかな」

「さあな。飲み込んだものと渾沌本体の関係がどうなっているかはわからない。とりあえず外に出る方法を考えないと」

前回吉良が飲み込まれてしまったときは、帝江が渾沌の隙《すき》を突いてその腹を割き、飲み込まれた中で希望を失っていなかった連中を救い出したという。

「じゃあ待つほうがいいのか」

「渾沌は多少抜けたところがあるがただものではない。前回の教訓を生かして帝江の視界に入らないように隠れ続けるだろう」

王弁はがっくりと頭をたれた。尻《しり》の下には確かに馴染《なじ》んだ馬の鞍《くら》があり、手を伸ばせばそのふさふさしたたてがみに触れることが出来るが、闇の中とは心細いものである。このまま自分が正気を保っていられるのも時間の問題だと彼はつらくなった。

(先生が助けに来てくれればいいんだけど)

大きな声で呼んでみる。しかし口は確かにその形を作っているのに、自分の声は耳に聞こえてこない。摩訶《まか》不思議な世界に閉じ込められて、国屈指の勇者が発狂するのも無理はないことに思える。

(哨吶《ラッパ》でも吹いてみるか。気が紛れるだろうし、吉良も喜ぶ)

懐《ふところ》から小さなラッパを取り出して吹いてみる。やはり音はしない。音の出るものが何も働かないとなればどうにもならないが、

「やはりあなたの吹く哨吶はいい」

と吉良が話しかけてきたのには王弁も驚いた。

「聞こえるの?」

「音としては聞こえないが、曲としては伝わってくる。あなたの心が曲を思い描いているからであろうな」

ぷうぷうと息を吹き込んで、楽しい曲を演奏しているつもりになる。吉良はそれが

わかるのか、曲調に合わせて足を楽しげに動かしているのを王弁の内腿《うちもも》は感じ取っていた。しかしそれも限界がある。王弁が知っている曲はそれほど多くないのだ。

「無理をすることはない。こんなところにいる間は焦《あせ》ったら負けだ」

吉良は慰めるように言った。

「そうは言っても、ねえ」

暗闇に包まれていれば不安にもなる。

「外から切り割けないとなると、内側から渾沌を突き破るほどの速さで進めばよいと聞いたことがある。しかしその速度がどれくらいで、どの程度走ればよいかは知らないのだ」

渾沌が包みきれないほどの速度を出せなければ、水車の中で歩き続ける人のように、同じところを延々と回り続けるだけなのだと吉良はため息混じりに言う。

「そうだ主どの。あなたが知っている最も景気の良い曲を演奏してはくれまいか。わたしも全力以上で走ってみようと思う」

「大丈夫かな」

「やってみないとわからない」

それでもこんなところにいるよりは、と彼は哨吶にくちびるをつけた。西域酒家で時折演奏されていた軍楽隊の行進曲である。吹き始めたころは難しすぎて手をつけていなかったが、かなり吹き慣れてもきたところなので、意外とすんなり演奏できる。もっとも、自分の耳には聞こえないから正しく出来ているかどうかは定かでない。

「うん。のってきた」

吉良は前脚を上げて気勢を上げると、すさまじい勢いで走り出した。風が耳元で鳴らないので、疾走感はあまりない。しかし吉良の筋肉は素晴らしく躍動し、帝江の世界に跳躍するときの比ではない。王弁は身を伏せ、ひたすら吹き続けた。旋律が天馬の尻を押すと信じて。

「だめか……」

王弁の疲れも頂点に達したころ、吉良は歩みを緩めた。

「渾沌には境界がないというが、実際はそうではない。力を失った渾沌は帝江の世界と自分を分け隔てているし、必ずや飛び越えることは出来るはずなのだが、私の力では無理だったようだ」

申し訳なさそうに首を俯《うつむ》ける吉良の首筋をたたきながら、彼はふと思いついたことがあった。飛び越える、という言葉が王弁に手がかりを与えたのである。長安で、彼は哨吶のほかに司馬承禎《しばしょうてい》からもう一つ不思議な道具を授かっていた。

「禺彊翅《ぐうきょうし》って知ってる？」

吉良なら使い方を知っているかもしれない、と考えたのである。俯いた首をあげ、しばらく考え込んでいた馬は、ああ知っている、といささか心もとなげに応《こた》えた。

「禺彊は帝江の血をひく風と海の神だ」

山海経《せんがいきょう》や列子《れっし》に言及されている禺彊は天帝の嫡孫《ちゃくそん》として北方の海を守り、その姿は人面鳥身、耳には巨大な蛇をかけ、足にも蒼蛇《そうだ》をまとわりつかせた恐ろしい形で描かれる。海を行くときは長さ数千里の鯨となり、空を行くときにはやはり翼長数千里の鵬《おおとり》となって空を翔《か》ける。

「ひとたび海面を叩《たた》けば三千里の波が立ち、その翅《はね》をひとたび羽ばたかせれば九万里を瞬時に飛ぶことが出来る。ただその翅から吹き出す風には瘴癘《しょうれい》の気が含まれ、普通人がそれを浴びると腫《は》れ物ができて病むか死んでしまうこともある」

王弁は懐をまさぐり、黒曜石をくりぬいた小箱を指先でなでた。

「ということは、あまり体に良いものではないのか」

「毒だ。それを服せば禺彊の力を一時的に得ることが出来るが、その者は寿命を失い、もし長生を得たとしても、もともとの姿を保つことが出来なくなる」

自分の体が人面鳥身になると考えただけで寒気がする。犬封国からきた犬頭人身の商人は異様ではあったが、生まれたときからその姿でいるさりげなさがあった。

「もし俺がこれを服したら、ここから出られるかな」

「その可能性はあるが、人の姿を失うかもしれない」

吉良の口ぶりは王弁の考えを否定的に捉《とら》えていることを示していた。王弁も言い出しては見たもののそんなことを言われれば当然迷う。

「あまり焦らずとも僕僕先生と帝江が見つけてくれるかもしれない」

待ちを提案する吉良に彼はしばらく答えなかった。吉良は足を止め、王弁の返答を待っている。渾沌がどういうつもりかはわからないが、彼は王弁を飲み込むとき、

「絶望って大好きですわ」

と言っていた。呼吸が出来ないように暗示をかけ、あきらめかけた彼を飲み込んだ。もしこのままここに留まっていれば、先の見えない救助を待っていれば、自分の心は押しつぶされてしまうかもしれない、と王弁は考える。

たとえ人面鳥身の妖怪になっても、僕僕なら蔑《さげす》んだり怖がることなく、自分の傍らにいてくれるような気がしていた。幸い自分には妻も子もなく、取り立てて仲良くしている友人もそんなにはいない。人間の世界を離れ、吉良や僕僕と天空に遊ぶのも悪くないかもしれない。唯《ただ》一つ心配なのは、体調が悪くなって変化《へんげ》する前に自分の命が

尽きてしまうことであった。

「さあ、それぱっかりはわたしにもわからない」

病に倒れる可能性を尋ねるとさすがの天馬も予想が付きかねるように首を傾《かし》げる。

「とりあえず、すぐに死んでしまうってことはないんだよな」

「その人の器にもよるが」

王弁は腹をくくる。暗いのは好きではない。

指先で触っていた小箱を慎重に取り出し、そっと開けて内容物を確認する。なにせ何も見えない暗闇の中、小さな欠片《かけら》を落としてしまっては取り返しが付かない。

「良いのか?」

「吉良は人間でなくなった俺を蔑むかい?」

「そんなばかな」

「ならいい」

王弁は蛮勇を奮ってその指先に握った二枚の紙片のような物体を飲み込んだ。一瞬にしてたとえようがないほどの苦味とえぐみが口中に広がり、彼は危うくえずきそうになる。しかし吐き出してしまえばここから出る手段を失う。拒否しようとする胃袋を懸命に押さえ込み、何度かの往復の後に腹中に収めた。

するとする腰を中心とした体の奥底が急激に熱くなり、その熱さが背中を駆け上がる。

「ぐうう……おおお」

自分の口から音にならないうめき声がもれ出るのを彼は感じた。吐き気ではないが、皮膚を突き破られるような痛みとかゆみである。

「飛ぶ自分を思え！」

吉良が叫ぶ。

王弁はふと黄土山から見たふるさとの様子を思い出した。けちな小役人だった父が住み、道術にはまっている屋敷の周りには、日々平穏に土地を耕す農民達がいて、そこから数十里行けば光州のそれなりににぎわった街並みにたどり着く。

もし自分が鳥になれば、そんな様子を一目で見渡すことが出来るのに、と考えたことがあった。そしてもう随分と前のような気もするが、実のところこの春先に知り合ったばかりの不思議な少女。いいように弄《もてあそ》ばれながらも、心惹《ひ》かれている存在。まだ離れ離れにはなりたくない。その気持ちが劣情だとしても、それが王弁の心を強くした。

自分に翼があれば、と。

「よし、わたしの力も貸そう！」

吉良が疲れた体に鞭打《むちう》って再び全力で走り出す。王弁は自らの背中を突き破って何かが生えたのを感じた。感じたことのない違和感と、体中にみなぎる力。

「飛ぶよ！」

「応！」

王弁は故郷と僕僕を強く念じた。先ほどまでしなかった風の音がかすかに耳に届く。全くの暗黒だった周囲に微《かす》かながら変化が生まれた。

「すごいぞ。もう少しだ」

吉良の声に王弁は顔を上げる。目の前には僕僕の顔があるような気がした。もう少しで届く。彼は吉良の上に伸び上がり、その整って飄々《ひょうひょう》とした幼い横顔に手を伸ばした。耳元でなる風は音量を上げ、肌にも高速でぶつかる空気の流れを感じ始めていた。王弁のあげる雄叫《おたけ》びはやがて彼自らの耳に届き始めた。

周囲の色は黒がやがて灰に変わり、そして白く輝き始める。王弁の声にかぶさって、低い地鳴りのような苦悶《くもん》の響きが重なりだした。

「渾沌が苦しんでいる。あと一息！」

吉良がはるか先にぽつんと見える光の点目がけて速度を上げる。その光の点は一時的に大きくなるがまた小さくなってしまう。

「主《あるじ》どの！」

王弁は背に生えた巨大な翼を大きくはためかせる。しかし穴が小さくなる速さに彼らの速さが追いつかない。

「絶望してはいかん。進むのだ！」

わかってる、とわめき返して徐々に小さくなるその点目がけて彼は羽ばたき続けた。そして光の点は、ついに彼らの視界から消えた。

「だめか……」

吉良がそのだく足を緩めようとしたとき、その耳元で王弁が叫んだ。あわてて速度を上げる。王弁は確かにその声を聞いたのだ。

「先生っ」

彼の頭の中にその姿が鮮明に映る。緩やかに体を包む青い道服は彼が今一番見たいと望む青空の色。そしてまれに見せる笑顔は今一番見たい顔だ。声を感じた事で、王弁の感情が爆発した。

「つかまれ」

少女の声が今度ははっきりと聞こえる。

一度消えたように見えた光の点は急速に広がり、そこから細く白い腕が彼に向かって伸ばされる。王弁は吉良とともにその腕に向かって思い切って飛んだ。すぐそこにある。なのになかなか近づいてこない。自分の中にある僕僕への想《おも》いが、背中の羽根に力尽きるなと叱咤《しった》している。吉良の力でも、禺彊の力でもなく、彼は己の力で、その腕の中を目指したかった。そして、目の前にいるのにためらうくらい美しく遠い人の指先と自分の若く頼りない指先が触れた瞬間、意識は閃光《せんこう》に包まれて燃え落ちていった。

気づいたときには彼と吉良を飲み込んでいた渾沌の姿はなく、彼の頭は意外と柔らかな僕僕の膝《ひざ》に乗せられていた。

「助かったんですか」

「なんならもう一度戻してやろうか」

王弁は鼻の穴を広げて懐《なつ》かしい師の香りを胸一杯に吸う。杏《あんず》の花に似た清らかであでやかな香りが肺腑《はいふ》に満ちた。

「いやらしいやつだな」

僕僕は鼻の付け根にしわを寄せてかわいらしいしかめっ面《つら》を作ると、王弁の鼻をつまんだ。

「まずはこれを飲め。罵疆翅の毒を中和してくれる」

そう言って青い丸薬を彼の口に含ませる。苦味と甘みの混じったような不思議な味が口の中に広がり消えていく。体のあちこちで渦を巻いていた痛みやかゆみが劇的に引いていき、少女のひざの温かさと柔らかさが五体を癒《いや》す。

「これまで渾沌のどんよりした気を吸わされてきたんですから、これぐらいかんべんしてくださいよ」

見上げる彼に、僕僕はふんと笑うと膝に乗った頭をどけようとした。しかし彼は力を入れて対抗する。相手は数千年を、いやもしかしたらもっと長い間生きてきたのかもしれない。以前言われたように正体はやはり老人なのかもしれない。それでも彼が渾沌の中で強く想ったのは、間違いなく目の前にいる少女であった。

「いい年なんだから、みっともないことはやめなよ」

彼女はあきれたように肩をすくめる。

王弁は応《こた》えず、自分の額に当てられた手に自分の手を重ねた。彼は自分の手が汗ばんでいることに気付いていたが、引き下がる気はもはやなかった。

「……その度胸がキミにあるのかい？」

「俺が心に想っていることは間違っていますか？」

別に見透かされようと構わない。未熟者と罵《ののし》られようと、目の前で老人に変化されようと構わない、と彼は初めて思えた。気恥ずかしさと、それを押さえ込む勇気が自分の中で戦っているのを感じながら、王弁は相手の言葉を待つ。重ねられた手は撥《は》ね退《の》けられず、彼女は王弁を見ながら何事か考え込んでいるようにも見えた。その瞳《ひとみ》の色はあまりにも深く、彼には全く感情が読み取れない。

「間違ってなどいない。でもボクはキミのような普通の人間ではない。子を生《な》すこともできない」

「だったら俺も普通の人間じゃなくなります。骭彊翅、飲み込んじゃったし」

「キミはやっぱりへんなやつだな」

仙人の言葉はあくまで穏やかである。穏やかであるだけに、その本音がどこにあるのか読み取るのはやはり難しい。王弁は体を起こすとためらいなく、しかしゆっくりと自分の体を師にあたる少女に重ねていった。

（あ、れ……？）

しかしその瞬間、はちきれんばかりの勇気と力が、それこそ腹を突き破られた渾沌のようにしゅるしゅるとしぼんでいく。

「骭彊翅を体に取り込み、そしてボクの神丹《しんたん》でその毒を解いたのだ。肉体が限界を超えても不思議ではない」――

温かくて小さな手のひらが自分の頬に触れているのに、声がやたらと遠くに聞こえる。はっきりと見えていた少女の姿が茫洋《ぼうよう》として視界の中を漂っている。王弁は僕僕の腕の中に倒れこんでしまった。

体は重く、自らの意志では動かない。渾沌の中にいるときは、触覚しか働かなかったのに、今度はその触覚がまるで役に立たない。ただぼんやりとした視覚と、半分ふさがれたような聴覚が、これまで見たことのない情景を捉えていた。

(あれ、先生何してるんだろ)

鼻腔《びこう》を芳《かぐわ》しい香りが抜けていく。呼吸をするたびに、ただでさえぼんやりしている意識を蕩《とろ》かすような香りが往復することから、本当に近いところに彼女がいることは感じられた。

もどかしい。

何もかもがぼんやりとしていて、皮膚はその存在を感じられない。なのにその息遣いは聞こえる。杏の花の香りがする。帝江に全身が包まれたときに感じたような、体の内側から立ち上ってくる温かさ。

(あ……)

そこで彼はようやく気付いた。王弁の体は緩やかな力で抱きしめられている。僕僕が初めて彼に見せる姿の感触を、自分の肌で感じられないのは残念で仕方なかった。しかし、そんな若い感情を肌の香りと優しい息遣いが払っていく。

(これが、先生なんだ)

知っているようで知らなかった柔らかさを、すらりとした小柄な体は持っていた。触れている感覚が全くないのに、それが自分の心まで包みこんでいる。それでも、

(もったいないなあ……)

とつい思ってしまう。そんな王弁に、

「大丈夫だよ。ボク達はまだまだこれからなんだから」

僕僕が耳元でささやいた。王弁はその意味が良く理解できなかったが、眠りの世界に落ちていく意識の中で、何か安心感を与えられたような、そんな気がしていた。

十

なんだか曖昧《あいまい》なままで夜を越してしまった。

いや、得たものはいろいろあったような気はしている。これまでに出なかった勇気を奮って窮地から脱し、自ら触れることの出来なかった人に指先が届いた。

しかし王弁の心はそういった満足感と、それを相殺《そうさい》してしまうくらいの欲求不満がないまぜになって、複雑な日々を過ごしていた。

「なあ吉良《きら》、先生は何を考えているんだろうね」

再び中華の地に帰ってきた二人と一匹は、郷里を目指してゆっくりと南下している。

帝江のいる世界から天馬の背中にまたがって出てきた先は、太原府《たいげんふ》の北数百里の地点である。もう随分と時間が経《た》っているかと思ったら、特に季節が進んだ気配もない。

吉良の姿は再び今にも倒れそうな駑馬《どば》に戻り、哀《かな》しそうな顔付きで王弁の手綱に引かれている。当然そのような問いに答えるそぶりも見せず、道端の草を食《は》んでいた。

（よくわからないや）

置物になったように川べりに座る師の背中を見ながら彼はため息をつく。

当の僕僕は彼を待たせて釣りの真っ最中である。一緒に行こうとすると、うっとうしいからそのあたりで吉良と遊んでいろと言われ彼は鼻白んだ。だからといってずっとつんけんしているかというとそうでもなく、夕食の後、焚《た》き火の前で喇叭《ラッパ》を吹いている彼のひざの上に頭を乗せて甘えたりもする。

（親父《おやじ》に聞いたってわからないだろうし）

ちっぽけな権力と銭で相手をどうこうしていそうな父親に自分の恋愛を打ち明ける気にはなれない。かといって水のように淡い付き合いの友人に話したところでどだい信じてもらえる自信もない。

「釣れたぞ」

木陰に寝転がって初夏の空を見上げている彼の目の前に、一尺以上はありそうな草魚が突き出された。

「火を起こそう。キミは捌《さば》いてきてくれ」

彼は懐《ふところ》から小刀を抜き、彼女から受け取った草魚のずしりと重い魚体を、鮮やかとはいえない手つきで三枚におろしていく。もともと自分で料理をするという思想がなかった彼であるが、こちらの世界に帰ってきてからは僕僕に教え込まれていた。

「恋人になってくれる、ってわけじゃないのよね」

ひとりごとのように彼は呟《つぶや》く。

「何か言ったか?」

肩をすくめて王弁は料理の下準備を続ける。下準備といっても、身を酒で洗い、岩塩をまぶして木の枝に刺すだけだ。酒は僕僕の持つ小さな瓢簞《ひょうたん》からいくらでも出てくるし、塩はどの町でも大抵安く売っているから不自由することはない。

「そろそろ里心がついてきたのではないか」

北上しているときや異世界にいる間はあまり思わなかったが、徐々に南下していくうちに、王弁は確かに淮南《わいなん》の風景を懐《なつ》かしむようになっていた。

「ふるさとは遠くに在りて思うもの、か」

僕僕は魚の身を返しながら小さく言った。王弁はそこでふと、自分がこの仙人のことを何も知らないことに気づいた。共に不思議な旅をし、信じられないような経験を共有したというのに本当の名前すら知らない。どこで生まれ、両親がどんな人で、どんな経緯で仙人になったのか、知りたくなるのは自然な人情だろう、と彼は尋ねてみることにした。

「どうして男という生物はそういうことを知りたがるのだろうなあ」

頬にかかった後れ毛をすっと耳にかけつつ嘆息した少女は、王弁の若い心をぞくりと振るわせる色香に満ちていた。街道を飛び跳ねるように歩いているときや、雲の上で昼寝をしているときは本当に幼く見えるのに、こういうときはまるで何人もの男を食いつぶしてきた魔性を秘めているようにも見える。

「それはボクとキミが仲良くしていく上でなにか関係があるのか」

確かに言われてみればそうだ、と王弁は危うく納得しそうになる。彼女は王弁と初めて会った時から言っていた。名前など何の意味もない。お互いが認識できればそれで良い、と。

「いえ、そんなことはないですけど、でも、ちょっと知りたいと思うのもいけませんか。普通の友達づきあいだってそれくらいの話はするんじゃないですか」

僕僕はその問いには答えず、かといって怒った様子もなく火の通った魚の身を彼に渡した。ほんのりと焼き色のついた川魚は絶妙の焼き加減で、彼女がその食べ時を見誤ったことはない。

「まあいい。何でも聞いてみろ」

彼は勇躍、生まれ故郷から生まれた時代など疑問に思っていたことを問うてみた。

しかしどの答えも彼の好奇心を満足させてくれるものではなかった。生まれた故郷は天地の間、生まれた時代は天地開闢《かいびゃく》の後、仙人になったのはその素質があったから、だけではからかわれているのと同じである。

「まあそう怒るな。うそはついていないぞ」

憮然《ぶぜん》としている彼をなだめるようにそう言って、僕僕は少し微笑《ほほえ》んだ。

「よっぽど言いたくないんですね」

むしろ王弁は自分の不明を恥じた。王弁は幼いころを除いてほとんど家から出たことはない。家庭の事情は多少普通と違うとはいっても珍しいというほどの事でもない。誰かに言うことをはばかられる事情でもない。むしろ家でごろごろしている自分のことを父や親戚《しんせき》は恥に思っているだろう、と彼は気の毒に思っているくらいだった。

「正直言うとね、ボクも忘れてしまった。長く生き過ぎているからね」

うそをついているのかな、と一瞬そんな疑念が頭をよぎった。でも、彼女本人が忘れてしまったのなら、そういうことにしておこう、と王弁は考え直す。僕僕は何を気に入ってくれたのか自分と一緒にいてくれる。彼女が機嫌よくいてくれるなら、無理にそのようなことを聞きだすこともあるまい、と考えを変えたのである。

「なんだ、もうあきらめるのか？」

彼にするとこのあたりがわからないのである。

先ほどまではいかにも聞いて欲しくなさそうだったのに、こちらがあっさり退《ひ》くとそんなことを言って揺さぶりにかかる。揺さぶられれば気にならなかったことがまた気になってくる。彼女は初心《うぶ》な自分をからかって遊んでいるのではないかと、時々いやになってしまうのだ。

「教えてくれるんですか？」

「だから忘れたって言ってるだろう」

もういいです、と王弁は魚に集中することにした。こうやってからかわれているときはむきになったら負けである。王弁は河東の草原となだらかな山並みを眺めながら、心を落ち着けようと深く長い呼吸を繰り返した。

「む……」

そんな王弁の様子をくすくす笑いながら見ていた僕僕は、空を見上げて匂《にお》いを嗅《か》ぎ、低く唸《うな》るような声を上げた。

「どうしました？」

僕僕の表情が変わっている。

「いやな匂いがする。弁、これからボクは山東道に向かうが構わないか？　もし一刻も早くふるさとに帰りたいならここで別れても……」

最後まで聞かずに王弁は立ち上がり、焚き火を消して吉良にまたがった。彼も何か異様な雰囲気を察知したのか、すでにその真の姿を現している。

「さあ行きましょう。何か変わったことがあるんですよね」

僕僕はふふんと、嬉《うれ》しそうとも口惜しそうともとれる顔をして地を蹴《け》る。五色の雲と天馬が、街道を行く人の目にとまらないほどの速さで東に向かっていった。


僕僕が東に向かおうと王弁に提案しているころ、都でももう一人、山東道の異変に注目している男がいた。兵部尚書《へいぶしょうしょ》、姚崇《ようすう》という男である。

長安と洛陽《らくよう》のほぼ中間に位置する陝州《せんしゅう》に生まれた彼の父は、今の四川《しせん》省西南部の州の都督《ととく》を勤めた官僚である。都督というと位は高いように聞こえるが、当時剣南道といわれたその辺りは世の果てに等しいような辺境で、決して優遇されていたわけではない。

その息子である姚崇も、濮州《ぼくしゅう》の司倉《しそう》など地方の中堅幹部を勤めるに過ぎなかった。則天武后《そくてんぶこう》の時代、北方の騎馬民族である契丹《きったん》が河北に侵攻して来た際、彼は一軍を率いて功があった。

唐王朝を乗っ取る形になった則天武后は若く有能な人物を見抜く才能があり、また、自らが認めた人物の諫言《かんげん》はよく聞く度量をもっていた。彼女が権力を握ったあと、官僚に対して恐怖政治を敷いたことがあった。密告が奨励され、酷吏が横行し、宮中は水を打ったように静かになる。自らの力が浸透したことを見定めた上で、彼女は今後どうするべきかを百官に諮《はか》った。当然大臣達は則天武后の威を恐れて発言しない。

しかし姚崇一人だけが、既に国家の病患は去った、これより後は寛容を以《もっ》て政《まつりごと》に当たるべしと説いたのである。密告状が届いてもすぐには罪とせず、もし本当に叛乱《はんらん》が起こったら不明な発言をした自分を罰せよと言い放つ。

高官たちは青ざめたが、女帝はその発言が熱情に加えて政治的な計算がなされたうえでの冷静なものであることを見抜いていた。彼女が求める人材とはまさに「政」の一文字の上で全《すべ》てを俯瞰《ふかん》できる人物である。彼はこの発言の後銀千両を賜り、位もとんとん拍子に上がった。

いかに彼が則天武后に気に入られていたかというと、旧唐書《くとうじょ》にこんな話がある。突厥《とっけつ》族長の一人、叱利《しつり》元崇がその配下を率いて叛乱を起こしたことがあった。その叛乱自体はあっさりと鎮圧されたのだが、当時姚元崇と名乗っていた彼が反逆者と同じ名を持つことを気の毒に思った女帝は彼に元之《げんし》と改名させたのである。

さらに、寵臣《ちょうしん》であった張易之《ちょうえきし》が大寺を建立《こんりゅう》したいと申請したときも国法にあらずと断固拒否した。張易之は自らの権勢を使って脅したりすかしたりしたが姚崇は最後まで首を縦に振らなかった。寵臣はついに則天武后に誣告《ぶこく》したが、彼女はかえって姚崇を霊武道《れいぶどう》大総官に任命し、尊重する意向を示した。

武則天が世を去った後は、仕事上の相方である宋璟《そうけい》と共に李隆基《りりゅうき》の陣営につき、かつての主の娘である太平公主《たいへいこうしゅ》との争いに力を尽くした。睿宗《えいそう》の時代には兵部尚書の位を授かり、さらに玄宗が即位した後も朝廷の中心で政治の才を存分に発揮していた。

開元三年、そんな彼は山東の異変に気付いた。

「相手は虫だぞ。拝んで飛んでいくものか！」

六十を過ぎても活力にあふれた大政治家は吐き捨てるように言って屋敷を出る。この年、前年に続いて山東地方を襲ったのは蝗《いなご》の大群であった。規模は前の年の比較にならない。古代より中国の大陸を度々おそった虫の暴風は通り道を数日にして荒地に変えてしまう、農民や官僚にとっては忌《い》むべき存在であった。

「どうするべきか。やはりわが徳が足りんのかのう」

玄宗は山東から河南、河北に広がりつつある被害を前に嘆息していた。司馬承禎《しばしょうてい》の術力で何とかならないかと考えたがこんな時に限って連絡がつかない。姚崇は帝がそのようなまやかしに政をゆだねるようでは困ると考えていた。

「蝗には炎火を以て当たるべしと古書にあります。国家が全面的に救護に乗り出すと広く民に布告すれば、労を辞せず彼らも動くでありましょう。しかし臣が得た情報によりますと、山東の農民達は祭壇を設けて香を焚き、目の前で蝗に苗を食われているというのにただ天に祈るばかりだといいます」

「そうするしかないのであろうな」

玄宗も天災とあってはお手上げである。しかし姚崇の考えは異なっていた。

「古来より、人の害となって除かねばならぬものがある場合、天命に任せるのではなく、人力を尽くして取り除けぬものはありません。かつて禹《う》が黄河を治め、蜀《しょく》の地で李二郎《りじろう》が都江堰《とこうえん》を築いたように、洪水の害ですら人は抑えることができるのです」

その言葉にまぶたを開いた玄宗は姚崇に命じて蝗対策に乗り出した。姚崇は被害にあっている各地に部下を派遣し、人員を徴発し農地を守る火の壁をつくる作業にかかる。

しかし、当然全ての地域が素直に従ったわけではない。汴州《べんしゅう》の刺史《しし》、倪若水《げいじゃくすい》などはそれに猛然と反発した。彼は官僚ではあるが道術に傾倒していたのである。

東都洛陽から東に千里も離れていない汴州は、唐の後中国大陸を統一した宋が首都にした後の開封《かいほう》の事である。黄河の南岸にあるこの城市は豊かな水運と、肥沃《ひよく》な土地を有し、中原有数の大都市であった。

「これはひどい……」

王弁も顔にぶつかってくる虫に辟易《へきえき》しながら、ほとんど荒地のようになった田園地帯を東に向かっていた。僕僕はいつも通り雲の上に座っているが、不思議なことにその羽虫は彼女を避けるように飛んでいく。

「先生、これは何とかならないんですか」

口に入った蝗を吐き出しながら王弁は仙人を見上げた。

「何とかできないこともないが、数が多すぎるな」

空は見渡す限り蝗に覆《おお》われ、太陽すら陰っている。農地のあちこちでは村落の人が天を仰いで一刻も早く立ち去ってくれるように祈りを捧《ささ》げている。

「……」

その様子を僕僕はじっと見ていたが、空に向かってふう、と息を吹きかけた。祈っていた農民たちの上空から虫の影が消え、青空が戻ってくる。彼らは躍り上がって喜び、天に向かって拝礼を繰り返す。

「さっすがあ」

王弁は拍手する。しかし僕僕は硬い表情でやめてくれ、とそれを止めた。

「どうして？」

「ボクがしたことは気休めに過ぎない。あの空にはまた違う蝗の群れが飛来するだろうし、だいいちあの土地には蝗のえさになるようなものはもはや何一つ残ってやしない」

「そ、そうですか」

それ以上何も言うことが出来ず、王弁は黙らざるをえない。汴州城に近付くにつれ、蝗の濃度は徐々に下がり、王弁も口や鼻を手で覆わなくても何とか歩けるまでになった。

「ボクは蝗が嫌いでね。どうも昔いやな思い出があったみたいなんだが、よく憶《おぼ》えていない。まあとにかく、城に入って何ができるか考えてみよう」

城内の宿に腰を落ち着けた僕僕は、夜半になってちょっと出てくる、と言って雲に乗って出かけていった。王弁はどこに行ったのか心配だったが、なんとなく州全体を動かせる有力者のところ、つまり州刺史の倪若水のところに行ったのではないかと考えた。

蝗駆除の祈りを捧げるにしても、大規模に力を行使するならそれなりの場所や人員が必要なはずだ。彼女の蝗への思い入れからして、かなり真剣に力を使う心積もりがあるのかもしれない。

(でもこうなると俺には何にもできないんだよな)

蝗の一隊を吹き飛ばしてからの彼女は、王弁が話しかけるのをためらってしまうほどの張り詰めた空気をまとっていた。普段は自らの意志で雰囲気を明るくしたり暗くしたりと変えることが出来る彼女にすると珍しい事である。

(もしかしたら、先生の幼いころと何か関係があるのかもしれない)

彼が知っている姿は正体かどうかはわからない、と彼女は常々彼に言っていた。しかしその姿でいるということは、きっとそれが自然なことなのに違いない。僕僕が少女のころ、仙人となって不老長寿を得ようと強烈に思ったことがあったはずだ。

そこまで考えて、やはり自分の推測が安っぽいような気がして一つため息をつく。

きっとこんなことを言ってみたところで、僕僕がはいそうですと素直に言うとは思えなかったし、自分の推測が当たっていたとしても、だからどうなるというものでもない。そんな懊悩《おうのう》を乗り越えたからこそ、彼女は仙人として変幻自在の力を得たのだろうから。

宿の窓から外を見る。長安と同じく、商業都市汴州といっても夜は静まり返っている。起きているものがいるとすれば、科挙に向けて勉強しているものか、こっそり妓女を呼んでひそかに宴を楽しむ官僚や富豪たちくらいであろう。

(大丈夫かなあ、先生)

視界にいないと、これほど心細くなるとは彼も思わなかった。それほど、昼間の僕僕の表情はいつもと違った。一度窓の桟に足をかけ探しに行こうかと考えたが、どのみち迷惑をかけることになるだろうと思いとどまる。かといって先に寝る気にもなれなかった。

「こんな時間にお馬の世話とは感心だな」

結局落ち着かないまま吉良《きら》のもとにいた王弁に、頭上から聞き慣れた声がかかった。

「おかえりなさい」

思わずそう言った彼の言葉に、彼女はちょっとはにかんだような顔をしてただいま、と答えた。その横顔にはどこか疲れのようなものが浮かび、交渉がうまくいかなかったのかと心配になる。

「長安から御史《ぎょし》が来ていてな」

王弁が尋ねる前に、僕僕は自ら話しだした。

「最初はボクが刺史の前に出て力を見せ、ボクの蝗駆除に協力するように要請しようと考えていた。しかしその機を逸してしまった」

都から来たまだ若い高級官僚の卵が、刺史の理屈をことごとく論破していったのだという。倪若水は、蝗の襲来は天の警告であるから政治を全《まっと》うして身を修めるべきだと主張した。それを冷たい表情で受け流した官僚は、

「皇帝陛下は歴代の聖王にくらべてもひけをとらない素晴らしい徳をお持ちな上に、政に対する熱意も尋常ではない。これまでの不徳から天災を招いたおろかな帝王達とは違う。あなたは陛下を侮辱されるつもりか」

と決め付けた。倪若水もそう言われてはぐうの音も出ない。圧倒的な権威を背景に、御史は大動員を命令し、襲来する蝗を焼き殺す方策を刺史に授けた。

「農地ごとに壕《ほり》で囲み、そこで盛んに炎と煙を焚《た》く。それを全州一斉に行う。汴州だけではなく、河北、河南、山東、の各地でも日時を決めてほぼ同時に虫をいぶり殺す

ということだ」

「すごいですね」

王弁は思わず感嘆のため息をもらす。そんな彼に僕僕は、数日留まってその様子を見ようと誘った。当然彼にも異論はない。ただ待っている間、彼女は妙に心細そうな様子を度々見せた。やることもなくうつ伏せになって窓の外を眺めている彼の背中に頭を乗せてそのままでいる。

こういう時に気のきいた事を言って、慰めることの出来ない自分がもどかしかった。しかしこうしていると落ち着くらしく、そのまま小さな寝息を立てて眠ることもあった。そんなとき王弁は、寝返りが打てず背中が痛くなるのも我慢してそのままでいた。

「さあ、起きろ」

予定の日がやってきた。城内は兵も動員されているらしく戦争前のような物々しさである。それまでは郊外の惨状などうそのように商いが繰り返されていた汴州も、今日ばかりは市も閉められ、動員できる人間はほぼ全て駆り出されることになっている。

痛む腰をさすりながら彼は起き上がる。

「どうしたんだ？」

先生のせいでしょ、と言うのも癪《しゃく》で黙っていると、僕僕は右の人差し指と中指をすっと眉間《みけん》に当てて気を凝らした。すると窓の外にいつもより大きな雲が現れる。いつも僕僕が乗っている座布団《ざぶとん》形ではなく、大人一人が横になれるくらいの大きさがある。

「乗れ」

「俺これには乗れないですよ」

「それは前の話だろう。今ならなんとかなる。早くしないと良い席は取れないぞ」

冗談めかして言うと、僕僕は王弁をその雲の上に押し上げた。彼がおそるおそる足を乗せると綿の塊を踏むような感触が足の裏から伝わってきて、不安定ながらも支えてくれる。

「の、乗れた」

「だから言っただろう。何とかなるって」

次に気になったのは人の目だが、城内は喧騒《けんそう》に包まれて、不思議な雲が旅籠《はたご》から飛び立つのに騒ぎ立てる人間はいなかった。

やがて二人の乗った雲は城内から浮き上がり、どんどん高度を上げて行く。方形に象《かたど》られた汴州城が絵画のように平面的なものとなり、朝もやに霞《かす》む西方には隣町の鄭《てい》州《しゅう》が見える。その間には点々と砂粒を撒《ま》いたように村落が点在していた。

「間もなくだな」

蝗は早朝行動を開始して、ほぼ一日中餌《えさ》を求めて飛び回る。姚崇が取った作戦は、蝗がまだ眠りについている時間に火種を設置し、広大な地域で一斉に点火する。ねぐらとしている草原を焼き払う事でまず何割かを消滅させ、さらにあわてて飛び立った蝗たちを煙の壁で囲んでしまおうというものである。

鄭州から烽火《ほうか》が上がる。それに呼応するように汴州城北側の城壁からも同じように上がった。さらに北にかすかに見える衛州からも煙が上がる。と同時に一斉に一望される全ての農地から猛然と炎が上がり始めた。もちろん同時に、というわけではないが四半刻《しはんとき》も経《た》たないうちに汴州一帯は白い煙で覆われたようになった。

腹いっぱいになり、惰眠を貪《むさぼ》っていた虫たちは驚いて空に飛び立つ。王弁たちからも、黒雲が立つようにあちこちから蝗の大群が空で右往左往しているのが見える。濃密な白煙はその群れを包み込み、その姿は見えなくなった。

「もう少し上にあがってみよう」

僕僕は雲の高度を上げた。すでに下に見えるのは白い敷布のようになった煙のみで、王弁もほとんど恐怖を感じない。高すぎる位置から見る自分たちの世界はあまりにも現実味がないように見えたからである。

「あちらが許州、そして曹州だな」

彼女の説明で、初めて王弁は立体的に自らが進んできた旅路を捉《とら》えることができた。ほとんど無意識に南をみると、淮南《わいなん》のなだらかな地形がはるか遠くに見える。

「いま見るのはこっちだ」

袖《そで》を引かれて地上を見る。白煙はますます濃さを増して汴州城もほとんど見えなくなっている。白煙は濃さを増しつつ広がり、各地で上がった白煙はやがて一つに交わり、巨大な雲海のようになった。

「すごいな」

先に感心したような声を上げたのは、僕僕のほうである。

「もう人間たちが天災を恐れる時代ではないのかもしれない」

「そう、でしょうか」

王弁もおそらく数十万人が関わっているのであろう地上の大事業を驚きをもって眺めていたが、僕僕が言うように天災を人間の力で止めることが出来るとは思えなかった。

「祈るしか出来なかった人たちが、自分たちの力で災厄を食い止めている」

雲から身を乗り出すようにして煙の動きを食い入るように見つめている。

「先生が普通の人間だったころからは考えられないことですか」

彼女はしばらく黙っていた。王弁も立ち入ったことを言ってしまったかもしれない、と思ったが口に出してしまった以上引っ込めることもできない。

「そうだね」

僕僕はそう答えて静かに頷《うなず》くと王弁の頭を腕の中に抱え込み、

「飛ぶよ！」

と叫んで西へと雲を走らせた。みるみるうちに眼下の景色は変わり、砂漠になり海になり、森になり、また砂漠になり、そして大きな海を越える。速度が上がりすぎてもはやどこをどう飛んでいるのか王弁にはわからない。僕僕は愛馬を駆るように楽しげな表情で、曲芸飛行させる。

王弁は恐怖感と共に、奇妙な幸福も覚えていた。錐《きり》もみしながら急降下したり天を切り取るように一回転する雲の上で、ずっとこうして戯《たわむ》れていられたら、とそんなことを思う。

「弁！」

耳元で少女が彼を呼んだ。キミのふるさとに帰ろう、と。彼女はどこか傷ついているのかもしれない。王弁は唐突にそんなことを感じた。しかし仙人の矜持《きょうじ》を傷つけないためにそれは言わなかった。自分に出来ることは、この子の側にいることだ。僕僕は汴州城の上空に帰ってくるまで、腰に回された王弁の手に自分の手のひらを重ねたままでいた。

朝廷では姚崇《ようすう》のとった強攻策に対して根強い反対意見が渦巻いていた。対して兵部尚書は自信満々である。汴州だけで十四万石の蝗の死骸《しがい》を汴渠《べんきょ》に棄て、そのせいで水の流れが止まったほどの成果を挙げたからである。

「学者は文章を知っていますが変化に対応することは出来ません。およそ物事といいますのは経に合わずとも道理に合い、道に反するとも時宜に合うことが往々にしてあります。魏《ぎ》の時代、やはり山東に蝗の害が起こったとき、駆除しなかったために植えたばかりの農作物が全滅しました。その結果人が相喰らう惨状を呈しました。さらに後秦《こうしん》の時もやはり無策に終始したため、農作物どころか雑草すら姿を消しました。牛馬は互いの毛を食《は》んで飢えをしのいだといいます」

玄宗は興味深く聞いていた。彼は姚崇の手段を賞賛しつつ、朝廷内で起こるその方法への反対もある程度理解できる、と思っていた。もともと道教への傾倒が強い皇帝はあまりむちゃくちゃな殺生《せっしょう》を好まない。絶対権力者が内心では好まないとわかっていれば、それに迎合する論調が出てくるのは当然と言えた。

「山東に蝗があふれ、河北、河南にはほとんど食糧の備蓄はありません。いま手をこまねいて見ているだけなら、秋の収穫は無に帰し、多くの民が土地を離れて流民と化すでしょう。行動しないことはすなわち禍《わざわい》を養っているのと同じです」

姚崇は皇帝の冷静な顔付きから自分の策を実現させるために付け加えるべき一言を探り当てた。

「陛下は生を好み殺を憎まれておられます。このことは臣の一存でなされることであり、陛下が勅を下されるまでもありません。ただ蝗の害をのぞく許可、牒《ちょう》を戴《いただ》きたく存じます。もしわが事ならぬときは、臣に下された官爵《かんしゃく》を削り、罰してくださいませ」

則天武后に鍛え上げられた政治感覚は見事に玄宗の心を捉える。彼はわずかに明るくなった皇帝の表情を見て成功を確信した。

「蝗は天災であります。どうして人の力でどうこうすることが出来ましょうか。虫を多く殺せば天地の和を乱すことになります。今ならまだやめることが出来ますぞ」

黄門監《こうもんかん》の盧懐慎《ろかいしん》が口を挟んだ。ぬくぬくと宮廷にいる連中が何を抜かす、と片腹痛く思いながら姚崇は猛然と反撃する。

「かつて楚王《そおう》は蛭《ひる》を呑《の》んでその病を癒《いや》し、叔傲《しゅくごう》は蛇を殺して福を得ました。賢者である趙宣《ちょうせん》は犬を用いたことを恨み、聖者である孔丘《こうきゅう》はその羊を愛しませんでした。彼らはみな志を人に置き、大いなる礼を失うことを恐れたのです。いま蝗を放置し、全てを無に帰するならば、山東の百姓は餓死して亡《ほろ》ぶでしょう。すでにこのことは陛下の手を離れ、私に委《ゆだ》ねられています。もし虫を殺して人を救い、そのことで私に禍が及ぶならば望むところ。公は黙ってわが行く末を見届けられよ」

その勢いに宰相は言葉を失う。玄宗もここではっきりと姚崇支持を言明し、蝗の害は間もなく収まった。

十一

「おお……」
父は息子の顔を見て、何かが変わったと感じた。息子は父の顔を見て、急に老《ふ》け込んだような気がしていた。
「よくぞ無事で帰ってきた」
老僕と並んでぽろぽろと涙を流す王滔《おうとう》を見て、王弁はむしろ狼狽《ろうばい》する。彼にとっては、この二ヶ月あまりの旅はそれこそあっという間だった。淮水《わいすい》から渭水《いすい》へ龍脈《りょうみゃく》を通って移動し、都では当代きっての仙人とともに皇帝に拝謁《はいえつ》し、太原府《たいげんふ》では犬頭の商人と出会い、吉良《きら》に乗ってとんだ不思議な世界では渾沌《こんとん》に飲み込まれ、帰り道の汴州《べんしゅう》では蝗《いなご》の大群を見事に撃退した人の技を目《ま》の当たりにした。退屈する暇もなく、気付いたら帰ってきたという感覚である。

「親父《おやじ》、具合でも悪いの？」

「悪くもなるわ。便りの一通もよこさずに」

手紙など出せる旅ではなかった。彼は老人に姿を変えている僕僕と顔を見合わせて笑う。王滔はそれでも常識を忘れず、丁重に息子の保護者を勤めてくれた仙人に礼を執ると、中に招き入れた。急な帰宅だったため質素ではあるが、既に酒宴の用意は出来ているのである。

「ほう！」

王弁が話している間何度そのような声を上げたことかわからない。王滔は酔いが深まると共に、出かける前と同じようで、でも少し力強くなったような息子の、荒唐無稽《こうとうむけい》きわまるみやげ話に惹《ひ》きこまれていくような錯覚に襲われていた。

「いや、わしは信じるよ」

長年培《つちか》った常識が息子の話を拒否するが、その口ぶりには本当の詐欺師《さぎし》か、実際にその情景を見たものでなければもちえない重みがある。息子が仙人になったわけではなさそうだが、それでも得がたい経験をしてきたのは間違いない。王滔ははっきり仙骨がないと宣告されてはいたが、それでも長生への夢を捨てたわけではなかった。

「先生がいらっしゃらない間に、新しく庵《いおり》を建てておきました」

「ほう」

今度は老爺《ろうや》姿の僕僕のほうが長い眉毛《まゆげ》に覆《おお》われたまぶたを少し上げた。

「再び黄土山に留まっていただくわけにはいかないでしょうか」

僕僕自身は、州刺史《しし》に目をつけられていることを知っているから、あまり騒動になるようなことはしたくなかった。しかし王滔は地に額をこすりつけるようにして頼む。

王弁もその横で頭を下げた。

「隠遁《いんとん》した形でもよいのなら」

と僕僕は承諾した。王滔は急に若返ったように喜び、老け込んだ影はどこかに飛んでいってしまったようである。結局彼はご機嫌となって真っ先に酔いつぶれ、老僕に連れられて寝室に戻っていった。

「キミの父上、元気になってよかったじゃないか」

黄土山には王弁もついていった。僕僕にはそのようなお守りが必要ないことはわかっていたがそれでも数歩後ろから同じ歩調で続く。

「お守りが必要な年ではないけどね。だいたいボクには第狸奴《だいりど》がいるから、庵など新しく建てなくても良かったのに」

機嫌の良いときの常で、彼女は踊るように拍子をとって歩いていた。

「じゃあ第狸奴を俺に貸してください。黄土山に住みます」

「なんだって?」

思わず振り返った師匠を追い抜き、王弁はちょっと照れながら住み込みで修行したいと希望を述べたのである。

「前にも言ったと思うけど、キミにも仙骨はない。ボクのように完全な仙人にはなれないよ。いずれキミの寿命が来て魂魄《こんぱく》は滅び、ボクはこの世界で生き続ける。ずっと一緒にはいられないんだ」

それでも良い、と王弁は思うようになっていた。旅をしている間、彼は自分の住む世界の狭さを知った。想像もつかない生物と、想像もつかない力が存在することを知った。人間である自分は、どれだけ身を律しても七十年生きられたらまぐれみたいなものだろう。犬封国《けんぽうこく》の人間や僕僕は数千年という尺度で、渾沌や帝江《ていこう》にいたっては世界が出来て以来の命を保っている。

長い短いは仕方がないが、だからといって無理に合わせることもできない。ただ、今の自分に許された時間の長さで、僕僕という美しい姿をした仙人と一緒にいたいだけなのだ。

「ふむ。なかなか良い口説き文句を言うようになったではないか」

僕僕は再び王弁を追い抜き、すたすたと黄土山を登り始めた。庵に着くまで彼女は何も言わなかったが、彼は拒否されているわけではないと理解し、胸をなでおろした。

開元三年、夏五月。

光州にも蝗が飛来していたものの、姚崇《ようすう》の策によってほとんど被害は出ず、刺史の李休光《りきゅうこう》をはじめ農民達は一安心していた。稲は順調に生育し、地味ではあるが土に携わるもの達を力づけるような花を咲かせている。その水田の間を、駑馬《どば》に身をやつした吉良の背にまたがった僕僕がのんびりと行く。もちろん王弁もそれに付き従っている。

僕僕の表情はいつも通り飄々《ひょうひょう》としたものだったが、王弁の顔は不満そうに沈んでいた。

「先生、やっぱり俺は反対です」

「何が」

「先生は隠れ住む方が良いって、自分で言ってたじゃないですか」

彼に言わせると僕僕の行動は矛盾していた。彼女が黄土山に住むために出した条件は、世間に自分の存在を明らかにしないことであった。しかし息子と仙人が戻ってきてはしゃいだ王滔は、黄従翰《こうじゅうかん》をはじめ親族に吹聴《ふいちょう》して回ったのである。それを聞いた王弁は珍しく激怒したが、逆に僕僕は頭に血を上らせた彼をなだめた。

「まあなるようになるさ」

と気にする風もない。もともと医薬の心得があると評判だっただけに、黄土山の麓《ふもと》には病を得たものが集まるようになった。この日は、とある農家の三つになる幼子が原因不明の高熱を出したということで、無隷《むれい》県まで出かける途中だった。

「キミはやきもちを焼いているのだな」

いつもさらりと風に流している長い髪は、撚《よ》り合わせた綿糸でまとめられ、形の良い耳からうなじにかけての線が初夏の陽光に照らされている。王弁は荷物を担《かつ》いでいるせいもあるが汗ばんでいるのに対して、やはり僕僕は涼やかな表情のままだ。

「いけませんか」

「いけませんね」

不貞腐《ふてくさ》れる王弁をからかうように、彼女はぽんと柔らかく毬《まり》を投げるように言葉を返してきた。こういうときは機嫌が良いのだとわかっていても、彼はやはり面白くない。独占欲がないわけではない。自分が人並みに煩悩《ぼんのう》を持っている若い男だと感じる瞬間である。

「その話は後でしょう。今は病人を救うことが大事だ」

僕僕は黄土山に帰ってきてから、他人がいるところでは老人姿を崩すことはない。さらに雲に乗ることも避けていた。目立たないような配慮をしているのである。吉良にまたがってはいるものの、速度はもちろん上がらない。それでも、本当に重病人だと頼まれれば彼女は必ず治療に向かった。それは相手が貧農であろうが、富商であろうが関係ない。むしろ医者にかかる余裕のない貧乏人を優先する僕僕が評判にならないはずはなかった。

「これで大丈夫じゃ。食事の前にこれを飲ませればよい」

白髪長鬚《ちょうしゅ》、そして純白の道衣姿の僕僕が姿をあらわすだけで、病人の表情は和らぎ、家族達は安堵《あんど》のため息をついた。清らかで、田舎の農村ではありえないほどの長生をうかがわせるその外見は、説得力に満ちていたからである。

「なんとお礼を申し上げてよいか。それでお代は……」

「いらぬいらぬ。しっかり生業に励み、そうじゃな、奥さんはまだお若いようじゃから、もう一人お子を作られてはいかがかな?」

ぽん、と見送りに出た夫人の腰に触れる。その様子が軽妙で、かつ無邪気であるため老いも若きも釣り込まれるように笑う。これまで子供の命が瀬戸際《せとぎわ》を歩いてきた家族は、強い緊張を強いられていた。先ほどまで神々《こうごう》しいほどの雰囲気を見せていた老人の言葉は、彼らをなごませるのに十分な力を持っていたのである。そしてその笑い声の中、僕僕たちは再び黄土山に向けて帰って行くのだ。

「おつかれさま」

少女姿に戻った僕僕に王弁は声をかける。

「笑うのは良いことだな。ボクもキミに出会ってから随分と笑うようになったよ」

「なんだかからかわれているような気がするときもありますけどね。それにしても、疲れませんか。連日患者が押しかけてくる上に、遠くへ往診までして」

僕僕はそれには首を横に振り、キミも覚える気があるか、と尋ねた。それが、仙人の持つ医薬の技術であることは王弁にもすぐに理解できたが、彼は躊躇《ちゅうちょ》した。もともと仕事をする気になどなれなかった男である。

「まあ無理にとは言わない」

自分で住み込み修行したいと言っておいて、いざやれと言われてためらう自分もどうかと思ったが、僕僕はそんな王弁を責めることもなく、それ以上押し込んでくることはなかった。

（やれ！　と言ってくれてもよいのにな）

もし僕僕が一緒にやろうと言ってくれたら、本当にやる気になるかもしれない。今だって、どうしてもいやだというわけではないのだから。

「こういうことは本当に自分がやろうと思わなければ身につかないものだ。多くの人間がそうありたいと望む事ですら、志は結構簡単に曲がってしまうものだからね。キミがどう考えているにせよ、強制しようとは思わない」

人に任せるずるい言い方だ、と自分のことを棚にあげて王弁は不満に思う。彼がこれまでに知っているいわゆる「師」という人種は例外なく口うるさかった。師にして弟子を導くこと厳ならざれば師の怠慢なり、と言われるだけあって、のんびりした性格の王弁はよく竹鞭《たけむち》でぶたれたものである。僕僕にそうして欲しいわけではない。それでも師である以上もう少し引っ張って欲しいとも考えていた。

「それで、さっきの話の続きだが」

唐突に彼女は切り出した。

「さっきの……ああ、やきもちがどうのって話ですか」

「そうだ。キミも聞きたいだろう?」

「う、まあ聞きたいです」

「そうかそうか聞きたいか。じゃあ言わないでおこう」

たまに性格の悪い、かわいらしい顔の仙人にはいらいらさせられるが、惚《ほ》れた弱みでなかなか強く出ることが出来ない。おそらくこちらの足元を見てそのような態度をとっているのだと容易にわかるだけに口惜しさは増す。

「言わなくたってわかるだろう?」

と試すようなことを言う。わかる、と自信を持ってうなずけないところが弱いところだ。

「そんなことでは女心を手玉にとることはできないぞ」

「別に手玉にとりたくなんかないです」

「昨日は見事に手玉にとっていたではないか」

「な、何のことですか」

特に何があったわけではない。床に入ってきた僕僕に腕枕《うでまくら》をせがまれて、そのままなんとなくべたべたしていただけの話である。

「だ、だって最後の一線は越えてないですよ」

悪いことをしていたわけでもないのに王弁はしどろもどろになる。僕僕は実に楽しそうな顔をして、彼がおそるおそる、しかし気持ちを込めてしたことを列挙した。

「やめてください」

思わず王弁の口調は硬くなる。最後まで踏み込めない自分の弱さと、それでも心の底から惚れこんでいる自分の気持ちを揶揄《やゆ》されているような気がしてきたからである。

「怒ったのか?」

聞かなくてもわかるくせに。数歩前の地面に視線を落として歩き続けながら、王弁は黙っていた。

「ボクにとってはそういうことも、食事をすることも眠ることも等しく大事なことなんだ。ほら、飯がうまかったまずかったとか、寝心地が良かった悪かったとか、普通に話すだろう?」

言い訳している僕僕もかわいらしいな、と聞いていると、ぐいっと耳をつままれた。

「ボクの弟子でいるなら、もっと大きく構えていないと務まらないぞ」

そう言ってぷいとそっぽを向く。黄土山は夕日に翳《かげ》ってますます黄色の度を増し、山の下に群がっていた治療待ちの人影も少なくなった。僕僕たちは再度病人達の間を回り、緊急の患者にだけ薬を処方し、山中に帰っていった。

（あんな話をするもんだから）

その夜の彼は悶々《もんもん》としてなかなか寝付けなかった。

（だ、だめだ。寝顔見るくらいなら先生も許してくれるだろう）

そんな苦しい言い訳をしながら布団《ふとん》をはねのける。もはや自分が発情期の獣のような目をしていることなど彼には気にならない。今日交わした会話から考えて、僕僕も自分に対して特別な感情を抱いているはずだ。よもや邪険にはされないだろう、と彼は忍び足で部屋を出る。結局、王滔が建てた庵に彼が住み、僕僕は住みなれた第狸奴の変化した庵に寝泊りしている。

（今日はあまりへんないたずらしないで下さいね）

と心の中で祈りつつ、彼は開け放たれた門をくぐる。前回は門をくぐった瞬間から術中にはまり、建物にもたどり着けなかった。今日はどうしたわけか、すんなり玄関まで何事もなく、僕僕が休む居間兼寝室の前に立つ。

（今日は大丈夫かな）

と、妄念《もうねん》を膨らませつつ扉に手をかけようとしたとき、内側から話し声が聞こえた。

何を話しているのかはよくわからない。帝江と話していたときのような、鳥のさえずりのように聞こえる。

(どこから神仙が遊びに来ているのだろうか)

十分ありえる話である。司馬承禎《しばしょうてい》のような男なら都からすぐに飛んでこられるだろう。しかしそれは王弁にとって実に面白くない事態である。別に恋人同士でもなく、夫婦でもないが、そのような不届き者がいたら……。

(いたらどうしよう……)

いろいろと経験を積んだとはいえ、やはり荒事は苦手である。彼は葛福順《かつふくじゅん》のあのまっすぐに相手を射抜くような強い目線を思い出した。町のごろつきとは違う、本当の戦士の瞳《ひとみ》である。対するこちらはひたすらぐうたら人生だ。勝てるわけがない。

(せめて相手がどんなやつかだけでも見ていこう)

情けないと思いつつも、かれはこっそり窓の隙間《すきま》から内側をのぞく。第狸奴の作る屋敷は僕僕の好みか、はたまたその生物の特性なのか、無駄な装飾がほとんどない。隠れるのは至難の業だったが、彼の執念がそれを可能にした。

(もうちょい、もうちょい右)

僕僕の姿は捉《とら》えた。だが相手の顔は窓の桟が邪魔になってはっきり見えない。彼が苦闘していると、室内の明かりがふっと消えた。しまったばれた、と慌《あわ》てふためいた彼の目前に巨大なくちばしが現れ、こつんと彼の頭をつついた。樫《かし》の棒で殴られたような衝撃を喰らって、彼はもんどりうって倒れる。

「何をしてるんだか」

見上げた先には、腰に手を当てて呆《あき》れ顔の僕僕と、その傍らには巨大な雲雀《ひばり》が立っていた。遠近が狂ったようなその光景は彼に強烈な違和感を与える。

「とりあえず紹介しよう。ボクの古い友人、麻姑《まこ》だ」

「あ、ど、どうも」

僕僕の友人ならきっと位の高い仙人だろう、と彼は拱手《きょうしゅ》して礼をする。しばらく羽根を整えていたその巨大な雲雀はぽんと人の形に姿を変えて彼の前に降り立った。

「よ」

着地に失敗してよろめいたのは若い女性だ。僕僕よりは二つ三つ年上に見える彼女は、頭頂に丸い髷《まげ》を作り、余った豊かな髪を腰まで垂らしている。錦《にしき》の衣は鮮やかに染め上げられた朱糸を主として織り上げられており、流水の紋様が縫い取られ、輝くようなあでやかさである。どこか枯淡な感じのする僕僕とは正反対の印象であった。

「六百年ぶりに地上に降りてきたらこんな若い子捕まえちゃって」

少しふっくらしている頰を崩して僕僕をひじでつついた。

「別に捕まえたわけじゃない。なつかれているんだ」

気に入らない言い草だが王弁は黙っている。完全に否定できるかというとそうでもないからだ。そして、いかにも天女といった風情《ふぜい》の麻姑は目を細めて王弁をじろじろと眺めた。

「お、この子はご縁がありそうね。でもあっちに連れて行くのはどうかしら」

「まだ無理だ」

「まだ、ね……」

思わせぶりに言って麻姑は王弁から視線を外した。まるで大地に縛り付けられたようになっていた足の裏が急に軽くなる。

「そういえば王方平《おうほうへい》と蔡経《さいけい》は元気？」

王弁の知らない名前を出して、僕僕は麻姑に尋ねた。

「相変わらず好き放題してるわ。こき使われてる蔡経君がちょっと気の毒だけど、王の旦那《だんな》なりに期待しているみたいね」

麻姑はため息をついて再びどろんと煙を上げて人の背丈ほどもある雲雀の姿に戻った。

「最近この姿のほうが楽で」

人から仙人になった者ではないのか、と王弁は推測した。仙人には数種類あり、人からなったもの、鳥獣が長い年月を生きて変化《へんげ》したもの、木石が天地の気を受けて仙人と化したもの、天界から降りてきたものとさまざまだ。

「麻姑の正体は別に雲雀というわけではないぞ。もともと天界の女官だったのだがちょっとおいたをして暇を出されて今は蓬萊山《ほうらいさん》に住んでいる。暇といってもこちらの時間で五万年くらいか」

「六万年よ」

雲雀が訂正した。頭の中で直接音声となって流れてくるところを見ると、帝江や吉良と同じような術を使っているらしい。王弁は音としては小鳥のさえずりにしか聞こえない彼女の声から話の内容が浮き上がって流れ込んでくるのを感じていた。

「うん、なかなか素直なところがあるみたいね。何より欲がないところがいいね。若い男にありがちな欲を除けば」

頭の中に流し込まれるということは、相手からも心の中が見えるということで、この瞬間にどうして自分がここにいるかも見抜かれているのは恥ずかしい。

「大丈夫。陰陽の交わりは何も恥ずかしがることではないわ。かといって人間世界ではあまり表に出すのもみっともないけどね。私はあなたの心の中が見えちゃうけど、それを気にすることはないわよ」

　雲雀はいつかの僕僕と同じことを言い、真っ黒な瞳を細めて王弁を慰めた。

「しかしお邪魔だったかな？」

「いや、麻姑の用事の方が先だ。弁、キミは帰っていろ」

　悄然《しょうぜん》と彼は師の庵《いおり》を出ようとする。結局恥をかいただけである。夜這《よば》いは二度とやめておこうと反省する彼を麻姑が呼び止めた。あなたにも関係のあることだから、話を聞いていけと。僕僕は既に内容を知っているような顔をして、王弁が振り向いたときちょっと微妙な顔をした。彼も、普段あまり表情を上下させない彼女が、なにか特別に表情を作るときは、それなりに変わった事が起きるとわかっているので、嫌な予感はする。しかし聞かされないよりは、と覚悟を決めて巨大雲雀の後に従った。

「さっきも言ったが、ボクは断る」

　腰を下ろすなり、僕僕はいきなりそう言った。

「断るのは勝手だけど、これは蓬莱や崑崙《こんろん》の総意なの。あのね王弁君。わたしはこの子を迎えに来たのよ」

　くちばしでつつかれる比ではない打撃が彼の頭を襲う。いつかこういう日が来ることはわかっていたが、自分の寿命が尽きるのが先だと思っていた。ぐらぐらしている王弁を気の毒そうに見ていた麻姑はちょっと小首をかしげている。

「老君がそのような命令めいたことを言うなんて珍しい」

腕を組んで難しい顔をしている僕僕はふと気付いたように言った。

「命令、ってわけじゃないけど。王方平は積極的に動くみたいよ。こっちに降りてきている仙人を全員蓬莱に連れ帰そうって」

「あほうなやつだ」

僕僕は形の良いくちびるをへの字にまげてますます難しい顔になり、しかめっ面《つら》に近くなっている。

「僕僕なら王方平ともやりあえるかもしれないけど、あとがきついよ」

「やつにボクと喧嘩《けんか》が出来るものか」

衝撃から辛うじて立ち直った王弁はおそるおそる口を挟んだ。老君だとか蓬莱の総意だとか王方平だとか彼にはわからないことだらけだ。

「そうね。話に引き込んでおいて説明なしも悪いからかいつまんで」

王方平は麻姑が蓬莱山に入る前からいた古い仙人だ。その術力は非常に強力で、また道を究めんとする心も強く、もと天女の麻姑も敬して接している。その王方平は一時期、素質のあるものを仙界に引き込む作業に熱中していた。

漢代、孝桓帝《こうかんてい》の時代、蔡経という小役人に仙骨を見た王方平は、天界から降りて彼の家に滞在した。蔡経は王方平の見立てに違《たが》わず、仙人を迎えてもあわてず、礼を失することなく接待する。嬉しくなった王方平は五百年ぶりに妹分に会おうと麻姑を蔡経の家に招いた。このとき麻姑が王方平に言った「滄海《そうかい》変じて桑田《そうでん》となる」の成語は日本でもよく使われていた言い回しである。

ともかく、仙人二人を迎えて蔡経は喜んだ。崑崙の酒はそれまで彼が味わったことのない芳醇《ほうじゅん》さで、酔い方は軽い一面で激しい。酔いは、人間としては重厚なほうの蔡経に失礼なことを考えさせる。衣の隙間から見えた麻姑の足から生えていた鳥の爪《つめ》を見て、

（背中にできものが出来たら掻《か》いてもらいたいものだ。さぞかし気持ちよいだろう）

とつまらぬ事を思ったのである。そんな彼の背中に見えない鞭《むち》が飛んできた。

「麻姑は神人である。その爪で背中に出来た腫《は》れ物を掻かせようとは何事か」

と王方平に叱責《しっせき》され、姿の見えない鬼神に鞭打たれたものである。仙人の持つ力を目《ま》の当たりにした蔡経の一家は三拝九拝して許しを乞《こ》い、蔡経も心から反省する姿を見せたため王方平も許した。

もともと、それまで見せていた真摯《しんし》な態度を高く評価していた二人は、蔡経に解脱《げだつ》の方法を教え、仙人への仲間入りも許したという。彼の魂は肉体を抜け出て、王方平たちと仙界を巡る。

それ以来、三人は仙界で共に過ごすことが多くなっていたのである。そんなある日、大羅天《だいらてん》に出向き老君の講話を聞いて帰ってきた王方平は、

「もはや下界と仙界では進む方向があまりにも違っている。私は下界に暮らす仙骨を持つもの、そして蓬萊や崑崙に住まず下界に身を置いている仙人達を全員引き上げさせるつもりだ」

と親しい二人に宣言すると、猛烈な勢いで根回しをはじめた。もともと蓬萊山が理想郷で下界は穢《けが》れていると思っている仙人達にほとんど異存はない。麻姑は多少ひっかかりを覚えつつ、それでも王方平の言っていることにも道理があると考え賛意を表明したものである。

「待て。それでは総意というより、王方平の勝手ではないか」

僕僕が冷静に話を止める。王弁も聞いているうちにようやく事情がつかめてきた。仙界といえども、実に人間臭いことをするものだ、と感心している。

「最初は勝手だったかも知れないけど、ここまできたらもう個人の意思とはいえない

わね。確かに、天界、仙界、人間界は上の二つの距離が縮まって下の一つとはどんどん溝《みぞ》が深まってる感じ、するもの」

「ボクに言わせれば、おまえたちは依存しあっているだけだ」

ぴしり、とひっぱたくように僕僕は言う。麻姑は目をぱちくりとさせて、

「言葉に気をつけたほうが良いわ。いくら僕僕でも仙界全体を敵に回してはまずいよ」

と声をひそめた。王弁は話の詳細こそわからなかったが、その有力な王方平という仙人は人間界に嫌悪《けんお》感《かん》を持っているように思えた。それに対して痛快な啖呵《たんか》を切った師に彼は拍手を送りたくなる。

「そんなにこの子がかわいい？」

麻姑は王弁の方を見て少し声を落とした。僕僕の瞳がすうっと細められ、その小さな体から王弁がのけぞるほどの凄《すさ》まじい気迫が放射された。このような師を見るのは初めての事である。

「もう、仙界ともあろうものがそんなけちな作戦とるわけないでしょ」

やれやれと肩をすくめる大雲雀に対して、僕僕は氷のような瞳を向けたきりである。

「仙人としてはその執着はどうかしらね」

「なにを言う。仙人こそ我執の塊ではないか。ボクがこの子にこだわることと、蓬萊山の連中が太極《たいきょく》との合一を望むこととどれほどの違いがある」

二人の仙人がにらみ合う。葛福順の剣舞よりも研ぎ澄まされた両者の気配に、王弁は逃げ出したくなった。

生「普通そういう妄念にとらわれると力を失うものなんだけど、かえって強くなっているのはさすがというべきかしら」

先　麻姑はその翼を大きく広げる。対する僕僕は端然と座ったまま動かない。しばらくそのまま対峙《たいじ》していた両者であったが、先に動いたのは麻姑のほうであった。広げた翼をたたみ、数回瞬《まばた》きして羽根をつくろう。

僕「まあ地上にいる仙人たちを全員仙界へ引き上げるのも時間のかかることだろうから、今日はこのあたりで失礼するわ。地上に残っているのはあなたをはじめ偏屈者ばかりだから王方平も苦労することでしょ」

僕　ふわわ、と一つあくびをして麻姑は部屋から出ると、空中にはばたく。

「王弁くん」

去り際《ぎわ》、彼女は空から片目をつぶって見せ、

「男冥利《みょうり》に尽きるわね」

と言い残して飛び去っていった。自分のために仙界の命令すら拒絶してくれた僕僕に王弁は感動するが、僕僕はそんな感傷を消すように、ここにいるのは自分のためだ、勘違いするな、とにべもない。そのまま彼女はぴしゃりと戸を閉めて部屋にこもってしまい、彼もそれ以上踏み込むこともできず、すごすごと自分の庵に戻った。

光州城内は、中央から押し付けられた仕事と、蝗《いなご》の後始末でてんやわんやである。命令された以上きちんと仕事をこなすのが信条の李休光は、何かいわくがあるのかと警戒して報告をぼかす各県の役人達を叱《しか》り飛ばし、横っ面をひねり上げるようにして帳簿を提出させた。それを集計し、報告書にまとめるだけで一苦労である。

彼は、姚崇がとった蝗対策を賞賛していた。祭壇など設けずとも、災厄は除けるのである。怪力乱神を語らぬ儒学の徒である彼はその中でも強硬派であったから、今回姚崇が得た成功は彼を力強く後押ししていた。

「またか」

事務仕事で多忙を極める間にも種々雑多な出来事が刺史《しし》の耳に吹き込まれる。それを取捨選択し、処理を決めるのも彼の重要な仕事の一つである。その時彼の耳は、楽《らく》安《あん》県の仙人、という言葉を捉《とら》えた。

「おい」

今回説明に上がってきているのは黄従翰ではない。彼の食客の一人で、各地の実情を探らせるために雇っている若い男だった。

「詳しく説明してくれ」

男は自分の話が主の興趣を惹《ひ》いたことを喜び、熱を帯びた口調で黄土山に住む年老いた仙人と、それに付き従う青年について詳細に供述した。

「どこぞに消えたはずではなかったのか」

中央に提出する書類の一部は刺史自らが書いて印章を押さねばならない。それも普段の数倍あり、李休光はいらだっていた。

「消えてはいたようですが、最近帰ってきたようでして」

「ふうむ」

彼は面前の若者に耳打ちするように、目を離すなと厳命した。食客の若者にとって、寄寓《きぐう》先の刺史がこれほど真面目《まじめ》な顔で自分に何かを託して来た経験はない。重要な仕事を任されるということは、それだけ信頼されている証《あかし》である。ここで李休光の意に添うような成果を出せば、単なる居候《いそうろう》から抜け出せる好機なのだ。

「すぐに向かいます」

と叩頭《こうとう》して出ていった若者の背中に、勘付かれるなよ、と声をかける。彼は自分の影響下にそのような存在がいることを好まなかった。怪力乱神が国政を壟断《ろうだん》する時代は終わったのである。

彼はふと、つてを求めて姚崇と交流を持ちたいものだと考えていた。李休光はもちろん普通の官僚として正常な栄達欲を持っている。彼も刺史を拝領するほどの秀才であるから、宮中につながりがないわけではない。しかし多少人間関係に筋違いを起こしても、天災を人力で排除した兵部尚書《へいぶしょうしょ》は兄事に値する人物だと彼は考えている。

「そうだ、宋璟《そうけい》さまに頼んでみるか」

姚崇と並び称された、同じく則天武《そくてんぶ》后《こう》の遺産でもある宋璟は、李休光が挙にあげられたときの試験官であった。科挙では試験官をしてくれた高級官僚が師のような存在になる。姚崇と比べて一段穏やかな性格の宋璟は玄宗が権力を握るまでの間、常に姚崇と謀《はかりごと》をたて、時に姚崇の尻《しり》を叩《たた》き、また手綱をひく存在であった。

彼は思い立ったが吉日と、仕事の書類は脇《わき》に避《よ》け、官界の師匠に向けて長文の手紙をしたためた。

五月も末になろうとするころ、いつも通り群がり来る患者達を可能な限り捌《さば》き終えて庵で休む僕僕を、思いつめた表情の王弁が訪れていた。

「夜這いにはまだ早い時間じゃないか」

竹の繊維で編んだ団扇《うちわ》をばたばたと扇《あお》ぎながら胸元に風を送っていた彼女は、それでも胸元を合わせて彼の方に向き直った。

「先生」

「む？　真面目《まじめ》な顔をすると時々いい男だな」

「ちゃんと聞いてください」

小さく舌を出して彼女は肩をすくめ、先を促した。

「あの麻姑《まこ》とかいう仙人が来てから先生ちょっとおかしいですよ。姿は出かけるたびに違うし、あれだけ目立つからと避けていた雲に乗って移動するし、吉良にも本気を出させたりするし」

患者の数は日を追うごとに増えている。のんびり徒歩で移動していたのでは確かに間に合わない。それにしても、いつもの老人姿をとらず、中年女性になったり、王弁と同じ年頃の青年になってみたり、日によって姿を変えるのが不自然だった。

「そんなものは気分だよ。麻姑だって言ってただろう。あれほど力のある仙人でも、居心地の良い姿があるんだ」

「じゃあ先生は今の先生の姿で治療に当たれば良いではないですか。その姿が一番楽なのでしょう?」

僕僕はちょっと顔を横に向けて黙っていたが、ボクは疲れた、と王弁に出て行くように命令すると、窓の外に体を向けて眼を閉じてしまった。あとは彼が何を言ってもまぶたを開けず、王弁はため息をついて帰るしかない。

しかし深更、なかなか眠れないままでいる王弁の枕元《まくらもと》に、ふわりと彼女が座った。

「大丈夫ですか?」

開口一番、王弁は思わず訊《き》いた。

「キミにはよっぽど今のボクが頼りなく見えるんだな」

月明かりが窓からさしこむ小さな庵の中で、僕僕は苦笑したように王弁には思えた。

「キミはあまり気付いていないとも思うが、これでもボクは神色を表に出していないんだ」

「ばればれです」

彼が数ヶ月、この仙人少女と共に過ごしてここまで考えていることがあらわになっていることは無かった。

「キミが成長したのか、ボクが退化したのか」

考え込むように首を傾《かし》げる。

「成長したということにしておいてください」

実のところ成長したような気もしないし、僕僕の力が衰えたとも思わない。成長するも何も、彼は何もしていないと思っている。ただ、心の中で一番の場所にいる人が、そのような後ろ向きな言葉を発するのは嬉《うれ》しいことではなかった。

「あのね」

逡巡《しゅんじゅん》している。やはりおかしい。

「ボクがここにいられなくなる日も近い」

王弁は自分でも意外なほど驚かなかった。驚きはないが、悲しさだけが満ちていく。仙人ですら、なにかの掣肘《せいちゅう》を受けないことには生きていけない。それは普通の人間である自分がどうこうできる類《たぐい》のものではない。太上老君《たいじょうろうくん》、麻姑、王方平、蔡経、誰もが伝説の仙人である。そのほかにも僕僕と同じくらい力のある仙人が動くのだろう。

「先生」

王弁は寝床から降りて床に座り、手を付いて願った。

「俺にいろいろ教えてください」

恥ずかしさが全身を駆け巡る。

自分から何かを学ぼうとしたことのない人間にとって、この言葉を言うことは何よりも照れくさい。僕僕はしばらく黙ったままだった。今ならまだ、ははは冗談ですよ、と取り繕うこともできる。何も教えない師匠と、何も学ぼうとしない弟子のままで、気楽な時間を過ごすことが出来る。それでも王弁は床につけた拳《こぶし》をぎゅっと握って頭を上げなかった。

「ボクがいなくなる、なんてことを言ったから?」

「そうです」

「じゃあ、今の言葉が冗談だって言ったらどうする?」

冗談ではないことくらい彼にもわかった。万が一それがウソだったとしても、王弁は引き下がるつもりはない。僕僕にここを去るつもりがなくても、強制力が二人を引き離すかもしれない。そうなったら、自分と僕僕をつなぐものは今のところ何もないのだ。

「冗談だろうがなんだろうが、俺は先生の弟子です。やる気になった弟子に教えない師匠は師匠失格です」

僕僕は喉《のど》をそらせて笑った。

「キミは時々自分のことを棚にあげてまともなことを言いたがるな。そのうちその棚が落ちてこないように気をつけることだ」

　そう言って彼女は王弁に手を貸し、立たせた。

「以前にも言ったがキミには仙骨がない。だから自らの力で雲を御したり無限の命を得ることは不可能だ。しかしボクと接し、司馬承禎に吉良や帝江、麻姑に出会い、仙界と深い縁が出来たのもまた事実。これよりボクはキミに薬丹《やくたん》の作り方を教えようと思う」

　そこで初めて、彼女は帝江に会いに行った目的を彼に明かした。僕僕はこの世界に住む生物が必ず背負う苦しみのうち、飢えと病を忌《い》み嫌っているのだという。仙術を極めない限り、そこから抜け出すことは出来ない。

　しかし彼女は長年の研究の末、姑射国《こやこく》や犬封国《けんぽうこく》に生きるもの達については有効な薬を開発することに成功した。彼女が調合したその薬丹さえあれば、あらゆる病と飢えから自由でいられる。ただ、人間に関してはそうはいかないらしい。

「これは別に責めているのでもなんでもなく、キミたち人間が他の世界に生きる者たちよりも不完全な生物だからだ」

　神に近い部分を持っている犬封国の住人に効くはずの成分が、より神から遠い人間には効かない。他の国の者ならそれで飢えが癒《いや》されるはずの物が、人間には満足を与えられない。それで僕僕は、この世に生きるものを創造した神の一人で、まだこの世界と接触を持っている帝江に会い、手がかりを得ようとしていたのである。

「それでどうだったのですか」

「あまりうまくいったとはいえない。帝江はキミ達人間に深い愛情を持っているが、それは全体としての話だ。彼が言うには、人間は病や飢えに弱い部分があるかもしれないが、それを補って余りある強さを与えてあるという。もし彼らからその二つの弱さを奪ってしまえば、逆に力の平衡を失って滅びの道を歩むだろう。そうボクに忠告した」

僕僕は帝江の意見には反対の立場であるらしい。時間の許す限り、その方策を探っていくと宣言した。

「寿命で死ぬのは仕方がない。戦いで傷つき、倒れることもあるだろう。しかし飯が食えなかったり、原因不明の病でもだえ苦しむのは見ていて忍びないではないか」

蝗への執着にしろ、万能薬へのこだわりにせよ、やはり彼女の過去に、それらにまつわる何事かがあったのかと王弁は考える。でもいまはその過去を掘り出すより、その手伝いをすることのほうが大事であった。

「明日から病人達の世話をした後、少しずつでもキミに教えていこう。ボクには疲れというものはないが、キミにはある。それなりの覚悟を持って臨めよ」

そう師匠らしいことを言って僕僕は彼の庵を出て行った。まだ少し照れくさいところが残ってはいるものの、彼は妙な高揚感もおぼえていた。

「人間の病全《すべ》てに効く薬丹を作ることは不可能だ。従って、それぞれの病にあった調合をする必要がある。さらに人間の肉体は非常に弱い。年齢、体格、性別、その者の性格によっても与える量を調節しなければならん」

僕僕は繰り返しそのことを言った。

「そんなこと言ったって急には無理ですよ」

憶《おぼ》えなければならないことの多さに王弁は悲鳴をあげる。これまで眠っていた脳みそをいきなり全力疾走させるように師は弟子を追い立てた。

「やるやらないはキミの勝手だ。あきらめるか？」

そう言われては彼も虚勢をはらざるを得ない。十数年ぶりに筆をとり、反故紙《ほごし》に教わったことを書き記しては復習に励む。ふと障子に映る自分の姿を見て彼は思わず笑ってしまった。

(俺が勉強なんかしてる)

　別に世間の人たちを救いたいなんて高尚な理想を持っているわけではない。確かに自分だけは長生きしたいし、僕僕について病人の元を巡ったりもするけれど、自分が是が非にも他人の病を癒したいと願っているわけではなかった。

（こんな本音を知ったら先生、がっかりするだろうな）

　僕僕は飄々《ひょうひょう》としてはいるが、病人に対する態度は真摯《しんし》そのものである。彼女が病人を治療するときには仙術を使うことはない。その理由を尋ねると、

「無理があるから」

　と一言返ってきただけだった。生物の体にはもともと平衡を保つ力が備わっていて、仙術のように人間の力を超えたものを注ぎ込んでしまうと、短期的には良くなっても結局は身を滅ぼしてしまう、というのが僕僕の考えであった。

（ああそうか。どの道、力を使っても俺にはなんの参考にもならないもんな）

　王弁は仙界に縁があると言われて以降、茶碗《ちゃわん》を念力で持ち上げようとしてみたり、壁をすり抜けようと試みてみたが、茶が冷めて額を強打しただけに終った。

（もう少し頑張るか）

　灯明に油を加えて灯心を少し長めに出し、今日教わった風邪薬の作り方を復習する。一つ記憶すると一つ頭から出て行く自分の能力の高さに辟易《へきえき》しながら、夜遅くまで書

いたり読んだりを繰り返した。

「おい、しっかりするんじゃ」

そんな疲労の中、何事かを命じられたにもかかわらず、ぼんやりと突っ立っていた王弁に厳しい声が飛ぶ。彼は今日も薬箱を下げて僕僕に付き従っている。今日の彼女は壮年の医者の風体で、光州城内の商人宅を訪れていた。

「麻黄《まおう》、葛根《かっこん》、陳皮《ちんぴ》を三朱ずつ。これを三日に分けて服しなされ。その際大量の汗が出ると思うが、熱いからといって布団《ふとん》をはいではならぬ。だれぞが横について、布団をはいだらすぐにかぶせるように。おそらくこれほどの幼子であれば道理を尽くしていって聞かせても、わかってもらえぬ恐れがあるゆえ」

一人息子がひどい風邪を引いてしまったその商人は押し戴《いただ》くようにしてその薬包を受け取った。代わりに医者に渡す代金としてはかなり多い銭を用意する。

「そんなにはいらん」

「いえ、先生は貧しいものに薬を施されているとか。功徳《くどく》を積むためにも是非お納めください」

「わしに銭を渡したところで功徳にならんよ」

僕僕はにべもない。

「仏を飾ったから、老君を拝んだからといって長寿や富貴が与えられるものではない。功徳にしたいと思うなら主《あるじ》自らが貧者に恵み、孤児を助けられよ」

威厳あふれるその言葉に商人夫婦はひれ伏して実行を誓う。僕僕は熱の病だから水気を切らさぬように、と注意して立ち上がった。王弁もその後に続く。つと歩み寄った主人が、王弁の袖《そで》にいくばくかの銭を差し入れた。困ります、と言う間もない一瞬の出来事である。袖の下を入れ慣れているものしか出来ない早業であった。彼が振り向いたときには既に彼は王弁から離れ、門前で頭を下げていた。

「たまには街で飲むのも良かろう」

振り返らないまま僕僕は言った。気配で当然何が起こっているのかわかっているのである。

「街中だからこのままの姿だがな。酔ったからといって欲情するんじゃないぞ」

何をバカなことを、と言い返してはみるが、酔うとそのあたりの自制があまりきかなくなる王弁にはきつい冗談である。もっとも、酔ったところで突っ走れないへたれた自分が、その程度では自制心を失わない、という妙な自信もある。

とりあえず彼は僕僕を連れて、よく通っていた西域酒家に行くことにした。

ここ数年でとみに発展した光州城内は長安ほどではないにしろ、各地から商人が集まり地方都市にしてはかなりの賑《にぎ》わいを見せている。王弁が酒家の戸をくぐったときも、ほぼ満席の盛況であった。

「あら、お久しぶり」

多忙の疲れを寸毫《すんごう》も見せず、この数ヶ月の間にふくよかさを増した女将《おかみ》が王弁を出迎える。

「今日はお友達とご一緒?」

王弁は面倒を避けるため、知り合いの医者だ、とだけ紹介した。しかし女将の表情はそれを聞いて少し揺れ動いたように見えた。

「混んでいるようだから、また出直すよ」

踵《きびす》を返す王弁の袖を摑《つか》んだ女将は、まあまあこちらへ、と彼ら二人を奥に誘った。猛烈な活気を見せる厨房《ちゅうぼう》を横切ってさらに奥へと進むと、こぎれいな部屋がしつらえられている。位の高い役人などを接待する時に使う、特別な部屋だ。

「今日はどうしたの。そんなに大金を持ってきているわけではないよ」

厨房に指示して普段は見ないような上等な酒の甕《かめ》を持ってこさせた女将は、王弁に僕僕を紹介してくれるように頼んだ。仕事は終ったのに、と思いつつ師の顔を見ると、かまわない、と微笑《ほほえ》んだ。

「黄土山にお住まいの仙人様と見込んでお頼み申します」

　さすがに酒家の主ともなると耳が早いらしく、王弁と共にいる人物が何者かよく知っていた。

「女将、俺たちは今仕事を……」

「構わない。話してごらん」

　止めようとする王弁をさえぎって僕僕が優しく尋ねた。

「うちで働いている楽団員がほぼ全員、急に倒れてしまって。城内の医者に見せたのですがさっぱり原因がわからず、このままでは死んでしまいそうで……」

　頷《うなず》いた僕僕は王弁に薬箱を持たせ、彼らが臥《ふ》せっているという城内西南の一角に向かった。到着して王弁も驚いたのだが、酒家では美しい衣を身に着け、異国情緒あふれる音律を奏《かな》でている者たちにはふさわしくない、じめじめと湿っぽくそして薄暗い建物であった。

　あたりには異臭が漂い、掘っ立て小屋のような家屋からはじろじろと突き刺すような視線が飛んでくる。王弁もこのあたりに足を踏み入れたことはなく、居心地が悪い。

「ここです」

　女将はそんな視線を全く感じないような風情《ふぜい》で、ある一軒の扉を開ける。

異臭は強まり、それに混じってうめき声のようなものが聞こえてくる。部屋の中は目が慣れないうちはほとんど何も見えないくらい光に乏しく、それだけに嗅覚《きゅうかく》を襲ういやな匂《にお》いは強烈であった。

「急にばたばた倒れだしましてね。このままでは商売上がったりです」

狭い屋内には異国の楽人達が詰め込まれたように寝かされている。彼らはうめき声を上げて苦しみ、それぞれを王弁も見知っている顔だけに余計に正視できない。僕僕は一人一人に優しく触れ、病状を確認すると手ずから薬箱をいじり、数種類の薬草を碾《ひ》き合わせて粉薬を調合した。そして王弁に白湯《さゆ》を作るよう命じる。

屋外に出て、井戸から水をくみ上げた王弁はぎょっとなった。井戸水はねっとりと濁り、ぼうふらが数多くうごめいている。沸かしたところで到底病人が飲めるようなものではなかった。

「わかった」

王弁から耳打ちを受けると、彼は女将に店から白湯を持ってくるように指示した。

「先生、今はお店が忙しい時間でして……」

手を離せる人間がいないと彼女は言いたいのである。

「同じ城内、飲める程度にきれいな水を持ってくるのに何刻かかる？　彼らがここで死ねば、本来彼らが持っていた寿命がその分失われる。女将、あなたが稼ぐことの出来たはずの金銭もここで消えるがよろしいか」

僕僕は静かに尋ねた。女将は青い顔をして出て行く。

「えげつないですね」

その後ろ姿を見ながら王弁はつぶやいた。

「何が目的かによって美醜の基準すら変わる。金をもうけるなら、使用人にかける金額はなるべく少ないほうが利益が大きくなると考えるのは当然の事だ。キミはこの程度でえげつないというが、世間にはもっとすごいのが一杯いるぞ」

「……あまり見たくないな」

王弁はさすがの臭気に耐えかね、外に出る。垢《あか》と泥にまみれた、性別すら判然としない子供たちが口々に、哀れを誘う文句をうたうようにして彼に手のひらを差し出す。

その旋律の悲しさと、その瞳《ひとみ》の必死さに王弁はたじろいだ。あわてて室内に戻ると、僕僕は瓢箪《ひょうたん》から出した酒を布に染《し》み込ませ、病人達の体を拭《ふ》いてやっていた。そのうち数人は床ずれが背中に出来、見るからに痛々しい。

王弁は手伝おうと思うのだが、病んで汚れた体に触れることが出来ない。排泄《はいせつ》すらままならない者はそのまま床に垂れ流している状態で、それがさらに悪臭の勢いを増していた。彼も懐《ふところ》から手ぬぐいを取り出して握る。僕僕の手際《てぎわ》は良く、病人達の体は見る見るきれいになっていくが、それでも彼は動けない。そうこうしているうちに、女将が使用人に命じて大きなヤカンに白湯を一杯に入れて持って来させた。

「弁、キミはこの薬を飲ませて回れ」

紙に包んだ粉末を王弁に手渡した僕僕は、最後の一人の体を拭いてやっていた。彼は身動きの取れなかった自分を情けなく思いつつ、一人一人の口に薬を流し込んでやる。数人は咳《せ》き込んだが、それでも生きる意志があるのか、何とか飲み込んだ。

「さ、口を開けて……」

彼は最後の一人を見て驚いた。いつぞや、西域の話を聞いた老人だったからである。

「おじいさん、わかりますか。薬、効きますからね」

一語一語、ゆっくりと区切るように王弁は老人の耳元でささやく。しかし老人は彼にはわからない言葉でつぶやくのみで薬を飲もうとはしない。その表情は恍惚《こうこつ》として、白く濁った目にはすでに王弁の姿は映っていない。

「ごめんねおじいさん、ちょっと無理やりにでも」

と顎《あご》に手をかけた彼の肩を僕僕が抑えた。

「この老人はよい」

「なぜですか」

「寿命だ。彼の魂は既に天堂に飛ぼうとしている」

それを女将が何とかなりませんか、と揉《も》み手をするように僕僕の顔色をうかがった。壮年の、がっしりした医師の姿をとっている僕僕が立ち上がると、女将は何かに気圧《けお》されたように二三歩後ずさった。

「老板《らおばん》、商売道具はもう少し丁寧に扱わないといけないのではないかな。料理の材料でも、腐るようなところに好んで置いておきはすまい。この人たちは万里の道を越えて来た者ばかりだ。水も風も故郷とは違う。それをこんな所に閉じ込めて、長生きするはずがなかろう。再び西域に楽団を探しに行く手間と、ここで使っている異国の民に多少金をかけるのと、どちらが良いのであろうな。すぐにここを引き払い、彼らにふさわしい住居を探してやるのだ」

王弁は、師が怒っていると感じた。その怒りにはもろてを挙げて賛成である。しかしその言い草に違和感を覚える。人をつかまえて、商売道具とは何だと反発を感じたのだ。

「はい、おっしゃるとおりに」

魔法のように体を起こす楽人達にその仙人の威力を感じ取った女将は平身低頭する。

そして彼女はふくよかな体を機敏に起こすと、ヤカンを持ってきた若い男二人に小声で何事か命令し、どこかへ走らせた。

「では先生方はお店へ。ええ、もちろんお代などは戴きませぬよ。若旦那のつけも結構でございます」

如才ない、とはこのことで、彼女は貧民窟に放り込んであった従業員のことなど忘れたように、この日用意できる酒肴《しゅこう》について実に魅力的に語った。僕僕はその上品な顔を興味深げな表情に変えて聞いていたが、王弁は到底楽しめない。彼は懐から先ほど商人の家で押し付けられた銭の袋を取り出すと、道の上に置いた。平等に分けて欲しかったが、後ろでは大人も交えての取っ組み合いが始まっている。王弁は目と耳を被《おお》いたくなるような気持ちでその一角を後にした。

「疲れたろう」

少女姿に戻った僕僕はぐるりと肩を回し、杯を干して燻製《くんせい》にした鴨肉《かもにく》をかじる。向かい合う王弁は酒の味がしない。そんな彼に僕僕は平板な声で言った。

「銭袋を置いて気が済むような安い同情ならしないほうがいい」

かちんときた王弁はすぐに言い返す。

「人を物扱いするなんて、先生だって偽善者ぶって人を下に見てるんじゃないですか」

言いすぎたと思うが言ってしまった言葉は取り返せない。僕僕は特に表情も変えず、自らの杯に酒を注ぎ、

「それぞれに合った物言いってものがあるのさ」

「それで物扱いですか」

王弁は執拗《しつよう》であった。

「あのね、正しいことを正しいまま言ったって通じないことなんて山ほどあるんだよ。金儲《かねもう》けが大事で、その手段として人間を使っているなら、このままだとその手段が朽ち果ててしまうけどそれで良いのかと言う方が理解が早いんだ」

「そりゃそうでしょうけれど、でも……」

「きっとここの女将は楽人達のためにもう少しましな家を用意するだろうし、多少なりとも待遇は良くなる。あの老人はかわいそうなことをしたが、彼は最後に神への感謝を唱えていた。幸せだったさ」

だったら銭を置いてきたことも安っぽいなどと言って欲しくなかった、と彼はくちびるを噛《か》む。確かに金を置いてきたことで、満足した部分はある。取っ組み合いの結

果それぞれがいくばくかの銭を得て数日の糧《かて》にはなるだろう。

「先生だってさっきの商人には貧しいものに施せって言ってたじゃないですか」

「言ったよ」

「だったら安っぽいとか言うの止《や》めて下さい」

「止めない」

むきになる王弁を楽しむように、少女はにやにやと笑っている。彼は自分が怒っている理由をよくわかっていた。自分が施した慈悲は一時的なもので、あの貧しい人たちが住む地域全体が抱える問題をなんら解決するものではない。かわいそうだと思って、懐の中を置いて来ただけだ。でもその時に、自分が出来ることはそれだけだった。

「安っぽい」部分は確かにある。だからこそ余計に腹が立つのだ。

「キミがやったことは安っぽい」

かぶせてくるような師の言葉に、王弁は思わず卓を叩《たた》いて立ち上がった。

「怒ったか? 師の言ったことに対して反省を先にせず、いちいち頭にくるようではこれ以上のことを教えることはできないぞ」

彼は思い出した。自分たちは師弟だった。時々彼女のことを恋人のように思ってしまう。軽口をたたきあい、時に触れ合う仲であればそれも仕方のないことだ。なのにこうして現実を思い知らせるようなことを叩きつけてくる。

「ごめんなさいは？」

揶揄《やゆ》するような口ぶりである。

「そんな悪い弟子は破門だ！　なんて言っちゃおうかな」

今度こそ本当に頭に来た王弁は席を蹴《け》って帰ろうとした。いくら師匠でも言って良いことと悪いことがある。自分のしたことは確かに安っぽいかもしれないが、いけないことをしたわけではない。そこまで侮辱されるいわれはないのだ。

「お邪魔だったかしら」

あまりに怒っていたため、王弁は窓枠に止まっていた一羽の雲雀《ひばり》に気付かなかった。僕僕はとっくに気付いていたのか、涼しい顔である。仙人仲間が見ている前で侮辱されたのかと、彼はますます頭にくる。

「僕僕は楽しそうだなあ。いつも」

王弁の右斜め前に、見覚えのない若い男が座っていた。年のころは十代半ばの少年のようにも見える。そして左斜め前には初老の男が座っている。全く気づかないうちに自分が三人の神仙に見られていたことに気付き、王弁の頰は紅潮した。

「なんだ雁首《がんくび》そろえて」

僕僕は憮然《ぶぜん》とした表情である。

「初めての者もいます。名乗るだけでもしておきましょう」

そう言って初老の男が蔡経《さいけい》と名乗った。

「こちらが王方平《おうほうへい》さま」

そう紹介する。麻姑《まこ》も人の姿をとって紹介された男の斜め後ろに立った。若い男が柔らかい仕草で会釈《えしやく》をする。王弁はこの男が僕僕を異世界に連れ去ろうとする頭目だと気付いて身構えた。

「さて」

特に派手な衣服を着ているわけでもない。しかし絹のような表面の滑らかな衣に身を包んで、その全身から漂い出る気品は長安で見た皇帝以上のものである。もし王方平の視線がずっと捉《とら》えていたなら、王弁は思わずひれ伏して拝礼してしまうところであった。

「駄々をこねているみたいだな」

そしてその視線は王弁の師を捉えていた。

「おかげさまでな。で、何しに来た。こんなところで油を売っている暇はないんじゃないのか」

僕僕は王弁をからかっていたときとほとんど変わらない口調で、高位の仙人と対等の口をきく。王弁から見て、恐れや気後れは全く見えない。しかし、仙界を取りまとめたり、仙界の頂上ともつながりが太いことから考えてもその力は確かなものなのだろう。王弁は年下にしか見えない仙人を侮《あなど》るつもりはなかった。見た目と実力が同じ仙人になど彼は会った事がなかったからである。

「わたしが考えていることはわかるな」

多くを語らず、王方平は本題を切り出した。

首謀者が直接乗り込んできて、僕僕を連れて行こうとしている。異論を唱えたい王弁だったが、童形の仙人から染《し》み出してくるような威厳に圧迫され口が開かない。皇帝を見たときですら、これほどの恐怖感はなかった。

「わかるが老君のご意思だとは到底思えないな」

「だったら大羅天に行って確かめてくるのだな。いまのおまえに大羅天をくぐれるかどうかは甚だ疑問だが。このような青年にこだわって周りが見えていないらしいではないか」

緑の道服を着た二人の童子が扉を開けて入ってきた。手には盆を捧《ささ》げ、その上には王弁が見たことのない形をした、果実らしきものが載っている。

「わたしは下界の食べ物が苦手でね。上から持って来た」

王方平はそう言って一つ王弁に手渡してくれた。

「これは？」

「憂《うれ》いが消える不思議な果実だよ。実は甘く、心地よい歯ごたえがあり、それでいて果汁たっぷりだ。おそらくこちらで手に入ることはあるまい」

ゴクリと唾《つば》を呑《の》んで口に入れようとした王弁の手の甲を、僕僕はぴしりと抑えた。彼は師匠に先んじて手を伸ばしたのを怒ったのかと思うとそうではなく、むしろ険しい目線で王方平を見ていた。

「どうもやり方がせせこましいんだ。キミらしくない」

「君の方こそ、むきになりすぎてないかい？　わたしは彼の気が楽になるように、これを進呈しようと考えただけだ。他意はない」

「憂いはそれだけで心を構成する重要な一部分だ。自然にあるものを仙果で取り去った上で何かを判断させるのはおかしいだろう」

一見すると子供が言い合いをしているようでもある。王弁には二人が何についてそれほど言い争っているのかいまいち理解できない。蔡経と麻姑はまるで絵画に描かれた仙人のように、静かな表情でたたずんでいる。

「せせこましい、か。穏便に済まそうと思うとどうしてもそう見えてしまうのかもしれないな」

王方平はその果実を一つ手に取り、丁寧に皮をむくと口の中に放り込んだ。ただそれだけの所作なのに、まるで舞を見ているように美しい。

「違うな。自分の中に疑問があるからだ」

「それはお互い様だろう」

再び沈黙が訪れる。二人の間にはなにか見解の相違があってそれを巡る議論が行われていることは、王弁にもわかる。しかし具体的なことはほとんどわからない。やはり僕僕があちらの世界に帰るかどうかに、深く関わることなのだろうか。

「そうだよ。きみは良い弟子だ」

王方平が話を振ったので驚いたが、仙人がたやすく心中を読んでくるのは慣れていたので、以前ほど狼狽《ろうばい》はしなくなっていた。

「帝江に会い、渾沌《こんとん》の腹に飲み込まれても正気でいる。なかなかできることではない。強い縁があるのは間違いないな」

この数ヶ月で彼が「仙人慣れ」したのは事実である。しかしやはり神通力の類《たぐい》は使えない。仙骨のない悲しさである。

「そんなに気に入っているのなら向こうに連れて行けばいいじゃないか。僕僕の従者として使う分には構わないだろう」

彼女は答えない。そうしてはいけない理由が何かある。王弁は漠然と、自分はまだ仙人たちがいる世界に入る資格みたいなものを持っていないのだろう、と推測した。

「他の連中も嫌がっているのではないか」

僕僕はそう言ったあと王弁に、席を麻姑に譲るよう促し、麻姑は丁寧に礼をして腰を下ろした。先ほどまで厨房《ちゅうぼう》から聞こえていた調理の音や、店から流れてくるざわめきのようなものがすっかり消え、室内は静寂と清浄の気配に包まれている。

「わたしにはきみたちがここに執着する理由が良くわからない。壺公《ここう》も彭祖《ほうそ》も結局はわたしの勧めを拒んだ」

「だろうな」

「しかしこれはもう止められない流れなのだ。僕僕も見たろう？　山東の蝗《いなご》を。かつて不周山が倒れ、天梯《てんてい》が消滅し、人間界と天界のつながりは消えうせた。その間を自由に行き来できるのが我々で、はなれてしまった世界をつなぐ媒介役を務めていた。意識するとせざるを別にしてね。天界や蓬莱山《ほうらいさん》の庇護《ひご》を得なくなった人間界はごたごたしながらもそれなりに成長した。もう我々仙人がこの世界にいる理由は何もない」

「理由があるかどうか決めるのはそれぞれだ。キミの立場で客観的に見てそうだと思うからといって、そうしなければならないという理由はどこにもない」

嚙みあってないな、と王弁は思う。

「そうだね。わたし達の会話はきみが思うように嚙みあってない。同じ道を歩み、同じ奥義《おうぎ》を極めたものですら、このように食い違いが出る。面白いことだ」

王方平は王弁の方を見てため息をついてみせる。そして立ち上がると、

「あまり駄々をこねていると無理が出るよ」

そう言い残してふっと姿を消した。続いて麻姑と蔡経の姿も消える。出てくるときも唐突なら、去るときも忽然《こつぜん》としていた。ただ異人たちがそこにいた証拠に、三つの杯と無憂果が卓の上に置かれてある。

「食べてみろ。うまいぞ」

「大丈夫なんですか」

「ああ、ボクが触れたから」

今度は僕僕が手ずから皮を剝《む》いて彼に手渡す。口に含むと、確かに王方平が言っていたとおりの甘みと水気の多さである。歯ごたえも確かに爽快《そうかい》だ。

「どうしてさっき俺が食べるのを止めたんです?」

種の周りの果肉にはわずかな酸味があり、思わず体をぶるぶるっと震わせながら彼は尋ねた。別に毒が入っているようにも思えない。

「この果実は食した者の心配事を払ってくれるのさ。キミが今抱えている一番の心配事はなんだい？」

問われるまでもなく、王弁の心配事は僕僕に関することだ。いつまで一緒にいられるのか、自分はどう思われているのか、最終的にこれからどうなるのか。

「そんな心配事も全て消えてしまう」

「だったら良いことじゃないですか」

「その心配事が無くなった状態で、ボクが仙界へ帰ってよいかと聞かれたらキミはどう答える？」

あ、と彼はようやく納得がいった。憂いがなくなり、極端に楽観的になった自分は喜んでどうぞどうぞと彼女を仙界に送り出していただろう。

「さて、キミの機嫌も良くなったところで帰るとしようか」

先ほどのいらつきも拭《ぬぐ》い去ったようになくなっている。

「列子という人がね、よく言っていた。喜怒哀楽なんていうものはその場限りのものだ。時間が過ぎ、状況が変わればあっさり変化するし、どんな強い感情も醒《さ》めてしまう。そして感覚に絶対的な正解なんてない、ってね。でもだから心を無にして、とはボクは思わない。感情があるからこそ人間はいいんだよ。キミと一緒に過ごすようになって、ますますそう思うようになった」

列子は戦国時代の思想家、鄭《てい》の列禦寇《れつぎょこう》のことである。黄帝、老子の教えを継ぐものとして唐代にかけて大きな人気を博した。心を無にすることで空を自由に飛んだと言われ、その考え方は経世済民《けいせいさいみん》を説いた君子向けのものではなく、感情の起伏を空にすることによって心の平安を得ようと説く、道家独特の思想である。

僕僕の言葉は、ある男が友人と共に数十年ぶりにふるさとに帰り、友人に教えられるまま、家廟《かびょう》の前で慟哭《どうこく》した後それがうそだと笑いものにされ、いざ本当の家廟の前に出ると悲しみも感傷も浮かんでこなかった、という寓話《ぐうわ》による。

「でも俺の気持ちは変わらないですよ」

背中がむずがゆくなりながら王弁は思い切ってそんなことを言ってみた。

「そうか。そういう感情もあると信じてみたいものだ」

三歩先を行く仙人の少女は振り返ってにこりと笑った。

「キミはもしかしたら一人で雲に乗るくらいの力はあるのかもしれないな」

「是非覚えたいです」

そんなことが出来れば、もし仙界に僕僕が帰ったとしても、会いにいくことができるだろう。そのためならどんな修行でも耐えられそうだった。

店を出て、城外に出たあたりで日が暮れる。日暮れと共に城門が閉まり、楽安県に向けて二人は歩く。僕僕はぽんと王弁の背中におぶさると、そのまま眠ってしまった。恋人を背負っているような、娘を背負っているような不思議な感覚を覚えながら、ほとんど感じない重さがふわふわと飛んでいかないように、しっかりその腕の中に抱えて黄土山に帰った。

十二

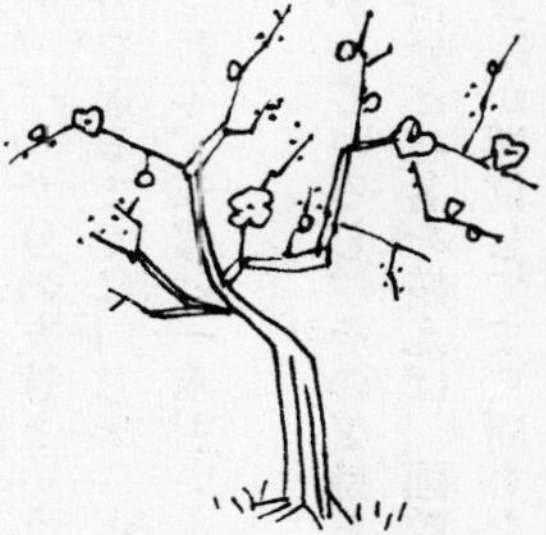

玄宗は姚崇《ようすう》からの報告を聞いてほっとしていた。河南、河北、山東を襲った蝗《いなご》の害は一段落し、被害は大きかったものの壊滅的というほどではない。

「これも陛下の御稜威《みいつ》のなせる業でございます」

「そんなことはあるまい。卿《けい》をはじめ多くの士民が力を尽くしたと聞く。まことに大儀であった」

「は！」

皇帝から多大な褒賞《ほうしょう》を与えられ、彼は安らかな気持ちで辞去の拝礼をする。玄宗は立ち上がり、自ら姚崇を見送りに出た。もともと彼は則天武后《そくてんぶこう》時代から名臣との評価は高く、実際玄宗の右腕たる自負もある。しかし若き皇帝の統御する朝廷内は経験豊かな姚崇をして背筋を伸ばしめる緊張感に満ちていたし、仕事上の相棒ともいうべき宋璟《そうけい》と二人、皇帝直々の送迎を受ける身となっても緩むところはなかった。

「では気をつけて帰れよ」

皇帝の言葉に最敬礼でこたえ、姚崇は家路をたどる。馬を並べて歩く息子の姚彝《ようい》が宋璟さまから手紙が来ております、と告げた。

「ほう、珍しいこともあるものだ」

姚崇と宋璟は既に二十年以上の付き合いがあるものの、べったりの友達というわけではない。語り合えば肝胆相照らすし、実際玄宗が権力を握るまでは同じ床に寝泊りするほど近い距離で知恵を絞った仲である。しかしここ数年、宋璟は一歩引いた立場から姚崇を支持していることのほうが多かった。

もちろん、姚崇にはその意図がわかりすぎるほどわかっているし、その気持ちに感謝していた。もし、宋璟も同じように最前列に立って自分と功名を競えば、国政に勢いはつくだろうが、党派の争いにつながりかねない。玄宗が即位してまだ間もないこの頃、一度覆《くつがえ》された唐王朝の支配を確かなものにするため、権力闘争は避けた方が賢明だと、水準以上の政治家ならわかることである。それでも自らを抑えて、相手を立て続けるのは容易なことではない。

（これはいつか大きく報いねばならんであろうな）

と姚崇が重荷に思うほど、宋璟の引き具合は見事であった。今回の蝗騒動にしても、彼が後ろで動いてくれなければ、実際の作業にかかるまでもっと時間がかかった事であろう。もし手遅れになれば、結局姚崇の失態ということになって、彼は政治生命を絶たれていたに違いない。

屋敷に着くなり、彼は盟友からの手紙を開けた。彼宛《あて》の手紙はそれこそごまんと来るが、その処理は息子の姚彝に任せていた。大抵は政治的な、もしくは金銭的な援助を求めるとるにたりないものばかりである。しかしその中から何かを学べ、と敢《あ》えて息子にくだらない仕事をさせているのだ。ごみの山から有益なものを見つけ出すのもまた、政治に携わるものの役割だと姚崇は心得ている。

（人の紹介とな。ますます珍しい……）

懐《なつ》かしささえ感じる几帳面《きちょうめん》な文字に、必要最低限のことだけ記してある。

（光州刺史《しし》、李休光《りきゅうこう》か。名前だけは聞いたこともあるが）

そこでこの二人の関係をふと思い当たった。師弟すじなら人の紹介をすることもあろう。納得しつつ手紙を読み進めていく。宋璟は簡潔に李休光の人となり、そして能力を紹介すると、後は頼みますとだけ書いて結んであった。

（らしいなあ）

姚崇は思わず微笑《ほほえ》んでしまう。普通なら弟子の筋違いな願いには不快感をもってもおかしくない。自分だったら、別の高官を紹介してくれと言われたらよっぽど理由に得心がいかない限り気分の良いものではないだろう。

（やつは宮中で長生きできるだろうな）

姚崇は筆をとって返信をしたためた。

彼は宋璟の要望にこたえる旨《むね》の返書を息子にもたせ、その他の事務仕事に取り掛かった。

秋七月。

王弁は軽い病人なら自分で診察し、薬を調合できるまでになっていた。僕僕の評判はますます上がり、連日黄土山麓《さんろく》には市が立つほどの盛況である。既に目立つからどう、という段階ではなくなっていた。

「弁、病状ごとに患者をまとめておいた。それでこちらの紙が重病人の一覧」

その山の麓《ふもと》に小さな小屋を構え、病人を捌《さば》いているのはなんと王滔《おうとう》である。実務能力のない息子と、ただひたすら病人の治療に奔走する僕僕を見かねて手伝いを買って出た。最初、父親がからんでくるのに反発を覚えた王弁も、その仕切りには感心せざるを得ない。病人の整理だけではなく、各所から集まってくる商人などへの指導も行っていた。

毎日大混乱していた黄土山の下はやや落ち着きを取り戻し、仕事がしやすくなったと僕僕も感謝している。そんな王滔の前に一人の若者が立った。

「どうされた？　具合の悪いところ、痛いところを言ってもらえるかな」

筆を持ったまま事務的に王滔は病状を聞く。

「あの、ここにはどれくらい患者が来るんですか？」

「そうさな、二三百人というところか」

若者はさらに僕僕やそれを手伝う王弁、王滔についていろいろ尋ねた。

「若い人、病ではないのか？」

さすがに不審に思った王滔が顔を上げて若い男の顔を見る。上等の布地で織り上げた服を身につけ、才気ばしった表情。王滔はいやな感じがした。

「いえ、ちょっとここの先生、すごいなあと思いまして」

男は病気など欠片《かけら》も感じさせない爽《さわ》やかな笑顔を残して歩み去った。王滔はあの身なりと話し方から、どこぞの食客だと直感した。わざわざ正面きって聞きに来るあたり、その手の仕事に慣れているとは思えないが、おそらく位の高い人間に飼われているのだろう。

（いよいよ刺史に目をつけられたか）

王滔が隠居生活を放り出して息子たちの仕事を手伝いだしたのは、評判と混乱が政府すじの警戒感をあおらないようにする目的もあった。

（これはまずいな……）

急いで妹の婿《むこ》に便りを出し、光州城内の様子を探ってもらうように依頼する。大事にならねば良いが、と彼は祈るような気持ちであった。

その日の夕刻、僕僕は王弁の背中に乗って凝り固まった背筋をもみほぐしていた。慣れない仕事と慣れない姿勢は、それまで怠けきっていた彼の肉体を疲労させていたのである。

「いてて……」

重さはないのにつぼを正確に捉《とら》える仙人の指圧は、気持ちよく陶然とする快感があるものの、一面かなり痛い。

「何をぜいたくな。ボクに指圧してもらえる人間なんて滅多にいないんだぞ、っと」

「感謝、しており、ます、いてっ」

そのうちに痛みは徐々に消え、彼は指先から伝わってくる暖かさに眠ってしまいそうになる。

「別に眠ってしまっても構わない」

「いえ、そんな失礼なことは……」

「何をまじめぶってるんだか」

僕僕は最後にぎゅっと強くつぼを押して彼をのけぞらせると、背中からふわりと飛び降りた。いつも僕僕からする、杏《あんず》の花の香りがふわりと漂って、彼はのどかな気分になる。彼はその香りが大好きだった。

「あの、先生」

さあ寝るか、と帰りかけた彼女を王弁は呼び止めた。

「俺もしてあげます。先生だって疲れてるでしょうから」

本当はまだもう少し一緒にいたかっただけだ。そんな下心もお見通しだろうが、彼は隠すつもりもない。ただ、そのまま言うのはがっついているようでいやだった。しばらくいたずらっぽい目つきで王弁を見ていたが、あぐらをかいて座っている王弁のひざの上にちょこんと座った。

「指圧はいい。キミの指圧はへたくそだろうからな」

そう言って頭を彼の胸にもたれかけさせる。ああ、今日は甘えたいんだな、と理解した王弁はゆっくりとその長い髪をなでた。

「本当に疲れないんですか。あれだけたくさんの患者を診て」

「まあ仙人だからな」

よくこの小さな体であれだけのことが出来るものだ、と彼は感心する。もちろん、外に出るときは少女の姿ではないのだが、それにしても精力的としか言いようがない働きぶりであった。

「手を貸して」

彼女は髪をなでている王弁の腕をとると、自分の体に回させた。

「こうするとな、安心できるんだ」

やっぱり疲れているんだ、と王弁は思う。指先がつながって、そこから自分より少し高い体温が伝わってきた。僕僕は目を閉じて、眠っているように見える。王弁はその疲れを少しでも癒《いや》せるように、柔らかく抱きしめていた。

半刻《はんとき》ほどそうして、彼女がふとまぶたを開いた。

「弁、ボクはキミといられて楽しかった」

王弁もその日、父親から耳打ちされていた。これだけ大々的に動いているのだから、いずれ刺史に目をつけられるのはわかっていた。そして僕僕がそれに気付かないわけがない、ということもわかっている。

「まだまだ修行の道は遠いですよ。先生がしっかり教えないと」

声を励まして言うと、少し弱気になっているように見える仙人はこくりと頷《うなず》いた。

「キミは出来の悪い弟子だからな……」

彼女は後頭部をぐっと王弁の胸に押し付ける。

「あと一月ほどだ」

全《すべ》て見えているように彼女は小さく言った。自分たちの間に、俗世間の強制力が働くまでの時間を指していることはすぐにわかった。

「先生なら刺史の力なんて怖くないでしょ？　やっつけちゃいましょうよ。そしてどこか遠いところに逃げましょう。俺、仙人にはなれないかもしれないけど、頑張って修行しますから」

頭を振った僕僕は、王弁の若い意見を否定する。キミには一族もろとも誅殺《ちゅうさつ》される覚悟があるかと問われれば言葉も出ない。

「仙人と違い、人間にはつながりがある。家族も友人も、キミ一人の行動で不幸にすることがあってはならない。物理的な力に対抗できるだけの術をボクは持っているが、それは正面からやりあうためではなくて、キミのためになるように使いたい。まあこうなっているのも王方平たちのまわりくどい策略かとも思えるが、どちらにしろボクがこのままずっとここにいることは出来ないんだ。わかるね」

俯《うつむ》く王弁の頰に、僕僕がそっと手のひらを置いた。

「仙人というのは実にかわいそうな生物でね。口では人間のことを愚かだなんだと蔑《さげす》んだり憐《あわ》れんだりしているくせに、その実人間が大好きなんだな。だからボクのように下界にとどまってしまう者も出てくる。この世界から縁を切りたくて仙人になったはずなのにね」

王弁はじっとその独白を聞いている。

「よし、キミに一つ試練を与えよう。ボク達がいずれ州城に連れて行かれてから起きること、それを見ても心を平静に保つことができたら合格だ」

自分の力ではどうにも出来ない何かが起こるんだ。胸が苦しくなるほどの不安を押さえて、王弁は明るい声で、

「ご褒美はあるんですよね」

と、ねだる。欲張りめ、と彼の鼻をつまんだ彼女はそれでも、もちろん、と笑った。

光州城内をてんやわんやの大騒ぎに叩《たた》きこんだ事務仕事は一段落。李休光は師である宋璟の次に尊敬する人物である姚崇からの手紙をわくわくしながら読んでいた。彼はここしばらく気になっていながら、多忙で手をつけることができなかった懸案を一気に片付けるつもりでいる。

姚崇は手紙の中で言っていた。この世の中で起きる事で、人間の力で何とかならないものはない。天変地異も妖怪変化も、それは全て国を治める人間次第でどうにでもなる。

彼とて得体の知れない力で民を惑わせる人物に警戒感がないではない。自分では認めたくないが、恐怖感に近いといってもよかった。兵部尚書《へいぶしょうしょ》の言葉はそんな彼の心を力づけるのに十分な説得力を持っている。そして李休光がこれからしようとすることに対して、姚崇ははっきりと支持を表明してくれたのである。

「黄別駕《こうべつが》！」

砂を嚙《か》むような気持ちで王滔の義弟は上司のもとに膝《ひざ》をつく。

「楽安県黄土山において、民を惑わし衆を集める妖人《ようじん》を光州城まで連行して来い。もし命に従わざる場合は、殺してもかまわん。首を城壁にさらして、断固たる姿勢を見せる」

「はっ！」

黄従翰《こうじゅうかん》も王滔からの手紙を受け取り、警告を送っていた。しかし既に街道は封鎖され、楽安県の出入りは制限されている。再び姿を消してくれれば良いと思っていた彼の心配をよそに、仙人と呼ばれる老人はさまざまな風体に姿を変え、四方から集まってくる病人の治療を行っているという。

街道が封鎖された事で病人とその家族達が騒ぎ出しているとの情報も摑《つか》んでいた。どちらにせよ、事態を収拾しなければならない。

黄従翰は五十人の武装兵を引き連れてすぐに出立した。教育のない兵たちは仙人を捕えるということで一様におびえている。ひそひそと後々の呪《のろ》いを心配するものもいたし、親戚《しんせき》を治療してもらったものは刺史の仕打ちをひそかに恨んでいた。

「黄土山に住む仙人とかいう人物は、多少の医学を修めているのみ。道をきわめたと自称している痴《し》れ者だ。何も恐れることはない」

と、黄従翰はみちみち兵を鼓舞するが、兵たちの士気はなかなか上がらなかった。

黄土山下には病人が列を成し、武装兵と黄従翰の姿に敵愾心《てきがいしん》をむき出しにした視線を投げつける。官の立場にある者としては、背筋が寒くなるような光景である。

「僕僕とかいう老人はおるか」

山の下で呼ばわると、王滔が小屋の中から出てきた。取り乱した様子はない。双方に予測できる事態であったし、なによりここで哀願したところで決定が覆《くつがえ》るわけでもないことは、もと官僚である王滔もよくわかっている。

「義兄上《あにうえ》……」

なるべく事を荒立てたくない、と苦しい表情で黄従翰は訴える。王滔は黙って頷き、さっと手を山の方に向けた。病人たちの列の間を、白髪長鬚《ちょうしゅ》の老人と、王弁がゆっくりと歩んでくる。人々は自然と道を作り、伏し拝み合掌している者もいた。

「世を騒がし、民を惑わせた罪でそちを捕えよとの命令だ。おとなしく縛につくがよい」

部下に命じて彼を縛らせようとするが、兵たちは真っ青になって震え、命令を聞こうとしない。業《ごう》を煮やした黄従翰は手ずから縛り上げようと近付くと、僕僕は空気をなでるように手のひらを上下させると、

「心配せずともおとなしくついてまいりますわい」

と穏やかに言った。それでも形ばかりは捕縛したように見せなければならない、と

さらに一歩近付いたとき、彼は異様な感覚に襲われた。老人の背後から漂う、身の毛もよだつ殺気である。それは僕僕本人からではなく、病に苦しむ貧しい人々から立ち上っていた。思わず数歩後退したところに、

「叔父さん、ここは先生の面子《メンツ》もたてて下さい。光州城にはついていきますから」

と王弁が耳打ちする。黄従翰はいささか辱《はずかし》めを受けたような気がしながらも、既に歩き出している老人を囲むよう部下に指示し、二人を城まで連行して行った。

一方、李休光はその仙人と直接対決し、その化けの皮をはいでやろうとやる気に満ちていた。部下達の見ている前でその詐術《さじゅつ》を暴《あば》き、仙人などいない、この世の全ては自分達が支える王朝が統御しているのだ、ということを見せ付けなければ気がすまないのである。

「客殿に通せ。茶ぐらいは出してやれ。おまえたちも見ておくが良い」

彼は腕利《うでき》きの食客たちと、州兵のうちの豪の者を選抜し客殿の周りに潜ませた。彼自身も、僕僕と王弁の様子が見通せる植え込みの陰に身を潜め、まずはどのような人物かを吟味する。

「ふん、いかにもといったじいさんだな。愚かな民はあれで騙《だま》せるだろうが、わしはそうはいかんぞ」

しばし眺めていた彼は、その老人の様子が少しおかしい事に気付いた。

僕僕達が座らされている客人用の卓には四つの席があり、僕僕はその西側に座っている。王弁は従者らしくその後方に立っていた。当然、残りの三つの席には誰も座っていないわけであるが、老人はまるで誰かそこにいるかのように会話しているのである。遠いために内容までは聞こえないが、奇怪な風景であることに変わりはない。

（愚か者め。そのような芝居で恐れをなすと思うなよ）

李休光は鼻で笑い、もうしばらく見物することにする。すると、彼の横で若い兵士ががたがたと震えだした。身を潜めているのだから静かにしてもらわないと困る。李休光はたしなめようとして、その若者の震える指先がさすものを見て仰天した。

「げ」

と思わず声が出てしまった口を押さえることすら忘れてしまう。空席だった三つの席は全て埋まり、そこには彼からすると異形の者たちが座っていた。人面鳥身の女、首のない大男、体の透き通った老人、それらが僕僕と談笑している。そしてさきほどまで老人だった僕僕の姿はろうたけた少女の姿に変わり、瓢簞《ひょうたん》から酒を出して彼らに振舞いだした。

さらに楽団と、州刺史の彼でも見たことのないような、絢爛《けんらん》たる羽衣を身につけた美しい踊り子が、唐土では聞くことの出来ない異国の調べに乗って踊りだす。兵たちはがやがやと騒ぎ始め、その美しい旋律に手拍子をはじめるものさえいる。奇怪さを通り越してしまうほど、その調べは人の心を揺り動かした。狼狽《ろうばい》した李休光はあわてて突撃の命令を下し、はっとわれに返った部下達は仙人の集まりに槍《やり》の穂先を突きつけた。

（どうなってるんだ……）

佩刀《はいとう》を抜いて先陣を切り、少女のような姿になった僕僕に刃《やいば》を突きつけているはずなのに、そこには元通り絵画から抜け出てきたような老人が座っている。楽団の姿も、この老人と談笑していた異形の者達の姿もかき消したように無い。

「き、きさまやはり妖異のものか」

上司のおそれを吸い取ったように、兵士達の腰も引けている。

「王方平《おうほうへい》、麻姑《まこ》、蔡経《さいけい》きたりて我と道を語らんと欲す。嫦娥《じょうが》は我らが物語りに華を添えたり。待たせるは汝《なんじ》が非礼にして我が過《あやま》ちにあらず」

僕僕の口調は静かなものである。しかしそれに逆上した州刺史は、すぐにでも息を止めよと号令した。数人はためらい、数人は命令に忠実に動く。槍の穂先が老人の枯れ木のような肉体を貫いた。李休光には間違いなくそう見えた。

「う、上！」

一人の兵士が客殿の天井近くに浮かぶ黒い雲を指さした。ちょうど真下にある卓と同じ位の大きさで、憤怒《ふんぬ》の形相で見下ろす老人を乗せている。くぼんだ眼窩《がんか》にはどす黒い憎悪《ぞうお》が渦巻き、李休光は触れてはならないものに触れた事を直感的に知る。

「くそ。弓を射よ！　射落せ！」

号令と同時に、客殿の周りを囲むように潜ませていた弓兵が立ち上がり、鏃《やじり》が唸《うな》りを上げて僕僕へ殺到した。

「やったか」

黒さを増し、ほとんど漆黒と言って良いほどの球体が無数の鏃を突き立てて浮かんでいる。その蕾《つぼみ》のような球体が凶悪な気配を伴って花開く頃には、弓手は武器を捨てて逃げ出していた。

立ち止まって第二射を命じる李休光の声は彼らの背中にはまるで届かない。

「くそ。腑抜《ふぬけ》どもがっ」

「疾《し》ッ」

地方行政官が罵《ののし》って舌打ちするのと、すさまじい怒りを面に浮かべた老人が舌打ちのような気合をかけたのがほぼ同時のことであった。雲はみるみるうちに大きさを増し、いかずちがその間からのぞきはじめる。再び老人が気合をかけると、そのいかずちは八方に飛んで州城を破壊し始めた。

「く、くそ」

州刺史に従っていた精鋭の兵士達も悲鳴をあげて潰走《かいそう》を始める。

李休光はそれでも、兵士達の落とした槍を摑み、その雲の真ん中目がけて投げつけた。彼は官僚ではあるが、実際に戦陣にも立ったことがある。投槍の腕も悪いわけではない。

しかしまっすぐ飛んで行ったはずの槍は雲の寸前で方向を正反対に変え、李休光の足元に突き立った。危うく足の甲が貫かれる、ぎりぎりの所である。しりもちをついた彼目がけて、雲から顔を出した長さ二丈あまりの黒龍《こくりゅう》が襲い掛かる。その間にも州城はみるみる崩壊していき、李休光は家族と共に悲鳴をあげて逃げ惑うしかなかった。

「ひっ！」

客殿と政庁の周囲にはもうもうたる砂埃《すなぼこり》が立ち、全ての建物が全半壊している。州刺史をはじめ、役人や兵隊達は全て逃げ去り、後には端然と座る王弁だけが残された。ゆっくりと目線をあげたその先に、五色の美しく、小さな雲にあぐらをかいた少女の姿がある。

「ちょっとやりすぎたかな」

「ほんとに。でもすごかったですよ」

二人は笑い合った。

「合格だ。ご褒美《ほうび》をあげる」

懐《ふところ》から取り出した杏《あんず》の実を王弁に握らせて、ちょっと寂しそうな顔をした。

「粋《いき》な皇帝がキミのために立派なお屋敷を建ててくれるはずだ。そうしたらその実を庭の片隅に植えて欲しい。これはボクだ。そしてボクがまたキミのところに帰ってくる目印となるだろう」

王弁の頰は涙に濡《ぬ》れている。それでも、悲しさとは少し違うような気もしていた。

「よく育ったものだ。師として嬉《うれ》しいよ」

僕僕はその細い腕を差し出して王弁の髪を撫《な》で、胸に彼の頭をかき抱くと、元気でいるんだよ、と耳元に言い残して彼を放した。王弁はそれでも動かない。城内で起ることに、最後まで平静さを保たなければならない、と自分を懸命に抑えているのだ。

「じゃあ」

僕僕はもう一度花のように微笑《ほほえ》んでその体を五色の雲に包む。ゆっくりと高度を上げた雲は光州城の城壁の上でためらうように留まっていたが、やがて速度を上げて西の方に去って行った。彼は懐にしまった杏の実を大事そうに撫で、逃げ損ねた役人や城内の民が息を詰めるように見ている中を悠然と楽安県に戻っていった。

光州から早馬で知らされた事件はすぐに玄宗の知るところとなった。姚崇が息せききって上奏してきたからである。

「すぐに兵を差し向け、邪教の根城を破壊するべきです」

玄宗はじっとその書面に目を落とし、すぐには答えない。彼の目は奇怪な事件の中心人物である二人の名前のところで止まっていた。僕僕と王弁。つい先日彼は司馬承禎《しばしようてい》の従者として彼らに会っていたことを思い出す。

「姚崇。では命令する」

玄宗の若いが重々しい声に、姚崇は姿勢を正して聞く姿勢をとる。皇帝が自分の意図を摑んでくれたのは間違いないと彼は確信していた。

「楽安県を仙居県と改名し、黄土山にある僕僕の庵《いおり》を仙堂観《せんどうかん》と名づけて補修を加え、この王弁というものに通真《つうしん》先生と呼称を与えて保護するように」

「は？」

耳を疑った老臣は最初皇帝が戯《たわむ》れを言っているのかと思った。しかし玄宗の顔は荘《そう》厳《ごん》で、冗談のかけらも入る隙間《すきま》がない。

「しかし……」

「朕《ちん》の命令は以上だ。本物にはそれなりの評価を与えてやらねばならぬ。姚崇よ、何も官僚だけがこの世にいるのではない。そのような者がいる事で救われる民もいるのだ。ここはおとなしく朕の言うことを聞いておけ」

そう言って立ち上がった。政治的な経験では姚崇の方が数段上であったが、優れた皇帝である玄宗はもう一段上の視点を持っていたと言って良い。彼は臣下の反対意見を封じ、奥へと消えた。

納得はいかないものの、皇帝の命令とあらば従うのが官僚である。僕僕を殺害しようとした李休光は何食わぬ顔で黄土山に道観《どうかん》を作る算段を始め、やがて聖地にふさわしい施設が完成した。

これ以降、通真先生こと王弁は、僕僕から授かった医術を駆使して病に苦しむ人々を助け、また僕僕を祀《まつ》った廟《びょう》は安産に効果があるとして各地から参拝客が集まった。彼自身は参拝に来る者達に男女正しく交わるように勧めながら、自分自身は潔斎を守り、女性を身辺に近づけることはなかった。

そして五年の月日が経《た》った。

王弁は三十前にして、むしろ以前より若い肉体と、落ち着いた精神を得ていた。周囲のものは常に彼を仙人だと敬い畏《おそ》れていたが、彼はいつも、自分は普通の人間でしかない、と穏やかに否定するのが常だった。

その年の春、二月のある日。王弁はいつも通り夜明け前に起き出して、廟の中に一人こもり祈りを捧《ささ》げる。この時だけは余人を廟に入れず、礼拝を念入りに行うのが王弁の日課であった。

(先生、今日ですよ。俺が初めて先生に会ったのは)

五年前のこの日のことだけは、今でも昨日のことのように思い出す。怠惰な自分が変わるきっかけになった日。いろんな初めてが始まった日だ。

「先生、元気にしてますか」

僕僕がどこかの世界で生きていることを、彼は感じていた。彼が受け取った杏の木は五年の間に彼の背丈まで生長し、白くあでやかな花をつける。彼はその木の幹に触れて目を閉じると、何も聞こえないし何も見えないのにもかかわらず、彼女の存在を近くに感じることが出来た。自分が会いたいという気持ちと、寂しがってはいないだろうかという気遣いが胸の中に満ちる。

「元気だよ。おかげさまでね」

彼はそれを幻だ、とは思わなかった。来《きた》るべき時がついに来た。その喜びが胸いっぱいにあふれ出す。

「いい子で待ってたみたいだね」

「もう帰ってきたんですか。もっと待つ覚悟だったのに」

「じゃあ帰る」

言葉とはうらはらに、飛び込んできた小さな体を王弁は腕の中に抱きしめた。その体からは彼の大好きな、杏の花の香りがした。

「行くよ」

「行くってどこにです？」

久方ぶりの「旅」の予感が二人の表情を明るくしている。

「さあね！」

僕僕はこれ以上ないほどの笑顔で、王弁を雲の上に引っ張り上げた。

そうして彼の姿は仙堂観から消えた。後には芳《かぐわ》しい花の香りをまとった一枚の護符が残されているのみ。弟子の一人は、早暁《そうぎょう》五色の雲が飛来して、その中から師と快活な少女の声が何事か楽しげに話していたのを聞いたと周囲の者に告げたが、その真偽を確かめる術《すべ》はもうどこにもなかった。

参考文献

『太平廣記・巻第四』　　（中華書局・一九六一年）
『唐書　一—四』　欧陽脩　（汲古書院・一九七〇年）
『資治通鑑　一—四』　司馬光　（汲古書院・一九七三年）
『中国古典文学大系「山海経」』　高馬三良訳　（平凡社・一九六九年）
『隋唐道教思想史研究』　砂山稔　（平河出版社・一九九〇年）
『中国の歴史』　陳舜臣　（講談社文庫・一九九〇—一九九一年）
『道教の本』　（学習研究社・一九九二年）

挿画　三木謙次

解説

恒川光太郎

ううむ、仁木英之さんの文章は巧みだ。よくこんな漢字や表現を知っているな、という箇所が次から次へと出てくる。それにも拘《かか》わらず、全く何のストレスも感じずにすいすい読めて「わかりやすい、読みやすい」という印象が最初にたつ。無駄を削り、推敲《すいこう》の手間を惜しまずに練りこんだ文章だ。

仙人の物語である。そして、仙人と冒険する物語でもある。

思えば小学生の頃、私が将来なりたかったものは仙人であった。仙骨もなく結局なれなかったわけだが、そんな個人的な思いもあって、この本が体験させてくれる神仙ライフにはたいへん感激した。

唐の最盛期、玄宗《げんそう》皇帝の時代。

県令を退職した父親に小言をいわれながら、労働を拒否し、おっとりとした無為徒食な日々を送る青年、王弁《おうべん》。

この王弁が、道教好きの父親に命じられて近所の里山、黄土山《おうどさん》に降りたとされる仙人（王弁曰《いわ》く、〈そんなあほな〉）に酒肴《しゅこう》を持っていく。

そこで出会った仙人は、なんと美少女の姿をしている。

「名乗っておかねばならないっ　姓は僕《ぼく》、名も僕《ぼく》、字《あざな》はそうだな、野人とでもしておくか」

フルネームで「僕僕」なのだが、名乗った直後に「別に名前なんてなんの意味もない」発言をしている。この場面だけ切り取れば「どうでもいいことなので、超適当に名乗っちゃいました」的なニュアンスも感じられる。この仙人が、登場シーンの印象のまま、恐ろしいほどにつかみどころがない。

僕僕先生は、王弁が抱き始める恋心をからかうように、「本当はこっちの姿かもしれないぞ」と白髪の老人の姿になってみせる。得体の知れない天仙である。もしも最後に、やはり真の正体は白髪の老人でしたという、ぶちこわし系のオチがついたらと思うと、背筋が冷える思いである。

対する王弁は、くらげのように骨の抜けたそのニートぶりが笑いを誘う。お父さんの財産があれば、働かなくても済むことになど気がついてしまってはいけない。悶々《もんもん》としたり反発したりしながらも、仙人の舎弟役にはまってしまうあたり、僕僕には温厚で遠慮深い「従者の才」をかわれたのかもしれない。かつて少女マンガでよく見られた「もじもじした女子と、上から目線で引っ張っていく万能男子のコンビ」という構図はここに逆転する。

僕僕の真の恐ろしさは、その圧倒的な術の力もさることながら、仙人ならではの特殊な会話にある。なんとこの美少女仙人は喋《しゃべ》ってもいないのに相手の心の中身を読み、それに返答してくるのだ！　こっそりいやらしいことを考えてしまっても、全《すべ》て筒抜けである。青年の純情は美少女仙人に弄《もてあそ》ばれまくる。

ハードカバー単行本の帯には「辛辣《しんらつ》な美少女仙人と弱気なニート青年が、天地陰陽をひとっ飛び！」とあった。

二人は中華を、いやいや、中華を下地にした〈仁木英之のワンダーランド〉を旅する。

ふと思い出した。「銀河鉄道９９９」で、主人公の少年鉄郎は機械伯爵《はくしゃく》に復讐《ふくしゅう》するために、機械の体を無料で手にいれられる星を目指して、謎《なぞ》めいた美女メーテルと一緒に旅をする。実はメーテルのほうも、機械の部品となることに一生を捧《ささ》げる人間を、目的の星に連れて帰る秘密の使命を帯びている。

旅モノの多くは、宝探しその他の最終目的があるものだが、さて、僕僕と王弁は何のために旅をしているのだろうか？

きっと僕僕には「おいおい、君は重たい理由がないと旅すらできんのか？」と呆《あき》れられてしまうかもしれない。王弁はきっと「先生の気まぐれにつきあって大変ですよ」と嬉《うれ》しそうにいうだろう。

彼らはもっと爽快《そうかい》で、心に背負う荷物が少なく、遥《はる》かに趣味的なのである。このあたり立身出世よりも、隠居をしながら人生を楽しもうという老荘思想の仙人小説らしい。自由で気まぐれな仙人は、やはり自由で気まぐれに大陸を飛び、やりたいことをやる。

読むと癒《いや》される小説である。なんとも肩の力の抜けた、ほんわかとした「楽」の気配に読者を包んでくれる。

またそうした「楽」を基本トーンにしながら、作品の土台を支える、唐代の人々の暮らしぶりや、中華の歴史、伝説、その他蘊蓄《うんちく》の魅力的なこと。中国在住経験のある著者の見識が豊かなのはいうまでもないが、おいしい題材を贅沢《ぜいたく》に小説の隠し味に使って、どこにもない上品な深みを出す技にはただ感嘆する。王弁と僕僕の、絶妙にくすぐったいからみがなければこの小説の魅力は半減するし、彼らの生きる世界がしっかり構築されていなければやはり作品の格は落ちる。二つの要素がきらきらと化学反応を起こし、輝きを放っているのが『僕僕先生』なのだ。

物語は終盤で、壮大な盛り上がりを見せ、胸の奥がほっとするようなラストに、美しく収束する。

〈日本ファンタジーノベル大賞の大賞受賞作〉だが、作家であるなら（あるいは作家志望者であるなら）一読して、その恐るべき品質に衝撃を受けることであろう。

去年、仁木英之さんと沖縄で一緒に酒を飲んだ。

短パンにサンダルというでたちで現れた仁木さんは、けんダコの眩《まぶ》しい格闘家であった。けんダコというのは——仁木さんはかなり本格的に空手をやっていて、拳《こぶし》を握ると、指の付け根のあたりが膨れ上がっているのだ。

あまりにも楽しそうに空手の話をするので、私も少しやってみたくなった。博覧強記で空手の達人……男前だったと伝えておこう。

私と仁木さんは、年が同じ、デビューもだいたい同時期、新潮社の担当編集者も同じである。同世代というのはつまり、学生時代に流行《はや》った音楽も、テレビ番組も、見てきた映画もだいたい同じ、ということで、初めて会ったにも拘わらず、同級生に再会したような気分になった。

すっかり意気投合して夜の那覇《なは》を酔眼でさまよったものだが、そのあいだ私が密《ひそ》かにずっと感じていたのは仁木作品に通じるあの軽妙な「楽」の気配であった。

『僕僕先生』の話に戻ろう。読了後、続編を予感したものだが、これを書いている二〇〇九年二月現在、『僕僕先生』はめでたく第二弾の『薄妃《はくひ》の恋』が刊行されている。王弁と美少女仙人の一行は、再び中華のあちこちにふわふわとした旅に出て、不思議な騒動に巻き込まれる。続編では薄妃なる面妖《めんよう》な体質を持つ新キャラが一行に加わる。今後とも同シリーズは続いていくことであろう。どのように展開していくのか、実に楽しみである。

仁木さんによれば、僕僕先生シリーズを目下のライフワークにしながらも、歴史小説や、格闘小説と、手広くやっていくそうだ。現在、歴史小説は〈第十二回歴史群像大賞最優秀作〉の『夕陽の梨《なし》』に『飯綱颪《いづなおろし》』（ともに学習研究社）が刊行されている。格闘小説は『ＭＭＡ Ｂｏｙｓ』が角川書店より刊行予定となっている。こちらの流れにも、並ならぬ作者の気合を感じ、仁木英之の新しい代表作が生まれていく予感がする。『僕僕先生』だけではないぞ、と強く推しておきたい。

それにしても、このシリーズを読んでいると小さな棚に登場したキャラクターを人形にして、ずらりと飾ってみたくなるのは何故《なぜ》だろうか。

読後、私の脳内では、かわいらしい装丁のイラスト通りのイメージで、王弁や、僕僕、吉良《きら》や第狸奴《だいりど》がいつまでもくるりくるりとまわり続けているのだった。

（平成二十一年二月、作家）

この作品は平成十八年十一月新潮社より刊行された。

僕《ぼく》僕《ぼく》先《せん》生《せい》

新潮文庫　　に－22－1

平成二十一年四月一日発行
平成二十二年一月十五日八刷

著者　仁《に》木《き》英《ひで》之《ゆき》

発行者　佐藤隆信

発行所　株式会社新潮社

郵便番号　一六二―八七一一
東京都新宿区矢来町七一
電話　編集部(〇三)三二六六―五四四〇
　　　読者係(〇三)三二六六―五一一一
http://www.shinchosha.co.jp

価格はカバーに表示してあります。

乱丁・落丁本は、ご面倒ですが小社読者係宛ご送付ください。送料小社負担にてお取替えいたします。

印刷・二光印刷株式会社　製本・株式会社大進堂

ISBN978-4-10-137431-4 C0193